KB275593

한국근대문학비평의 기능

한국근대문학비평의 기능

한국근대문학비평의 기능

전기철 지음

살림터

그 동안 필자는 한국근대문학비평에 관한 관심을 꾸준히 보여 왔다. 교재 개발에서부터 단일 논문에 이르기까지 한국근대문학비평사와 관련한 논문을 써왔다.

그러나 한국근대문학비평에 관심을 보일 때마다 시대사 혹은 정신사에 대한 이해 부족을 뼈저리게 느낀다. 즉, 비평사의 의미망을 파악하기 위해서는 한국사상사라고 하는 거대한 그물망을 이해하지 않으면 안 된다는 것을 알면서 심한 지적 한계를 느껴 왔다.

이러한 한계를 인식하면서 필자 나름대로 비평연구의 흐름을 파악하기 위해서 비평의 문체나 비평의 역할 등에 관심을 갖게 되었다. 그리고 이러한 관심의 실천적 노력으로 본 저서인 『한국근대문학비평의 기능』을 썼다.

여기에서 기능이란 비평이 시대사, 정신사적으로 어떤 역할을 했느냐 하는 데에 국한했다. 왜냐하면 일제하에서의 문학비평이란 주로 민족이나 국가의 회복과 크든 작든 관련하고 있었던 불행한 시대에 씌어졌기 때문이다. 따라서 본 비평사는 문학비평의 본래적 기능인 작품과 독자와의 관련을 상당 부분 배제한 채 비평가의 정신사를 중심으로 엮은 바 없지 않다.

그러나 원래 필자는 비평가의 정신·작품·독자, 이 삼자를 하나의 설명틀 속에 넣으려고 했다. 하지만 그 작업이 너무 방대할 뿐만 아니라 필자의 지적 한계로 인해 비평가의 정신만을 시대사적 설명틀로 삼았다. 왜냐하면 일제하, 그리고 근대라는 시대적 특수성이 무겁게 짓눌러 왔기 때문이다.

본 저서의 기술범위는 비평사적 흐름을 중시하여 근대비평의 출발이라고 여겨지는 개화기의 '논설'에서부터 일제말 비평정신이 죽기 직전까지이다. 정신사적 '기능'을 중심으로 비평사를 보았기 때문에 편협한 면도 있지만 나름대로 비평가들의 시대적 고민을 드러내려고 노력했다. 끝으로 이 저서를 내기까지 많은 도움을 주신 여러분께 감사하며, 도서출판 살림터에 고마움을 느낀다.

1997년 6월

차례

1. 연구의 방향

1) 연구의 목적

비평사에 관한 연구는 그 실증적인 자료 정리면에서 괄목할 만한 성과를 보인 것 못지않게 각 장르별 비평사나 문학사상사에서 또한 상당 부분 연구의 성과를 얻은 바 있다. 그러나 이들 비평 연구에 대한 성과들은 아직도 비평사의 일정 부분에 국한되어 있거나, 특정 시대의 논쟁을 정리하는 데에 머물러 있어 비평사적 자료 정리에서 크게 벗어나지 못하고 있기도 하다. 비평에 대한 이런 연구의 시각은 비평을 작품에 대한 해설로만 본 데서 기인한다. 비평은 단순한 문학작품의 해설이나 문학에 대한 이론만은 아니다. 작품은 비평의 대상이기는 해도 비평의 유일한 생성원은 아니다. 비평은 텍스트에 자연발생적으로 생성되는 유기적 존재가 아니라 그 자체 자율적이고 내적 체계를 갖고 있는 구조이다.[1] 그러므로 비평은 자신이 태어난 역사적 공간 속에서 형성되며, 여타의 장르나 이데올로기와의 담론을

---

1) T. Eagleton, 『Criticism and Ideology』(Redwood, 1982), p. 17.

통해서 존재한다. 즉, 하나의 비평의 유형이나 비평의 형식은 당대 이데올로기와의 관계를 통해서 형성되며, 삶이라고 하는 전면적인 부분과의 유통적인 관계에서 형성된다.[2]

그러므로 비평의 연구는 비평이 지니고 있는 메타적 성격에 맞게 삶의 총체적 분석과 함께 이루어져야 한다. 즉, 비평의 연구는 논쟁사나 방법론적 상대주의에서 벗어나 개방적인 자세에서 이데올로기의 전 영역을 비평의 담론으로 수용하는 데서 출발해야 한다. 본 저서의 목적이 여기에 있다. 필자는 비평을 문학작품의 해설 자료나 문학운동의 자료로만 보는 시각을 벗어나 당대 이데올로기의 종합적인 표현체로 봄으로써 사상사의 재구성을 시도하고자 한다. 다시 말하면 비평을 비평가의 계급적 이데올로기를 통해서 살펴보려 한다. 따라서 본 저서는 비평을 통해서 나타나는 비평가의 계급의식이 시대적 논리로 어떻게 작용하는가를 살펴본다. 그러므로 주로 비평의 기능을 중심 논제로 삼게 될 것이다.

본 저서에서 사용된 '비평의 기능'이라는 개념은 주로 테리 이글턴이 하버마스의 이론을 수용하여 근대 시민사회의 비평의 사회적 기능에 관해 영문학 비평의 흐름을 연구한 「비평의 기능」에서 가져왔다.[3] 이글턴은 「비평의 기능」에서 하버마스의 '공론장' 개념을 시민사회의 문화 행태로 인식하여 비평이 갖는 사회적 기능, 주로 시민계급의 문학적 토론장의 변화 과정을 살피고 있다. 이글턴이 하버마스에게서 가져온 공론장 혹은 공

---

2) Ibid., p. 20.

3) 이글턴은 위르겐 하버마스의 「공개토론장의 구조적 변화(Structural Transformation of The Public Sphere)」(1962)"에서 개념을 수용하여 비평의 지배계급 문화에 대한 비판적 기능 및 사회적 기능을 「비평의 기능」이란 글에서 살펴보았다.

중(Public Sphere)은 시민계급이 사유재산과 교육을 통해서 매개되어 일반적인 관심사에 관해 제약없이 의견을 교환할 수 있는 마당이다. 그러므로 이 개념은 시민계급 내의 지적, 정신적 변화를 살펴보는 데에 많은 도움을 줄 수 있다. 따라서 필자는 하버마스나 이글턴의 개념을 수용하되 그 비평을 비평가의 계급적 이데올로기에서 비롯한 담론으로 인식하여 비평을 담당한 지식계급의 사회적, 문학적 역할을 살펴보고자 한다.

다른 한편 그 동안 비평의 연구 과정에서 흔히 나타나는 문제로서 문학작품의 기능과 비평의 기능을 동일시하는 잘못을 피하기 위해서 비평양식의 변화를 살폈다. 특히 비평양식 중 이론과 에세이라는 두 극단적인 양식적 특색을 시대와 개인의 특성에 의해 변형되는 양상을 살폈다. 그 동안 한국문학론에서 비평의 기능에 대한 견해가 주로 문학의 기능인 오락성과 교훈성으로 이해되어 왔는바, 이는 문학의 독서적 기능일 뿐 반드시 비평의 기능은 아니다. 왜냐하면 비평이란 문학작품과는 달리 논리적이면서도 가치평가적이며 개성적이며, 문학작품에 비해 객관적이면서도 현실적이기 때문이다. 그러므로 이론과 에세이 사이의 비평의 영역이 당대의 사회나 문학 혹은 개인과 깊은 관련을 맺는 양상을 살펴보는 일이 필요하다.

따라서 본 저서에서는 한편으로는 부르주아 지식계급의 비평적 이데올로기의 흐름을 파악하고, 다른 한편으로는 그들의 비평에서 나타나는 이론과 에세이 사이의 양식적 가변성을 살펴보려 한다.

2) 접근방법 및 범위

비평에 대한 연구는 비평의 양식적 성격에서 출발하여야 한
다. 그러나 문학이 주관적이라고는 하지만 그 주관성 뒤에는 근
본적인 은폐된 가치구조가 존재한다. 그것이 이데올로기이다.
문학은 사회 권력의 유지나 재생산과의 관계와 연관되어 있
다.[1] 비평 역시 가변적이고 주관적인 성격을 지니고 있지만 비
평의 기능인 해석과 가치평가의 기저에는 심층적인 구조와 밀
접한 관계를 맺고 있다고 할 수 있다. 한마디로 이데올로기의
종합적 국면에 문학과 비평이 감싸지고 편입되는 것이다.[2] 하
나의 사회구성체 내에서 문학과 비평은 그 상호 텍스트적 관계
를 유지하면서 존재하는 것이다. 그렇다면 우리는 그들의 본질
을 파악하기 위해서 커다란 종합적인 이데올로기를 이해해야
할 것이다. 그러나 문학이라고 하는 것이 현실의 형상적 표현이
며 이데올로기의 효율적인 매체라고 할 수 있으므로, 문학작품
의 이해를 통해서 우리는 은폐되어 있거나 침묵하고 있는 텍스
트의 생성조건을 밝혀야 할 것이다.[3] 다시 말하면 문학이 현실
을 미학적으로 형상화하여 이데올로기의 전 국면을 드러내고 있
기는 하지만 스스로 그에 대한 발생론적 근원을 설명하고 있지
는 않기 때문에, 이에 대한 골드만적인 전체적 구조화를 통해
이해하는 것이 비평의 임무이다.[4]

　그렇다면 그 전체적 구조화를 이해할 수 있는 비평과 문학과

---

1) T. Eagleton, 김명환·정남영·정남수 역, 『문학이론입문』(창작과비평사,
1986), p. 25.
2) L. Goldmann, 천희상 역, 『현대사회와 문화창작』(기린문화사, 1982), p. 196.
3) T. Eagleton, 『Criticism and Ideology』 p. 43.
4) L. Goldmann, loc. cit.

의 내부적 관계는 어떠한가? 삶의 문제에 있어서 비평은 그 표현과 형식에 있어서 문학작품과 다르다. 문학은 삶을 직접적이며 미적으로 형상화시켜 완전한 형식을 낳기 때문에 이미지이지만, 비평은 문학을 매개로 하여 삶의 문제를 제기하기 때문에 문제적 에세이 양식이다.[5] 따라서 루카치는 비평가를 에세이스트로 파악했다. 그에 의하면 비평가는 형식 속에서 운명적인 것을 보는 사람이며, 이미 있는 형식 속에서 운명적으로 삶의 문제를 제기하는 존재이다. 그러므로 비평가는 삶의 문제를 직접 표현할 수 있었고 거기에서 운명을 본다. 그 가장 위대한 비평가로 루카치는 플라톤을 든다. 플라톤에게 있어서 비평은 미분화 상태에 있었으며, 삶과 형식을 구분하지 않았다.[6] 그러나 오늘날 비평가들은 삶의 문제를 배제한 채 문학의 해석과 분석에 몰두하고 있다. 그렇다면 비평은 본질적으로 에세이스트의 정신과 논리적인 해석, 분석 사이에서 자체의 양식적 성격을 찾지 않으면 안 된다. 즉, 한쪽 끝에는 분석과 해석이라는 설명과 이해를 두고 다른 한쪽 끝에는 삶으로 나아갈 수 있는 길을 열어놓아야 할 것이다. 그 사이에서 좌표의 지점을 찾는 것이 비평이다. 비평을 단순히 작품의 해석이나 분석에 둔다면 그것은 과학적 논문이지 비평이 될 수 없는 것이다. 비평은 작품에 대한 지식 못지않게 현실의 삶에 대한 정신을 동시에 나타내는 유동적이고 종합적인 미분화의 양식이다. 즉, 비평은 이론과 에세이 사이에서 삶의 본질적인 면을 드러내려고 하는 문제적 양식이다.

그러면 비평에 관한 연구는 어떠해야 할 것인가? 한마디로

---

5) G. Lukacs, 반성완·심희섭 역, 『영혼과 형식』(심설당, 1988), p. 10.
6) G. Lukacs, ibid., p. 26.

비평에 대한 연구는 앞에서도 밝힌 바와 같이 사회구성체 속에서 비평가의 이데올로기 문제를 파악하는 일일 것이다. 즉, 한국사의 사회구성체에서 미적인 담론으로서의 비평은 다른 담론과의 교환적 관계를 통해서 자아의 주체성(Identity)을 확인하는 과정이기 때문에, 그에 대한 연구 또한 비평가의 계급적 담론으로서 인식하지 않으면 안 된다. 비평가란 담론의 담당자이며 관리자이다.7) 비평방법이나 그 방법의 수입 혹은 평가 등이 그가 속해 있는 사회계급의 이데올로기를 드러내는 한 방식이라는 점을 고려할 때 비평에 대한 연구는 권력과의 관계를 통해서 이해되지 않으면 안 된다. 그러므로 비평 연구자는 비평가의 담론을 분석하여 사회 전체적 담론과의 관계를 설명하여야 한다. 특히 식민지하에서 비평은 순문학적 환경에서 이루어졌다기보다는 사회적 담론의 일부로 이루어진 것이다. 비평을 쓰는 사람은 지식인이었을 뿐 작가이거나 정치가이거나 혁명가이거나 전혀 구별되지 않았다. 일제하에서 작가가 정신적인 지주로서의 역할8)을 한 것처럼 비평가 또한 그와 큰 차이가 없었다. 즉, 식민지하에서 비평가는 문학이론가라기보다는 문학을 매개로 한 사회적 담론의 수행자라고 할 수 있다. 그렇기 때문에 작품론이나 작가론보다도 이론이나 문예시평이 우세했으며, 지식의 수입이나 논쟁이 대부분을 차지해 우리의 비평사가 주로 논쟁사 위주나 가십적 주제에 매달려 있었다. 비평가는 그 시대 문학적 담론의 수행자이며 문학적 담론을 통해 사회적 담론을 수행하려는 존재이다. 따라서 비평 연구자는 비평가의 계급관계와 세계관을 분석하고, 그와 연계하여 그 비평이 지니는 사회적 성격

---

7) T. Eagleton, 『문학이론입문』, p. 247.
8) 전광용, 「한국작가의 사회적 지위」, 〈문화비평〉 1970년 봄호, p. 66.

을 설명해야 한다.

우리는 비평가를 시대와 문학 사이에 두어야 한다. 왜냐하면 비평가는 문학을 통해 시대적 논리에 따라 작품을 이해하기 때문이다. 그러므로 비평가들 사이에는 자연스럽게 토론의 장이 마련되며, 그리고 토론의 주제를 통해 시대적 문화 논리로 나타난다.

비평은 크게 가치판단에 중심을 둔 에세이적 비평과 분석이나 해석을 목표로 하는 이론적 비평이 있을 수 있다. 그러나 이들은 극단적인 두 경우이고 대부분 비평은 그 두 극단 사이의 좌표에 있다. 이론적 비평을 Criticism이라고 한다면 에세이적 비평은 Review에 가장 가까울 것이다. 우리 근대문학 비평사에서 볼 때 비평이란 Criticism의 개념과 Review적인 개념 사이에서 시대적 성격에 따라 나름의 형태로 발전해 갔다고 할 수 있다.9) 특히 끊임없이 리뷰가 크리티시즘을 위협하는 경향은 시대가 어려워지고 저널리즘이 발전할수록 심화된다. 1930년대에 리뷰적인 경향의 비평이 많이 나타난 것도 이와 무관하지 않다. 시대적으로 부르주아적 권위가 높을수록 계몽적인 성격의 논리에 의해 크리티시즘이 발달하고 그와 반대의 상황하에서는 리뷰가 많이 나타난다. 프로문학기를 통해서 일시적으로 논리적 비평이 발달하다가 시대적 억압으로 시평이 나오기도 하지만 그 둘은 변형되어 나타난다.10) 그러나 크리티시즘은 우리 비평사에서 중심 위치를 확보하지 못하고 오직 신문이나 잡지의 공간 확보 정도에 그치고 만다.

---

9) Criticism이 본격적인 논리를 세우는 이론이라면, Review는 시류적인 성격을 띤다. 전자가 학구적이고 논리적이라면, 후자는 실제적이고 단편적이다.〔김윤식, 『한국근대문예비평사연구』(일지사, 1976), p. 509〕

10) Ibid.

 그러나 다른 한편으로 Criticism과 Review와의 관계가 우리 비평의 좌표가 아닌가 한다. 크리티시즘이 원리적이고 논리적, 분석적이라면 리뷰는 실제적이고 에세이적이며 자의식적이다. 그러므로 우리 비평은 이들을 축으로 한 좌표에서 자리를 잡고 있다. 따라서 크리티시즘과 리뷰는 서로 원심력과 구심력을 가지고 호응하는 관계를 유지하고 있다.[11] 물론 1920년대 이후 '비평'을 그 게재지의 편집자에 따라 '논문', '논설', '연구', '시평', '필탄', '고기도', '구리지갈', '발문', '해설' 등의 용어를 사용하고 있기도 하지만[12] 이는 명칭 여하와는 상관없이 크리티시즘과 리뷰 사이의 좌표 속에 있느냐 없느냐 하는 문제와 관련한다.

 본 저서의 범위는 우리 근대문학비평으로서 주로 해방 이전의 비평에 국한하고 있다. 필자는 이 시기의 비평을 크게 네 부분으로 나눠 보고자 한다. 첫시대는 지석영의 '국문론'에서 출발하여 염상섭의 '개성론'이나 김억, 황석우의 '호흡론'을 거쳐 20년대 동인지 시대에 이르기까지이며, 두번째 시기는 김기진의 감상적 비평에서부터 시작하여 20년대 말 대중화론에 이르는 시기까지, 그리고 세번째 시기는 삼십년대 해외문학파의 수입 이론에서부터 김남천의 「소설의 운명」에 이르기까지의 기간이며, 네번째 시기는 친일문학론에서 해방 후의 자기비판까지이다. 각 시기는 문학적 담론의 차이로 인해 구분된다.

---

 11) 유병석은 N. Frye의 『비평의 해부』에 관해 언급하면서, 프라이가 이 저서에서 크리티시즘과 리뷰를 동시에 포괄하는 개념으로 비평이라는 의미를 사용하고 있음을 지적하고 있다.(유병석, 「문학 술어에 대한 일관견」, 기헌 손낙범 선생 『회갑기념논문집』, p. 111)

 12) 김윤식 교수는 비평의 형태가 발표지의 편집이나 독자, 그리고 동경문단에 의해 영향을 받는다고 하고 있다.(김윤식, op. cit., pp. 109~110)

2. 근대문학비평의 형성

개화기 문학론은 당대의 자본주의적 충격으로부터 출발한다. 그 동안 북학파를 통해서 전달되던 현실주의적 의식은 개화기 서구 자본주의의 충격으로 조선에서는 계급의 사회구성체가 동요를 일으킨다. 무엇보다도 먼저 각 계급 사이의 간격이 희미해져 계급의 재편이 요구되면서 양반과 평민, 천민의 계급적 구분이 점점 옅어져 계급 구성이 복잡해진다. 특히 이들 사이에는 성리학적 지식보다는 현실적 지식 욕구에 적극적인 양반과, 혼란기에 새로운 계급적 위상을 찾기 위해서 서구적 지식을 습득한 중인이나 평민이 새로운 현실에서 시대적 총아로 등장한다. 특히 양반들은 지식을 팔기 위해서 처음에는 서당을 전전하다가 신문사나 교육기관에서 새로운 일자리를 찾기도 하고, 외국으로 유학을 떠나 새로운 현실에 적응하려고 하기도 한다. 그들이 개화기에 새롭게 등장한 지식계급이다.

지식인이란 한 사회의 방향이 안개에 싸여 있고 존재의 위기에 봉착해 있을 때 생의 방향타 역할을 하는 인물이며, 지배계급과 피지배계급 사이에서 역사적 존재로 자리잡으려는 매개자이다. 그러므로 지식인은 매개자로서 한 시대의 흐름을 제시하기도 하지만 다른 한편으로는 자신의 논리와 혼을 동시에 쏟아 붓기도 한다. 따라서 그는 사회 정치적 위기를 자아화할 수 있는 존재이며, 그 시대의 정신적 핵심을 자아의 내면을 통해서 이해하고 표현하는 존재이다. 그는 늘 앞서 가지만 시행착오적일 수 있고 희생적이다.

그들은 당대의 시대적 질곡을 자아화할 뿐만 아니라 재편 욕구를 자아화하여 지식인으로서의 자의식을 갖는다. 특히 이러한 지식인으로서의 계급적 자의식은 갑신정변을 통해서 분명한 형태를 띤다. 개화기 문학적 담론으로서의 비평이 지식계급의 득의의 양식으로 떠오른 것도 이러한 지식계급의 시대적 자의식으로부터 기인한다고 할 수 있다. 즉, 개화기 문학비평은 지식계급의 자의식적 담론을 통해서 나타나며, 또한 당대의 과도기적 위기의 대응방식으로서 선택된 논설을 통해서 나타난다. 따라서 그 논설은 변혁기의 논리적 형식이며 근대비평의 초기적 형태이다.

지식계급은 변혁기의 시대적 논리를 펴기 위한 양식으로서 토론 혹은 논설을 선택한다. 이 토론, 논설 양식은 지식계급이 중심이 되어 당대의 사회, 정치, 문화적 담론의 중심 역할을 하는 계기를 만든 양식으로서 기존의 담론 양식을 변혁하는 비평양식이다. 그러므로 이 시기의 비평은 지식계급이 혼란과 위기에 대처하고 처방하는 논리적 양식으로 나타난다. 그리고 이 토론, 논설 양식이 새로운 시대의 계급적 총아인 지식계급을 요구하며, 근대비평의 첫 형태로 자리잡는다.

다른 한편 개화기의 비평에서 우리는 문체론을 중요한 한 주제로 꼽아 볼 수 있다. 왜냐하면 개화기 지식인이 활동무대인 신문이나 잡지 등을 통해 대중을 계몽하는 과정에서 대중의 문체인 국문체가 중요하게 등장하기 때문이다. 개화기 문체론은

문학의 현실적 공간인 매체의 자본주의적 발달에 의존하는 바
가 크다. 다시 말하면 개화기 문체론은 개화기 신문, 잡지의 대
중화나 판매 문제와 직접 관련된다. 신문이나 잡지의 판매와 독
자의 확보가 문체의 선택과 직접 관련하고 있기 때문에 문체의
상업성과 함께 개화기 비평의 주제인 문체론을 우리는 따지지
않을 수 없다.
   그러므로 다음에서는 개화기 비평의 형태로서 논설을 중심으
로 지식계급과 논설, 비평의 관계를 살펴보려고 한다.

1) 지식인의 표현 양식으로서의 논설

   조선 후기 지식계급인 북학파는 개화기 근대화에 직적접인
영향을 미치지 못한다. 왜냐하면 북학파는 조선 후기 사회에서
변두리의 몰락하는 계급으로서 현실주의적 의식을 서적을 통해
새로운 시대의 이미지를 제공하는 역할을 했다. 그러나 그들의
현실주의적 의식과 새로운 시대에의 욕구는 현실주의적 의식과
새로운 시대에의 이미지로 국한된다. 따라서 근대의 이미지를
제공하고 지식인으로서 새로운 시대에의 갈망을 남긴 채 그들
은 역사의 뒤안길로 물러난다. 그러므로 북학파는 자신의 근대
적 의식과 계급적 역할을 개화기에까지 연장하지 못한다. 개화
기의 갑작스런 자본주의의 충격은 북학파의 연속성으로는 감당
할 수 없을 정도로 충격적이고 개방적이었다. 서구나 일본을 통
해서 들어오는 근대적 의식은 당대를 쉽게 위기적 상황으로 몰
고갔으며, 그 동안 지배해 온 지배계급의 지배 원리를 일거에
부정해 버렸다. 이런 와중에서 제일 먼저 문제의식을 안고 나타

난 계급이 당대의 위기를 자아화한 지식계급이다.

갑신정변 이후 형성되기 시작한 지식계급은 새롭게 전개되고 있는 세계의 발전에 자발적으로 대응한다. 무엇보다도 그들은 기존에 자신이 속해 있던 계급적 위상을 떨치고 계급을 새롭게 재정립하려 한다. 따라서 그들은 커진 현실에서 불안한 위상을 통해 세계를 재정립하려는 의지를 갖는다. 보수적 지조파들은 표현 방법이 주로 성리학적 논이나 '상소'라는 과거의 형태를 통해서 정치적인 담론에 몰두한다. 그래서 그들은 새롭게 떠오르는 지식인의 표현방법의 하나인 비평을 쓰지 못하고 실천적 행동으로 나아간다. 그리하여 문학비평과 관련해서는 경세학파와 개화파가 남는다.

이들이 근대비평에서 의의를 가질 수 있었던 것은 그들이 당대를 발전적으로 수용하고 있다는 점도 있지만 다른 한편으로는 그들이 비평이라고 하는 논리와 자아를 동시에 담을 수 있는 양식을 선호했다는 데에 있다. 즉, 그들은 비평을 통해서 시대에 대한 자의식을 표현했다. 경세학파는 말 그대로 경세적인 면에서 지식인으로서의 역할을 주로 담당했다. 따라서 그들이 역사적 상상력을 통해 민족적이며 자강론적 논설을 발달시켰다면 개화파는 개화, 계몽을 위해 논설을 썼다. 다시 말하면 경세학파들은 성리학적 수구파와 개화파의 중간에 서서 개화에 적극성을 보이면서 자강 독립적 자세에서 논설에 치중한다.[1] 반

---

1) 황현의 『매천야록』에 보면 개화파에 대해서는 신랄한 비판을 하고 있는 데에 비해 경세학자들에 대해서는 친밀한 자세를 보이고 있다. 예를 들면 개화당에 대해서는 외국인 행세를 한다는 점을 들어 비난하고 있거나〔황현, 이장희 역, 『매천야록』(대양서적, 1982), p. 268〕 손병희 등 동학도들에 대해서 매국노로 기술하고 있지만 장지연이나 박은식의 논설에 대해서는 적극적으로 옹호하고 있다.(p. 336)

면 개화파는 변혁적 논설을 통해 경세학파보다 더 진보적인 내용과 형식의 논설을 썼다. 따라서 개화기에서 논설이라는 형식을 지식인들이 자신들의 논리를 펴는 주된 도구로 삼았다는 점에서 논설은 근대 비평을 형성하는 중요한 인자이다.

개화기의 논설 형성에 중요한 계기를 마련한 매체는 신문이나 잡지 등 대중매체나 각 단체의 회보, 혹은 독립협회나 만민공동회, 교회, 학교 등의 토론회이다. 여기에서는 기존의 논문을 변형시켜 대중에게 접근할 수 있는 양식으로서 사설이나 개인적 견해를 밝히는 논설, 혹은 여러 사람이 모임을 통해 함께 의논하는 토론의 양식이 새롭게 끌어들여졌다. 이 다양한 논설 양식은 유길준의 『서유견문』에서 보고된 것에서 보듯 서구의 근대적 논리 양식으로 수용된 것이다. 따라서 논설 양식은 조선시대 논문의 변형으로서 서구적인 논문 혹은 토론 양식의 수용과 함께 나타난 개화기의 새로운 논리적 양식이다. 개화기 서구에서 수용한 논설 양식은 주로 신문이나 잡지의 논설 혹은 논문 양식에서 수용된다.

신문지라 연설이라 하는 것이 본래 우리나라에 전부터 있던 것이 아닌 고로 처음 듣는 이들이 혹 비웃기도 하며 흉도 보아 하는 말이 모두 아이의 장난이오 어른의 점잖은 사업은 아니라. 일생 말하는 것이 자주독립과 문명 개화와 명예 권리라 하는 것뿐이니 이는 다만 저의 입이나 아프고 붓이나 닳여가며 심려만 허비할 뿐이지 무슨 일에 효험이 있으리오 하니, 우리가 이 사람들을 나무래는 것이 아니라 대강 그 사람의 어리석은 주견을 깨닫게 하려 하노라. 본래 사람이 무엇이든지 처음 듣고 처음 보는 것을 졸지에 파악하기 어려움은 인정에 자연한 이치라. 우리도 불과 얼마 전에는 흉도 보고 시비도 많이 하던 사람이라. 그리하

나 남이 흉도 보고 시비하고 ……(중략)…… 지금 저마다 자주
하는 세상에 권력 있다고 어찌 이런 무리한 일을 하리오 하고
……(중략)…… 일제히 격분하여 남의 일에 시비를 탄하여 가지
고 경계를 밝히려고 하는 사람이 여럿이니……[2]

이상에서 보듯 논설은 서구에서 수용한 양식으로 대중에게
개화, 계몽의 도구로서 개화기에 인기를 끈 양식이다. 이 논설
양식에는 사설·논설·연설·토론·문답 등이 있으며, 이들은 개
화기의 보편적인 양식이다. 유길준의 『서유견문』에 보면 '연설
회'나 '신문지'가 주장을 통해 정부의 잘못을 지적하고 좋은
방향을 권고하며, 제도의 편리나 일의 선악에 대해 논박하여, 국
가에 대해 간관(諫官)의 직분으로서 사필(史筆)의 구실을 한다
고 되어 있다.[3] 그리고 이해조의 『자유종』이나 〈대한그리스도
신보〉에서 볼 수 있는 '문답'이라는 양식에서 보듯 논설은 개
화기에 다양하게 쓰이고 있다. 구체적으로 서구적 논설은 신문
의 사설이나 논설, 만민공동회나 독립협회의 연설회나 토론회
및 각 학회의 논설에서 그 양상이 나타난다.

天下大勢治則亂危則安治亂在於世運安危係乎人心然亦不無大小
貧富衆寡强弱之勢焉今地球大洲星羅萬國而歐洲列國獨단(壇)富强
五洲萬國將不免被其凌夷其或世運之興替歟抑亦人心之存亡歟
　　— 〈한성주보〉의 「論天下時局」(1886. 3. 8)

세상에 불쌍한 인생은 조선 여편네니 우리가 오늘날 이 불쌍한

---

2) 〈매일신문〉 논설, 1898. 5. 11.
3) 유길준, 채훈 역, 『서유견문』(대양서적, 1982), pp. 291, 294.

여편네들을 위하여 조선 인민에게 말하노라. 여편네가 사나이보다 조금도 낮은 인생이 아닌데 사나이들이 천대하는 것은 다름이 아니라 사나이들이 문명 개화가 못 되어 이치와 인정은 생각지 않고 다만 자기의 팔심만 믿고 압제하려는 것이니 어찌 야만에서 다름이 있으리오. 사람이 야만과 다른 것은 정의와 예법과 의리를 알아 행신을 하는 것이어늘 조선 사나이가 여편네 대접하는 것을 보거드면 정도 없고 의도 없고 예도 없고 참사랑하는 마음도 없이 대접하기를 사나이보다 천한 사람으로 하고 무리하게 압제하는 풍속과 억지와 위엄으로 행하는 일이 많이 있으니 여편네들을 대하여 어찌 불쌍하고 분한 마음이 없으리오.
　―〈독립신문〉의 논설(1896. 4. 21)

　大抵 開化라 하는 者는 實狀과 虛名의 分別이 有하니 實狀 開化는 事物의 理致와 根因을 窮究하며 其國의 處地와 時勢를 合當케 함이요, 虛名 開化라 하는 者는 事物上에 知識이 不足함으로 他人의 景況만 欽慕하야 前後를 推量치 못하고 每事를 施行함이라. 然하나 此도 또한 自抱不爲하는 者보다는 猶勝한 것이 一次 虛名 開化를 經歷하면 自然 歲月의 久함으로 實狀 開化에 抵到하나니 故로 無論何人하고 千事萬物에 勉行不息하면 開化의 主人이 될 것이어늘……
　―〈황성신문〉 논설(1898. 9. 23)

　위의 논설들에서 볼 수 있는 바에 의하면 논설은 지식인의 안목을 통해 신문의 사설(社說) 양식으로 당대의 정치, 사회, 문화 등 제반 대상에 대해 논리적으로 비판하고 있는 양식이다. 따라서 개화기 지식인은 시대에 대한 관심을 넓히고 그 시대적 관심사를 대중적 시각으로 확대하여 서구의 시민사회적 의식을 보편화해 가면서 이 시민사회적 지식인의 현실 인식을 드러내는 양식으로 논설을 선택한다. 조선시대 논문 양식이 주로 성리학의 순수 이론으로 철학적이며 개념적인 성격을 띠고 있다면, 개화기의 논설 양식은 시대적이며 대중적인 관심사를 토론하듯이 펴는 개성적인 성격을 띠고 있다. 특히 근대적인 매체의 등장이나 학교 교육으로 학술 논문뿐만 아니라 논설이 중요한 시사적 성격의 계몽적인 글로 자리잡는다. 이 대중적인 성격의 글은 신문의 사설이나 회보의 논설로 기존의 논문을 대중화시키면서도 개성적인 성격을 보이고 있다. 특히 처음에는 주로 각 신문사나 잡지사의 사설 형태로 발달했으나 1910년대로 내려오면 개인적인 논설이 많아져 사설과 논설이 구분된다. 따라서 논설이 대중적이며 현실적인 만큼 서구적 상업 자본에의 의식이 강하게 자리잡은 근대적 논리 형태임은 말할 것도 없다. 유길준은 신문의 운영이나 연설회의 참여 등에 대해 언급하면서 구독과 판매 혹은 연설의 인기에 따라 경영상 흑자 여부가 중요하다고 하고 있다.4)

그리하여 조선시대의 논리가 성리학이라는 철학적이며 관념적인 성격에 갇혀서 문학비평에서 논리적 작업이 크게 발전하지 못하고 있었던 데에 비해 개화기에는 논설이 지식인의 보편적인 표현 양식으로 자리하고 있었기 때문에 논설이 정치, 문화, 사회 등 각 방면에 대중적으로 쓰였다. 따라서 문학비평에서도 논설은 자연스럽게 접목된다.

개화기 논설 양식을 지식계급이 시대의 교사로서 펼친 주제가 풍화론이나 교사론이다. 개화기 지식계급이 논설을 표현 수단으로 삼아 시민성을 확보하여 대중과 현실로 내려오는 과정

---

4) Ibid., p. 293.

에서 비평이라는 양식이 새롭게 문학적 표현 수단으로 자리잡는다. 기존의 비평이 논리보다는 에세이적 평가에 치우치고 있는 데에 비해 개화기의 비평이 논설과 긴밀한 관계를 유지하면서 비평에 논리적인 표현이 늘어난다. 그리고 지식인은 비평적 논설을 풍화론으로부터 출발시킨다. 논설이 지식인을 대중적이며 현실적인 데로 끌어내린 양식이라면 이 논설의 제일 주제는 당연 풍화론일 수밖에 없다. 즉, 풍화론은 개화기 지식인의 현실의식과 대중성을 드러낸 개화기 비평의 주제이며 한국 근대비평의 첫 단추이다.

신문이나 잡지 등 대중매체를 통해서 지식인이 논설을 펼칠 수 있는 주제가 풍화론이나 교사론 혹은 교육론이다. 지식인은 서구의 제도인 토론회나 연설회뿐만 아니라 학교 교육을 수용하여 발빠르게 개화기의 변혁적 시대에 적응하려고 한다. 기존에 자신들이 갖고 있었던 성리학적 세계관으로는 근대적인 사회에서는 살아남을 수 없었기 때문이다. 그러므로 그들은 서구적인 제도 속에 묻혀 들어온 논설을 펼칠 수 있는 적절한 주제를 선택하지 않으면 안 되었다. 그 주제는 성리학적 원리는 아니더라도 그들이 잘 적용할 수 있는 양식이지 않으면 안 된다. 개화기에서 그것은 개화, 계몽의 시대적 요청이나 신문, 잡지의 상업성과 연계되면서 풍화론이나 교사론이 자연스럽게 부각된다.

풍화론의 선택이 여기에 있다. 조선 후기 신경준, 이덕무, 홍만종 등에서 활발하게 전개되던 풍화론을 개화기를 통해서 연속적으로 전개할 수 있다는 것은 개화기 지식계급에게는 시대를 자아화할 수 있는 중요한 계기였다. 조선시대 풍화론은 개화기의 비평의식에 부분적으로 계승되어 나타난다. 다시 말하면 조선 후기의 정치 사회적 현실이 개화기에 계승 발전되면서 문화적 감각 또한 계승되어 조선 후기의 비평관을 일면 계승하고 있다. 신소설 작가들인 이인직, 이해조 등의 서(序)나 신채호, 박은식 등 자강론자들의 평론이나 여러 신문·잡지의 논설 등에서 이와 같은 경향을 엿볼 수 있다.

余는 嘗言하대 詩가 盛하면 國도 亦盛하며 詩가 衰하면 國도 亦衰하며 詩가 存하면 國도 亦存하며 詩가 亡하면 國도 亦亡하다 하노라.[5]

一國의 風俗을 改良코져 할진대 近世의 閱覽하는 小說과 近日에 演劇하는 戲臺를 必先 改良이니 何者오. 小說과 戲臺가 不甚 與世輕重이로대 其源을 語하면 街士坊客의 無聊不平한 著述이오 倡夫舞女의 俳優嬉笑하는 資料－니 大人雅士의 掛齒煩? 할 바 아니나 其流를 究하면 個人의 賂髓에 浹洽하고 社會의 風氣에 薰染하야 心志를 蟲惑하고 情性을 湯易하야 不可思議의 效力이 有한지라.[6]

文明의 標準을 作할새 其詩歌가 正하면 其國俗이 亦正하며 그 詩歌가 亂하면 其風俗이 亦亂하야 一國으로 言할지라도 盛, 中, 晩의 氣像을 區別하니 是로 有하야 觀하건대 詩歌가 足히 吾人의 不可缺한 一學科가 되리라.[7]

위에서 보듯 1890년대 이후 문학비평은 조선 후기의 비평관을 수용하여 문학의 사회 풍화가 중심 담론이 되어 있다. 신채호의

---

5) 신채호, 「天喜堂詩話」, 〈대한매일신보〉 제1237호.
6) 〈대한매일신보〉 1910. 7. 20.
7) 〈매일신보〉 1911. 6. 21.

「천희당시화」나 박은식의 「문약지폐는 필상기국」(〈서우학회월보〉, 10호)에서 보여준 문학의 사회적 기능에 관한 언급은 개화기 문학관으로 보편화된다. 문학이 그 국가의 풍속에 깊은 영향을 미친다는 의식이 그것이다. 그러나 개화기의 풍화론은 개화기의 국가적 위기나 근대화와 관련하여 지식계급이 현실에 대한 감각을 논설화시킨 비평이어서 조선시대의 풍화론이 지닌 관념성과는 다르다. 다시 말하면 개화기의 풍화론은 개화기 논설이 매개가 되어 나타난 주제이다.

　다시 말하면 풍화론이나 교사론은 지식계급이 현실적이며 시사적인 논설을 구사하는 과정에서 나온 주제이다. 이 풍화론이나 교사론을 통해 지식인은 선도적으로 근대적 시민성을 선취하며, 그리고 그 시민성의 선전을 통해서 시대적 총아로 되살아나기 위한 전략이 풍화론의 논설이다. 이 풍화론은 신문, 잡지 등 매체의 상업성이나 각 협회의 토론회, 연설회 등의 활성화와 함께 근대적인 민족적 색채를 띠며 활성화된다. 이에 따라 지식계급은 근대에서 자연스럽게 주도적인 계급으로 부상한다. 따라서 풍화론은 외적으로는 개화기의 근대화와 독립사상에서 비롯하였지만 내적으로는 각 매체의 상업성과 함께 지식인의 역할에서 비롯한 것이다.

　최남선의 「현시대의 요구인물」(〈대한유학생회회보〉 1호)이나 이규철의 「교사 무계급지존비 기책임은 무경중지등차」(〈태극학보〉 19호)이나 박은식의 「사범양성의 급무」(〈서우〉 5호), 신채호의 「영웅대망론」 등은 풍화론의 한 내용이라고 할 수 있다. 그리고 이 교사론이나 영웅론에서 최남선의 소년론이 파생한 것이다. 다시 말하면 교사론의 발전으로서, 그 교사의 논설적 독자로서 개척적인 소년에 대한 시대적인 논리가 나타난다. 그러나 지식인에게서 소년이나 교사는 크게 다르지 않다. 왜냐하면 개화기에서 소년은 근대 조선의 상징이며, 그 상징의 대표적 인물이 지식인이기 때문이다.

개화기의 가장 중요한 사상은 교육사상이다. 서구의 근대적인 제도나 지식을 수용하여 근대국가의 기틀을 마련하려는 의식이 개화기를 맞는 지식인들의 자세였기 때문이다. 그러나 다른 한 편으로는 그와 같은 근대국가에의 열망과 함께 독립국가로서의 의식도 동시에 갖지 않으면 안 되었는데, 그 이유는 제국주의의 침략 앞에서 조선이 그대로 노출되어 있었기 때문이다. 이러한 연유로 개화기 지식인들은 교육을 가장 중요한 사상으로 인식 했다. 왜냐하면 근대화와 독립사상이란 지식인들만의 전유물이 되어서는 무의미하기 때문이다. 그러므로 개화기에서는 교육사 상이 모든 정치, 사회적 담론의 중심이라 할 수 있을 것이다. 사 실상 조선 후기 민란이나 동학란에서 독립국가론을 제기했다 할지라도 지도부의 의식에 불과할 뿐 민중의 자발적 의식은 아 니라고 여겨지기 때문이다. 당시만 해도 민중에게 있어서 국가 개념은 성리학적 지배 안에 있었다. 다시 말하면 민중은 민란이 나 동학란을 통해서 생계적 현실에 사로잡혀 있었으며, 그들의 의식은 봉건적이었다. 그러므로 그들에게 근대론이나 독립국가 론은 관념적이거나 허위적일 뿐이었다. 따라서 교육사상이 모든 담론의 기저를 이룰 수밖에 없게 된다. 그리고 이 교육사상에서 풍화론이 파생한다.

따라서 개화기의 풍화론은 조선시대의 풍교론과는 약간 다르 다. 조선시대의 풍교론이 공자의 '시교론(詩敎論)'에서 크게 멀 지 않는 데8) 에 비해 개화기의 풍화론은 문학의 현실 사회교육 론이다. 과거의 풍교론에서는 문학 일반론으로서의 순수 논리의

---

8) 정대림, 「조선후기의 시학」, 전형대 외, 『한국고전시학사』(홍성사, 1979), p. 35.

성격을 띠었지만 개화기에 오면 문학에서 현실이 구체적으로 비평가에게 다가와 문학과 현실의 관계가 직접화되어 있다. 이와 같은 직접화는 조선 후기 사회와는 달리 지식인 사회의 위기의식에서 온다. 조선 후기의 위기가 비록 조선 사회 전체의 위기라고는 해도 지식인 사회의 위기로까지는 직접적으로 다가오지 않는다. 그러나 실학사상을 거치면서 위기의식은 지식인 사회로까지 직접적으로 다가오게 된다. 그 위기의식은 근대화와 국가위기론으로부터 온다. 그 동안 성리학적 사상에 기대어 사고하고 글쓰기했던 지식계급은 근대화를 통해 성리학적 지식 자체의 위기를 맞지 않으면 안 되었다. 그 위기의 지식을 근대를 위해 폐기하는 과정에서 그들은 삶과 국가 전체의 위기를 느낀 것이다. 그리고 그 위기의식에서 교육론이 대두하며, 다시 그 교육론에서 문학비평이 나타난다.

2) 개화기 문체의 갈등

개화기의 문체 선택론은 당대의 위기에 대한 논리적 대응방법의 변별성을 나타내고 있어서 한국 근대문학비평 출발의 가늠자 역할을 한다고 할 수 있다. 개화기는 그 시대적 특수성으로 인해 다언어적인 시대이다. 여기에서 다언어성이란 개화기의 특징을 나타내 주는 사회·정치적 역할에 대한 언어의 사회적 성격을 뜻한다. 다시 말하면 개화기의 혼란은 문화의 다국적화에 따른 결과이며, 계급의 재분화에 따른 결과이며, 근대와 봉건이 동시에 존재하는 시대에 형성될 수 있는 시대적 특수성에서 온다. 따라서 개화기에서 한국민은 유민으로서 외세에 따라 자신의 언어 선택에 혼란을 야기하여 언어의 다성화가 형성된다.[1] 이렇게 언어의 다성화가 사회적 혼란을 반영하고 있을 때 개별 언어를 선택하는 자는 자신의 표현적 한계를 안을 수밖에 없을 뿐만 아니라, 그 표현적 한계를 통해서 자아의 삶의 방향을 찾아야 할 것이다. 그러므로 언어의 선택은 삶의 운명적 선택일 수 있다.

이는 문체를 선택하는 경우에서도 마찬가지이다. 문장을 통해서 당대의 위기를 극복하고자 하는 지식인에게 있어서 문체 선택의 문제는 삶의 방식에 따른 논리적 대응 방식의 차이를 불러일으킨다. 따라서 순한문을 선택하느냐, 국한문을 선택하느냐, 혹은 순국문을 선택하느냐 하는 문제는 당대의 급박한 시대적 상황에서는 단순한 표현의 문제가 아니라 삶의 방식이라 할 수 있을 것이다. 왜냐하면 문체는 사회·역사적 과정을 통해서 형성되기 때문에 그 문체가 형성되기까지의 역사·사회적 배경을 안고 있으며, 그만큼 그 문체를 사용하는 구성원들의 삶의 방식과 감정을 결정해 주기 때문이다. 그러므로 개화기에 어떤 문체를 선택하느냐 하는 문제는 개화기 문학의 담론뿐만 아니라 개화기의 정치·사회적 사상이나 감각까지를 결정하는 근원적인 요인이다. 순한문을 선택하는 경우, 순한문이 조선조 사대부의 지배적 표현체였기 때문에 조선조 사대부의 지배사상인 성리학이 그 언어의 배경으로 자리잡을 것이며, 국한문이나 국문을 선택하는 경우 순한문의 지배원리나 사상에 대한 저항정신이나 근대성이 그 문체의 배경으로 자리할 것이다.[2]

그런데 이 문체들 중에서 개화기의 시대적 전망을 안고 성장한 문체는 국한문체와 국문체이다. 순한문체는 이미 시대에 역

---

1) 졸저, 『민족문학과 비평정신』(새미, 1994), p. 159

행하는, 보수적인 문체로서 주로 성리학적 논리를 펴는 데서 사용되었기 때문에 당시의 시대적 전망을 표현할 수도 없었을 뿐만 아니라, 근대화의 과정에서 청나라의 몰락과 함께 봉건적인 문체로 전락하고 만다. 그러므로 순한문체는 국한문체와 국문체의 저항을 받았으며, 반근대적인 삶을 표현하는 문체로서 서구로부터 유입된 대중적인 논리를 펴는 논설체에 부적합했다. 따라서 순한문체가 개화기에서 자신의 사상적 배경을 담을 수 있는 문체로 살아남을 수 있는 길은 오직 국한문체를 통하는 길 뿐이다. 그러므로 개화기의 국한문체는 그 형태가 다양할 뿐만 아니라 국문체와의 관계에 있어서도 이중적인 역할, 즉 기존의 순한문체가 담당한 역할뿐만 아니라 기존의 한문체에 대한 국

---

2) 다음에서 당시 문체에 대한 논설들을 살펴보면 다음과 같다.

지석영, 「국문론」, 〈대조선독립협회회보〉 1호, 1896. 11.

신해영, 「한문자와 국문자의 손익여하」, 〈대조선독립협회회보〉 15~16호, 1897. 6~7.

주상호, 「국문론」, 〈독립신문〉 1897. 9. 25, 28.

논설, 「국문이 나라 문명할 근본」, 〈매일신문〉 1898. 6. 17.

논설, 「국문한문론」, 〈황성신문〉 1898. 9. 28.

무명씨, 「한문글자와 국문글자에 관계」, 〈황성신문〉 1900. 1. 17, 24.

논설, 「국문교육」, 〈제국신문〉 1903. 2. 3.

주시경, 「국문」, 〈가뎡잡지〉 3호, 1906. 8.

이능화, 「국문일정법 의견서」, 〈대한자강회월보〉 6호, 1906. 12.

주시경, 「국어와 국문의 필요」, 〈서우학회월보〉 2호, 1907. 1.

강전, 「국문편리급한문폐해의 설」, 〈태극학보〉 6호, 1907. 1.

한흥교, 「국문과 한문의 관계」, 〈대한유학생학보〉 1호, 1907. 2.

이보경, 「국문과 한문의 과도시대」, 〈태극학보〉 21호, 1908. 5.

지석영, 「대한국문설」, 〈대한자강회월보〉 12호, 1907. 5. 7.

매일신보 논설, 「국한문경중론」, 〈기호학회월보〉 2호, 1908. 7.

신채호, 「문법을 宜통일」, 〈기호흥학회월보〉 1호, 1908. 8.

사설, 「국어연구의 필요」, 〈매일신보〉 1911. 2. 23.

문체의 역할 등을 동시에 수행해야 한다. 한편 국문체는 순한문체에 대한 저항과 국한문체에 대한 대응을 동시에 하지 않으면 안 되었다. 왜냐하면 국한문체가 순한문체와의 관계를 통해 역사적 상상력을 안고 있었기 때문에 국문체는 전통 문제와 관련하여 국한문체와 논쟁을 벌이지 않을 수 없었다. 즉, 국문체는 나름대로 근대의 민족주의를 업고 개화기에서 대표성을 주장할 수 있었기 때문이다. 따라서 국한문체가 당시의 대표적이며 공적인 문체로서 자강론자들이나 관보의 문체라면 국문체는 서구적 개화를 지향하는 문체이면서 신문, 잡지 등의 자본주의적 대중화와 밀접하게 관련한 문체이다. 여기에서 국한문체와 국문체 사이의 변별성이 생겨난다. 즉 개화기의 논설, 즉 서구적 논리의 문장 형태를 어떠한 문체로 표현해야 하느냐 하는 문제가 발생한다.

그러므로 개화기의 문체가 국한문체 중심의 문체라고는 해도 그것은 하나의 과도기의 문체임에 틀림없다. 당시의 논설들을 살펴보면 그와 같은 성격은 금방 나타난다.

현금의 我한 形勢를 여칙하니 무론 실업, 정치급기타 각종 事物이 한아도 過渡時代에 處置 안인 자 무하니 차시에 만일 秋毫를 오하면 난의의 痼疾을 작할지라 엇지 貴重코 危險한 時代가 아니리요. 우리 國文도 亦是此時代에 參與하얏도다.3)

한국에 자래로 自國國文이 非無언마는 此는 一邊閣置하여 子女及勞動界에만 行用되고 上等社會에는 漢文만 尊尙하여 讀習하는 바도 차에 재하며 著作하는 바를 차로 以하더니 居然 시대의 사

---

3) 이광수, 「국문과 한문의 과도시대」, 〈태극학보〉 21호, 1908. 5.

조가 일변하여 彼길屈오牙히 漢文으로는 國民 知識 均啓함이 난
함을 대각하며 又 自國 國文을 무시하고 타국문만 존상함이 불가
함을 불오하고 어시호 國文을 순용코자 하나 但 누백년 慣習하던
한문을 일조에 전기함이 시의와 시세에 均是不合한지라 所以로
國漢字交用의 議가 起하여 십여 년래 신문 잡지에 차도를 존용함
이 已久하나.……4)

위에서 우리가 확인할 수 있는 바는 당시가 과도시대라는 점
이며, 또한 그 과도시대라는 시대적 성격으로 인해 문체의 혼란
이 일어나고 있다는 점이다. 이광수가 이러한 혼란된 문체들에
서 국문체를 주장하고 신채호가 국한문체를 주장하고 있다 할
지라도 대세가 국문체의 흐름 속에 있음을 우리는 위에서 확인
할 수 있다. 그러므로 개화기 지식인에게 문체론은 한문체에 대
한 저항에 있으며 당시의 시대적 혼란에 대한 문체적 담론이라
는 데에 있다. 이광수는 "愛國精神의 根源은 國史와 國文에 在
하다."5)는 데에 입지를 두고 있으며, 신채호는 조선조의 사대부
적 입지에서 과도기적 현실론을 펴고 있다. 이들의 차이가 비록
당시의 과도기적 혼란을 입지에 따라 달리 처방하고는 있다 할
지라도 당대가 과도기적 혼란의 시대라는 것만은 합의를 보고
있다. 그 합의는 근대적 해결에 있다. 다시 말하면 개화파나 자
강론자들은 개화기의 시대적 성격을 과도기적 혼란으로 간주하
여 근대적이고 민족주의적 입장에서 당대의 위기를 해결하고자
한다. 즉, 개화기의 국한문체론이나 국문체론은 국문체를 향한
과도기에서 나타난 근대적 민족주의 의식에 다름 아니다. 그러

---

4) 신채호, 「文法을 宜統一」, 〈기호홍학보월보〉 1호, 1908. 8.
5) 이광수, op. cit., p. 18.

므로 1880~1890년대 문체의 지향은 국문체를 향한 의지에 있
다.

> 이럼으로 한 나라에 특별한 말과 글이 잇는 거슨 곳 그 나라가
> 이 세상에 텬연으로 한목 자주국 되는 표요 그 말과 그 글을 쓰
> 는 인민은 곳 그 나라에 쇽하여 한 단톄되는 표라[6]

주시경의 글에서 보듯 국문체는 자주국의 이상을 언어로써
나타내는 문체이다. 그런 만큼 개화기의 문체론은 국문체의 한문
체에 대한 저항에 있으며 근대에의 의지를 나타내고 있다고 할
수 있다. 이는 1880~1890년대 지식인의 자주적 근대화 의식과 밀
접한 관련이 있다. 〈한성주보〉 이후 국문체는 자주적 근대화의
일환으로 꾸준히 발전하여 〈독립신문〉, 〈제국신문〉, 〈대한그리도
인회보〉 등이 창간되고 독립협회가 왕성하게 활동할 때까지만
해도 시대적 요청에 따라 성장해 갔다. 〈한성주보〉 이후 국한문
체가 한주국종체에서 국주한종체로 거듭 발전해 가는 것[7]과 함
께 국문체는 감각적인 문체로서만이 아니라 논리적인 문체로서
시대적 총아로 떠오른다. 이런 추세를 잘 나타내 주고 있는 것
이 이 시대에 발달한 국문문법 연구라고 할 수 있다. 이봉운의
『국문정리』나 주시경, 지석영의 국문법 연구 등은 1890년대 국
문체론의 발달과 깊은 관련을 맺고 있다. 이런 국문체의 추세는
〈독립신문〉의 폐간 이후 갈등을 겪는다. 즉, 국문체는 기존 감각
적인 소설의 문체로 남고 국한문체가 논설의 중심 문체로 자리
잡는다.
 1890년대는 국한문체와 국문체가 동일하게 논리적인 문체로

---

6) 주시경, 「국어와 국문의 필요」, 〈서우학회월보〉 2호, 1907. 1, p. 32.

자리잡다가, 국문체가 점점 그 자리를 넓혀가는 과정에서 〈독립
신문〉이 폐간되고 일제의 침략이 점점 표면화되면서 논설에서
국문체는 물러가고 국한문체가 주류를 이룬다. 〈황성신문〉이나
〈매일신문〉 등에서 국한문체를 써서 항일의 기치를 이룬 것에
서 보듯 국한문체는 일제의 침략이 표면화되는 과정에서 논설
의 문체로 자리잡는다.[8] 그리하여 소설은 국문체로 남고 국한
문체는 논설에서 주된 역할을 한다. 〈대한매일신보〉에서 「소경
과 앉은뱅이 문답」은 국문체를 쓰면서 논설이나 사설 등은 국
한문체를 쓰는 것도 이와 같은 시대적 추이와 함께 문체의 갈
등이 나타난 데서 기인한다. 이런 양상은 〈황성신문〉이 나타나
면서 더욱 뚜렷해진다. 이는 국문체가 서구나 일본적 성향의 인
물들에 의해 주로 주장되어 개화 계몽에 적극적인 데서 비롯한
반면, 국한문체가 항일적인 계몽의 경세학자들에 의해 날카로운

---

7) 국한문체의 경우 여러 갈래가 있으나 국문은 오직 토의 역할만 하는 한
주국종체만이 국한문체의 본래적 기능을 하고 있으며, 한자 성어의 한자 표기
는 본래적 국한문체라고 할 수 없다. 다시 말하면 〈황성신문〉에서 "客이 有逢
斷髮洋服而鄕音者하야問曰君은莫是日進會員否아曰然하다"(논설, 「일진문답」)
하는 문체만이 진정한 역사적 상상력을 안고 있는 국한문체이며, "故로 其進
步發達의 度는 土地를 조차, 國民의 程度를 조차, 또는 時勢와 境遇를 조차 遲
緩盛衰의 差異가 有하리로되 文學 그거슨 人類의 生存할 때까지는 存在할지
니라"(이광수의 「문학의 가치」) 하는 문체는 국한문체라기보다는 국문체에 한
자를 표기하는 문체라고 할 수 있다. 따라서 후자의 문체는 국한문체라고 하
기 어렵다. 뿐만 아니라 전자는 역사적 상상력을 통해 한문체의 무게를 떠안
고 있는 데 반해, 후자는 그와 같은 역사적 상상력이 없을 뿐만 아니라 국문
체 주장자의 서구적 편향에서 비롯한 문체이다.

8) 개화파 김옥균, 박영효는 수신사로 일본에 갔을 때 이노우에(井上角五
郎)를 조선에 데려와 박문국에서 신문 창간 일을 돕도록 했는데, 이후 번역관
으로 있던 그는 갑오개혁 때의 신문국을 설치할 때 주된 임무를 맡는다.(황현,
『매천야록』, p. 120 ; 서광운, 『한국신문소설사』(해돋이, 1993), pp. 20~21) 또한
황현에 의하면 이노우에는 문학적 소질이 많다고 한다.

선동의 도구로 쓰인 데서도 알 수 있는 바와 같이 19세기 말, 20세기 초 긴박한 상황 전개와 함께 지식인에게 있어서 문체 선택은 갈등의 요인이었다. 이에 따라 논설의 주체 계급도 시대적 추이에 따라 달리 나타난다. 1800년대가 김옥균, 서재필, 윤치호, 주시경, 지석영 등 개화파가 득세하여 국문체 중심의 논설을 수행했다면, 1900년에서 1910년 사이에는 신채호, 장지연, 박은식 등 역사적 상상력을 갖고 있는 자강론자들이 국한문체의 논설을 주도적으로 수행했다.

그런데 국문체론은 매체의 상업성과 관련이 있다. 각 신문과 잡지 등의 발달, 인쇄업의 발달로 인해 근대적 형태의 생산 소비의 관계가 형성되면서 신문이나 잡지의 판매 문제와 직접적인 관련을 맺는 것이 국문체이다. 신문이나 잡지 경영자는 판매를 하거나 하지 않거나 상관없이 구독의 대중화를 통해서 자사의 이윤을 챙기려고 한다. 따라서 신문의 경영과 논설의 내용 혹은 문체는 긴밀한 관련을 맺고 있다고 할 수 있다. 개화기의 신문이나 잡지의 독자는 처음에는 한양 중심의 몇몇 지식인들에 불과했다. 이와 같은 폐쇄적 독자층을 타파하기 위해서 고안된 표현방법이 개화와 관련한 국문체론이다. 〈한성주보〉가 국문체의 기사를 실었다든가 〈만세보〉가 국한문에 일본식 표기처럼 국문을 병기하였다든가 〈독립신문〉이 순국문으로 대표적 표기를 삼았다든가 하는 것은 모두 그 신문들의 판매 혹은 구독과 무관하지 않다. 뿐만 아니라 신소설이 순국문체를 사용한 것도 당시의 대중 독자를 겨냥해서 이루어진 문체의식에서 비롯한다. 따라서 국문체는 민족적 의식에서보다는 당대 언론을 통해 자본주의적 의식에서 발달했다. 국문체를 사용함으로써 독자들에게 쉽게 신문이나 잡지의 독자가 될 수 있게 한다든가 혹은 기고가로 참여할 수 있도록 하는 것은 모두 국문체의 자본주의적 성격의 소산이라 할 수 있다. 뿐만 아니라 교육의 상품화 혹은 근대 의식의 대중화 등이 국문체를 선호하게 만들었다. 그러므로 국문체는 꼭 민족주의적 의식에서 비롯하였다기보다는, 또한 민중의 구어적 감각체였기 때문이라기보다는 신문사나 잡지사, 학회지의 상품성과 관련을 맺고 있다. 그만큼 국문체론은 자본주의의 발달과 그 맥을 같이하고 있다.

3) 논설의 형태

개화기는 위기의 시대다. 따라서 그 위기를 극복하기 위해서 지식인은 성리학적 지식이나 논리보다는 서구적 지식이나 논리에 의존한다. 신문을 만들고 학보를 꾸미고, 연설회나 토론회를 개최하여 새로운 시대에 적응하고 민중을 계몽한다. 이렇게 신문을 만들고 토론회를 개최하고 연설회를 열면서 그들은 서구적 논리를 배우고 서구적 논리에 의해 현실에서 생존하는 방법을 탐구한다. 이런 과정에서 그들은 새로운 시대에 적응할 수 있는 논리적 대응 매개 양식으로 논설을 수용한다. 그들에게 논설 양식은 신문이나 잡지 등 서구적 문물과 함께 유입된 것으로, 근대의 문제를 대중적으로 다룰 수 있게 해주는 지식의 한 표현 방법이다. 따라서 논설은 토론, 연설, 문답, 사설(社說) 등 다양한 형태를 띠며 개화와 계몽, 그리고 자주독립을 위한 방편으로 작용한다. 자강론자들은 역사적 상상력을 통해 논설을 지식 표출의 한 방편으로 사용하고 개화론자들은 서구적 개화 계몽의 선전 도구로 논설을 사용했다. 그러나 반드시 서구적 문물의 유입만으로 논설이 성장한 것은 아니다. 한 시대가 위기에

처했을 때에는 그 위기를 극복하기 위해서 비판적인 지식인이
등장하게 되어 있다. 당면한 현실의 위기를 극복하기 위해서 다
양한 처방이 필요하기 때문이다. 더욱이 성리학적 논쟁심이 강
한 조선시대 선비들의 후예인 개화기의 지식인들에게 이러한
비판적 정신은 당연하게 나타난다. 지배 권력이 현실을 이끌어
갈 수 있는 역량이 부족하고 다양한 외세의 유입으로 지도적
논리가 부재한 상태에서 비판적 지식인들은 자신의 세계관에
따라 현실을 극복할 수 있는 논리적 대응 방법을 모색한다. 특
히 현실의 권력에서 소외된 지식인에게 있어서 비판적 지성은
더욱 강하게 나타난다. 자강론자들이나 개화론자들이 당대의 지
배 세력으로부터 소외된 세력이면서 전통적으로 성리학적 논리
학습에 익숙해 있었기 때문에 대중적인 논설이 이들에게는 적
절한 표현 방법으로 채용된 것이다.

  개화기의 글쓰기는 앞에서도 말한 바와 같이 조선조의 글쓰
기를 일부 계승하면서도 새로운 글쓰기로 전환해 가는 과도기
적 성격을 띠고 있다. 우선 개화기 문장들의 표제를 보면 논설
(論, 說, 演壇, 論壇, 社說, 講演, 演說, 考, 評論, 講壇), 학(學), 잡
조(雜俎)(記, 問答, 報, 日記, 見聞, 叢, 談, 纂, 錄, 書, 則, 辭, 요
람, 報告), 서(序), 발(跋), 소설(問答[1], 奇談, 傳奇) 수필, 사
(詞), 시(詩), 가(歌), 전(傳)(史傳, 人物考) 등이다. 이들 중 논
설은 개화기 신문이나 회보 혹은 잡지를 통해서 활발히 제작된
양식으로서 그 성격에 따라 다양하다. 그리고 학은 교육적 차원

---

  1) '문답'에는 두 가지의 종류가 있는데, 하나는 단순 문답이며, 다른 하나는
서사적 문답이다. 단순 문답은 서사적인 성격이 없이 지식의 전달에 치중해
있으며, 서사적인 문답은 『자유종』에서처럼 서사성을 가지고 있는 것이다. 〈대
한그리스도신문〉에 실린 여러 문답에는 서사적인 성격을 띠고 있는 문답이
많다.

에서 이루어진 설명적 문장이며, 서나 발, 수필, 사, 시, 가 등은 전통적으로 있어 온 양식이다. 또한 '잡조'는 전통적 양식이면서도 개화기에 많은 내용이 개척된 분야이기도 하다.

그리고 소설은 논설과 마찬가지로 개화기에 눈에 띠게 발달한 양식이다. 개화기의 급박한 상황 전개를 비판적으로 대응할 수 있는 양식으로서 산문 양식인 이 두 양식은 자아가 최대한 좁혀지고 세계가 최대로 확대되면서 탐구된 양식이다. 다시 말하면 개화기의 산문 양식은 근대 세계의 문물이 한반도로 한꺼번에 밀려드는 상황에서 자아가 넓혀진 세계를 탐구하는 과정에서 부각된다. 그러므로 자아는 자신의 역사를 점검하고 타자와의 관계를 설정하여 대상을 객관화시키려고 한다. 여기에서 개화기의 산문 양식이 나타난다. 개화기의 지식인들은 서구의 근대적 현실 인식방법을 수용하여 현실에 대응하고자 한다. 따라서 그들은 산문 양식에 편향하여 응전력을 키운다.[2]

그렇다면 다음에서 개화기의 대표적 양식이라고 할 수 있는 소설과 논설의 양식적 전개 과정을 살펴보기로 하자. 먼저 소설부터 살펴보기로 하겠다. 개화기의 서사 양식은 소설, 전기(傳記, 傳奇), 야담, 기담, 전(傳), 문답 등이 있다. 이 중 전기(傳奇)와 야담, 기담, 전, 문답 등은 이미 조선시대로부터 전해져 오던 양식으로 주로 신기하고 보기 드문 이야기, 흥미진진한 이야기로서 개화기의 여러 잡지나 신문 등에 나타난다. 이는 개화기의 서사 양식이 아직도 조선 시대의 전기 양식에서 벗어나지 못하고 있었음을 말해 준다. 또한 전기(傳記)가 논설란이나 잡조란

---

2) 물론 이 시대에 시 양식이 없었던 것은 아니나 시 양식은 자신의 본래적 위상을 상실한 채 노래적 요소에 파묻힌다. 어쩌면 시 양식조차도 산문 양식적 특성을 보이고 있기도 하다. 이 시기의 시 양식은 고정적인 음악성을 뺀다면 산문정신에 의한 비판정신이 중심이 되어 있다.

등에 자주 등장하고 있는데, 이 양식이 개화기에 많이 등장한 데는 영웅 대망론에 의한 지도자의 갈망, 혹은 지식인의 요구에서 비롯한 때문도 있지만 개화기 서사 양식의 과도기적 성격 때문이다. 조선조 말부터 1910년대로 내려오면서 기담이 소설로 대체되어 가고 있는 것을 알 수 있다. 1890년대는 기담이 서사 양식의 중심이었으나 1906년 〈소년〉지 이후로는 소설이 서사 양식의 중심을 이루고 있다.3) 이렇게 전기가 줄어들고 소설이 점점 그 자리를 대체하고 있는 것은 근대적 서사체에의 관심이 높아지고 있다는 걸 의미한다. 즉, 현실주의적 의식이 강하게 나타난다는 뜻이다. 기담이나 전기가 이렇게 점점 줄어든 데에는 전기(傳記)라는 양식이 새롭게 부각되면서 역사화되자 허구적 이야기체로서 현실주의적인 근대적 양식인 소설이 전기(傳奇)의 허구적인 부분을 대체한 때문이다. 그리고 전기는 논설적인 형태를 가미하여 당대의 영웅 대망론이나 지도자 갈망 의지에서 나온 지식인적 서사이다. 이에 비해 소설은 개화파의 현실주의적이고 허구적 의식이 만들어낸 감정적이고 풍속적인 서사 양식이다. 그러나 시대적 추이에 따라 국문론이 점점 대세를 장악하면서 소설은 그 세력을 펼쳐가고 전기는 사라져간다.

　한편 논설은 개화기의 대표적 비평 양식이며, 개화기의 거의 모든 문장 속에 논설적 요소가 섞여 있을 정도로 개화기의 대표적 양식이다. 논설은 개화기에 들어와 신문 잡지의 발달과 함께 시사적이고 현실적이며 계몽적이어서 대중성을 띤다. 1890년대 신문의 논설을 보면 시사적 논설이 가장 많고, 그 중에서도 사회 풍속이 주를 이루면서 현실의 정치, 교육, 역사 등에 대한

---

　3) 구체적으로는 〈소년〉 14호에 실린 이광수의 「어린 희생」(1910. 2)이나 〈대한흥학보〉 11~12호에 실린 「무정」에서부터 전기(傳奇)가 소설로 바뀌어 간 듯하다.

관심도 나타난다. 이러한 신문의 시사적 논설에는 〈독립신문〉과 〈황성신문〉 두 경향이 있다. 〈독립신문〉은 창간과 더불어 사회 풍속에 관한 신문의 입장을 실어 '논설'이라 표제를 달았다. 그리고 그 논설의 성격에 대하여는 '공평무사'의 입장에서 정부와 '인민'4) 사이를 연계해 주는 역할이라 하고 있다.5) 그러나 〈독립신문〉의 논설이 사회 풍속 중심으로 된 데에는 개화파들이 서구적 신문 논설에 편향적이었기 때문이다. 이에 비해 〈황성신문〉의 논설은 국한문체의 세계관을 드러내고 있어 역사적 상상력을 통해 현실 정치 비판에 적극적이다. 따라서 〈황성신문〉의 논설은 〈독립신문〉의 논설과 달리 세태의 풍속보다는 역사나 정치를 비판적으로 바라본다. 따라서 그 논설은 무겁다.

그러나 무엇보다도 논설은 지식인의 득의의 양식이다. 지식인이 자신의 계급적 역할을 수행할 수 있는 양식으로 논설을 택한 데에는 논설이 갖는 교육적 성격이나 대중성 때문이다. 개화기 당시 '만민공동회'를 중심으로 대중화되어 있던 연설이나 토론, 신문·잡지 등을 통해서 대중화의 양식으로 나타난 논설은 지배자와 민중 사이를 모두 포용할 수 있는 양식이었다. 이에 지식인들은 서구에서 수용한 논설을 개화, 계몽의 도구로 사용했다.

신문의 사설에서 볼 수 있는 기관의 견해와는 달리 개인적인 논설 또한 많다. 신문이나 학회지, 회보 등에서 볼 수 있는 개인적인 논설은 논설의 체격에 크게 구애받지 않은 채 당대의 관

---

4) 당시에는 '인민'이라는 용어를 많이 썼다.

5) 〈독립신문〉 제일호 '논설'란에 이와 같은 자신들의 입장을 언급하고 있다. 그러나 〈독립신문〉은 서구적 신문의 체격을 그대로 옮겨 오고 있다. 그러므로 〈독립신문〉에서 논설은 사회 풍속을 중심으로 하고 있다. 이와 같은 〈독립신문〉의 논설 성격은 그대로 이후 신문들의 '논설'에 옮겨지고 있다.

심사에 대해 자유스럽게 자신의 견해를 펴고 있다. 이들의 논설은 세태적이라기보다는 토론적이다. 토론적인 만큼 학회지나 회보의 논설은 공동 관심사에 관한 토론에의 참여적 성격이 짙다. 다시 말하면 학회지나 회보 혹은 잡지들에서 논설은 자유스러운 시사적 소재에 관한 의견이다. 그러므로 사설과는 달리 구체적이며 개별적이다. 구체적이고 개별적이기 때문에 논설은 거의 평론에 가까워지고 있기도 하다. '평론'이라는 용어가 처음 등장하기는 1906년 전후해서인데, 1906년 8월 〈가정잡지〉 3호를 보면 주시경의 「병든 데 폐단」이라는 논설이 '평론'이라는 표제를 달고 있으며, 1907년 2월 〈야뢰〉 1호에는 박태서의 「국어 유지론」이 '시사평론'이라는 표제를 달고 있으며, 1907년 7월 〈한양보〉 1호에는 「대외백의 일한신조약의 평론」이라는 제명으로 '평론'이라는 용어를 사용하고 있다. 이는 이 시대에 논설이 평론이라는 개념으로 혼용되고 있어 시사적이고 현실적인 소재를 다루는 논설을 가리키는 개념으로 '평론'이라는 용어를 사용한 듯이 보인다. 조선조에서 평론은 '평어'라는 용어로 주로 쓰이고 있는데, 간략하게 자신의 견해를 피력하는 형식이었다. 따라서 논리보다는 가치평가에 무게 중심을 둔 양식이었다.

또한 표제에 있어서도 '논…'이나 '…론', '…설' 등으로 발표된 논설은 근대의 제도나 사상을 소개하는 개념적인 내용을 설명하는 형식이 많았고 주로 개화기 초기에 나타난다. 그러나 그와 같은 계몽적이고 개념적인 논이나 설, 혹은 학, 고 등이 줄어들면서 논, 설, 학, 고 등의 용어가 사라지고 구어적으로 풀어써 그 형식에서 자유롭고 시사적인 경향을 보인다. 그리고 논설의 분류 속에 '전'이 많다는 점이 특색이다. 다시 말하면 역사 인물의 전(傳)을 논설이라는 형식을 통해 역사 계몽적 의식을 드러내려 하기도 한다.

3. 자유주의적 일본 유학파의 등장과 에세이적 비평

1) 근대정신의 문학적 표현과 개성 탐구

개화기에서는 국문체를 중심으로 한 언어 공동체의 지향이나 자본시장과 언어와의 관련을 통해서 지식계급 중심의 담론을 키워 갔기 때문에 문학비평은 시민계급의 문화적 지평을 여는 성격을 띤다. 토론 분야로서 언어 공동체의 문제는 신문의 성장, 신소설의 발달이나 인쇄, 출판의 자본 형성과 함께 문학을 시민사회의 표현체로 만들거나 교육의 매체로서 활용토록 하며, 시민계급의 세계관을 보편화시키는 데에 일정한 역할을 한다. 따라서 개화기에서 문학비평은 지식계급의 이상인 시민사회의 지적 담론이 비판적 지성을 통해서 논설 양식으로 나타난다. 왜냐하면 당대는 민족의 근대적 개혁이 담론의 중심 줄기를 이루고 있었기 때문이다.

그러나 이와 같은 개화기 지식인 의식은 1900년대로 오면서 분화 과정을 겪는다. 개화기에서 성리학파들은 항일의병으로 나아가고 자강론자들은 중국으로 탈출하는데, 서재필 등 서구적 개화파의 일부가 다시 서구로 탈출하면서 1905년을 전후하여,

그리고 1910년을 기해서 그들이 문학비평 및 담론의 공동체에
서 분리되었기 때문에 일본 유학파 중심의 개화파만이 남게 된
다. 이것은 1905년을 전후하여 일본이 제국주의적 음모를 드러
내어 결국 한일합방이 이뤄지는 것과 무관하지 않다. 이렇게 경
세론자들이나 적극적 개화파가 국외로 탈출하면서 문학비평은
기존 담론의 공간을 축소할 수밖에 없게 된다. 따라서 성리학파
나 신채호, 박은식, 장지연 등 자강론자와 서재필, 윤치호 등 〈독
립신문〉파들을 제외한 채 일본 유학파들을 중심으로 새로운 담
론이 형성된다. 이 담론은 일본에서 근대를 배운 인물들에 의해
서 이루어지는데, 기존의 역사적 상상력이 배제된 채 문학적 상
상력을 중심으로 재구성된다. 왜냐하면 민족의 근대화가 일제에
의해서 통제된 현실에서 근대정신은 필연적으로 내면화의 길을
걷지 않을 수 없기 때문이다. 그리고 그 내면화는 일차적으로
문학적 상상력과 쉽게 영합할 수 있기 때문이다. 특히 일본에
유학하여 역사, 사회적 상상력보다 근대적 의식이 강한 부류에
게는 근대의식이 문학을 통해서 내면화될 수밖에 없다. 그들은
신흥 자산가들의 자제이거나 몰락한 양반가의 자제들로 신흥
부르주아 계급을 형성하면서 식민지라는 새로운 사회구성체에
서 근대화를 지향한 일본 유학 엘리트이다. 그러므로 그들은 근
대에 적극적으로 참여하여 자아의 혼을 불태우기 때문에 개화
기의 사회, 역사적 상상력이 박약하고 문학적 의식이 강하다.
그렇다고 그들에게서 개화기의 담론을 찾을 수 없는 것도 아니
다. 그들은 최남선, 이광수를 통해서 개화기와 1920년대를 연결
해 주는 통로였다. 또한 그들은 근원적으로 개화기의 담론으로
부터 성장해 왔기 때문에 체질적으로 민족의 근대적 개혁의식
이 영혼 속에 잠재해 있다. 최남선이나 이광수가 역사나 민족혼
을 문학적 담론으로 치환하려 한 것도 이와 무관하지 않다. 다

시 말하면 그들은 자유주의자가 되어 시민계급의 세계관을 문학적으로 표현하려는 자들이다. 그러므로 그들은 문학을 통해서 근대와 민족의식을 나타낸다. 따라서 이 시기는 최남선과 이광수가 그 대표적 작가로 활동한 시기이며, 우리 근대문학사가 여기에서 비롯하게 된 시기이기도 하다.

그러나 그들은 상징주의적 문학론의 수용과 함께 자유주의적 색채를 다분히 지니고 있다. 따라서 그들은 민족이나 역사에는 관심이 없고, 문학이라는 자아 표현의 방법이나 욕구에만 관심이 있었다. 그들이 근대를 추구하면서 문학의 자유정신에 자아의 혼을 빼앗긴 것도 이러한 이유 때문이다. 그들의 의의는 개성론의 추구에 있다. 다시 말하면 개성론은 시에서는 호흡론으로, 그리고 소설에서는 개성적 인간형의 탐구로 나타나는바, 이는 근대 부르주아 시민계급의 세계관을 문학적으로 가장 잘 나타내고 있는 주제이다. 이광수의 정육론이나 김억, 황석우의 운율론, 그리고 김동인의 인형조정술이나 염상섭의 개성론 등은 근대 부르주아 시민계급의 세계관을 문학적으로 나타낸 논리이다. 개인주의의 이상으로서의 개성은 근대 시민계급의 내면일 수 있기 때문이다.

그 문학적 담론은 〈소년〉이나 〈청춘〉, 〈학지광〉을 통해서 이루어진다. 〈소년〉이나 〈청춘〉은 최남선과 이광수가 주요 필진으로 활약한 공간으로서, 봉건적 세계관에 대한 저항을 철저한 시민적 정서로 치환한 잡지이다. 따라서 두 사람은 근대적 시민계급의 세계관을 문학을 통해서 드러내기 때문에 문학주의 혹은 문학적 정감의 전도사가 된다. 그들은 문학의 기반인 감정을 키우는 데에 열정을 쏟았으며, 그 감정의 성장을 통해서 감정적 인간형을 창조하고자 한다. 여기에서 정감의 표현을 통해 나타나는 감정적 인간형은 시민계급의 체제 내적 자의식의 최대치

이다. 또한 그들의 영향으로 등장한 일본 유학생들은 〈학지광〉
이라는 매체를 중심으로 문학을 통한 시민사회의 세계관을 확
대 재생산한다. 그러므로 다음에서 검토할 1900년대부터 1910년
대에 이르는 문학비평의 기능에 대한 연구는 주로 문학주의 속
에 들어 있는 정감론이거나 유학파의 개성론이 중심이 될 것이
다.

(1) 근대정신과 문학의 만남
  ―반봉건적 정육론

 개화기 시민계급의 담론이 1905년을 전후하여 부분적으로 통
제되면서 지식계급은 분열된다. 다시 말하면 개화기 지식인의
담론에서 찾아볼 수 있는 민족 근대화 논의가 1905년을 전후하
여 통제되면서 성리학자, 자강론자들과 개화론자들 사이에 현격
한 분열이 일어난다. 그리하여 개화기 시민계급은 일본 유학생
출신들을 중심으로 계급적 자의식을 표현하고자 한다. 일본 유
학생 출신들은 기존의 민족의 근대화라는 시민계급의 정치적
담론 대신에 시민계급의 문화적 근대성 탐구에 몰두한다. 그 문
화적 근대성이란 체제 내적 근대화의 하나로서 시민계급의 자
의식에서 비롯한다. 다시 말하면 그 근대화란 개화기에서 논의
된 민족적 근대화가 내면화되어 나타나는 양상이다. 즉, 갑신정
변이나 갑오개혁 이후 자주적인 정치혁명이 더 이상 불가능해
지면서 시민의식이라는 내면이 확대되어 나타난다. 특히 민족
문제가 직접 행동을 요구하여 지하운동이나 국외에서의 독립운
동 등 극한적인 행동주의로 그들을 몰고가기 때문에 그들은 비
정치적인 근대에 매달리지 않으면 안 된다. 왜냐하면 그들은 조

선에의 사회, 역사적 상상력이 부족하기 때문이다. 최남선과 이
광수의 활동으로 대표될 수 있는 이 시기의 문학은 최남선, 이
광수의 계보적 성격에서 비롯한다. 즉, 그들은 개화기에서 국문
체론자로서 민족의 근대화에 적극성을 보이면서도 일본을 중심
에 놓고 사고하는 개화론자이다. 따라서 그들은 근대를 일본적
의식을 통해서 드러내며 민족의 근대화 개념도 일본에서의 수
업을 통해서 수용한다. 그러므로 그들의 민족의식적 문학이란
이런 이중성으로부터 출발한다. 개화기적 민족의식과 유학에서
의 근대의식이 동시에 나타나는 것이 그 성격이다. 그리하여 정
치적 담론은 내면화되어 의식의 근대를 통해 시민계급의 담론
이 나타난다. 그 담론은 기존의 정치적 담론이 내면화되면서 나
타난 또 다른 형태의 근대정신이다. 왜냐하면 시민계급에게 있
어서 민족이란 근대적 개념이며, 거꾸로 근대정신이란 민족적
내면의 성숙을 통해서 찾을 수 있기 때문이다. 이러한 인식으로
그들은 근대정신에 적극적일 뿐만 아니라 근대에의 지향을 민
족주의 운동으로 간주한다. 즉, 그들에게 민족 문제는 조선의
봉건을 개혁하여 근대정신을 확대하는 데에 있다.

그런데 근대정신이란 국문체적 논리에서는 문학적 표현을 통
해서 나타난다. 다시 말하면 근대와 민족정신이 만나는 곳에 문
학의 근대정신이 있다. 그러므로 근대에 적극적이면 적극적일수
록 민족주의자가 되는 것이다. 이광수가 민족운동의 관점에서
소설을 썼다고 하는 것도 모두 이와 무관하지 않다. 정치적 담
론이 내면화된 마당에서는 근대를 통해서 민족운동이 가능하다
는 논리가 성립되기 때문이다. 따라서 그들은 조선의 봉건성에
적극적으로 저항하며 공격한다.

여기에 여기(餘技), 논설의 대용으로서의 문학관이 나온다. 이
여기 혹은 논설의 대용으로서의 문학관은 근대정신 혹은 민족

의식의 문학적 표현을 의미하는 것으로, 논리의 풀어쓰기 혹은 논리의 문학화를 낳는다. 그리고 이 논리의 문학화의 요체는 국문체 혹은 시문체(時文體)로 나타난다. 다음에서 최남선이 시를 쓰게 된 동기를 〈소년〉에서 인용해 보면 저간의 사정을 금방 알 수 있다.

나는 天稟이 詩人이 아니러라. 그러나 時勢와 및 自身의 境遇는 連해 連方 訴願아닌 詩人을 만들려 하니, 처음에는 매우 頑强하게 또 强猛하게 抵抗도 하고 拒絶도 하였스나 畢竟 그에게 推折된 바 되어, 丁未의 條約이 締結되기 前 三朔에 붓을 들어 偶然히 생각한 대로 記錄한 것을 始初로 하야 三四朔 동안에 十餘篇을 얻으니, 이 곧 내가 붓을 시에 쓰던 始初요, 아울러 國語로 新詩의 形式을 試驗하던 始初라.[1]

위의 인용문에서 우리는 두 가지의 중요한 단서를 얻을 수 있다. 하나는 시세가 문학을 하게 만들었다는 점이며, 다른 하나는 국어와 신시의 만남을 시험하기 위해서 시를 썼다는 점이다. 이는 당대가 문학적 세계관이 지배하던 시기이며, 그 문학은 국문체와 직접적인 관련을 맺고 있음을 말해 준다. 이광수가 지적한 바와 같이 〈소년〉을 통해 최남선은 국문체, 즉 언주문종체 혹은 시문체를 끊임없이 시험했으며[2], 이후 「붉은저고리」 「아이들보이」 등에서는 더욱 발전된 풀어쓰기까지 선보인다. 뿐만 아니라 〈샛별〉이나 〈청춘〉에 이르면 문학의 지면을 대폭 확대하여 편집하기도 한다.

---

1) 〈소년〉 6호, 1909. 4, p. 3.
2) 이광수, 「육당 최남선」, 〈조선문단〉 6호, p. 82.

그런데 최남선은 이광수와는 달리 중인계급의 세계관에 철저하다.[3] 그가 신문관이나 광문회를 세우거나 번역사업에 충실한 것도 이러한 그의 세계관에서 비롯한다. 그리고 이 중인적 세계관, 개화기 이후로는 시민계급의 세계관에서 국어와 번역 혹은 문학에 관심이 쏠린 것이다. 이 국어와 문학에의 관심으로 나타난 비평이 「예술과 근면」이다. 이 비평에서 그는 예술적 행위를 근면의 인격적 행위와 일원화시키고 있으며, 조선 중인계급의 세계관을 근대 부르주아 시민계급의 세계관으로 수용, 발전시킨다. 이후 그는 역사에 몰두한다. 하지만 그의 역사적 과업은 역사적 상상력으로서의 역사관이라기보다는 심정적인 문화적 가치로서의 역사일 뿐이다. 그러므로 그의 역사 연구의 업적은 내용에서는 불함문화론에서 정점을 이루지만 형식으로는 에세이체의 「금강예찬」, 「심춘순례」, 「백두산근참기」 등에서 정점을 이룬다.

이광수는 반봉건에 적극적이다. 그의 저항은 주로 정서적 자아의 해방으로 나타나는바 문학적이며 정육적, 감정적이다. 따라서 이광수는 정서적 자아의 해방에 적극적이며, 그 정서적 해방의 문학적 매체로서 국문론을 주장한다. 그가 최남선에 비해 반봉건에 적극적인 데에는 그의 몰락 양반으로서의 자의식이 작용한 바 크다.[4] 그는 일본 유학을 통해서 자신의 계급적 자

---

3) 최남선의 부친은 관상감을 지낸 최헌규로 청나라에서 한약재를 수입하여 돈을 모은 전형적인 중인계급이다.(육당 최남선 선생 『탄신백주년기념문집』(동명사, 1990), p.62) 이런 부친의 영향을 입어 최남선은 일찍부터 중국을 통해 서양의 근대적 문물을 접할 수 있게 된다.(최남선, 「서재한담」, 『기념문집』, p.353)

4) 이광수가 서북의 몰락 양반 출신임은 그의 회고록 여기저기에 나타나 있다. 그는 의도적으로 그러한 사실을 부각시키고 있다.

의식을 새롭게 변형시킨 인물이다. 그러므로 그는 논리를 중요
한 덕목으로 삼고 있다. 비록 그가 문학을 선택했다고는 하지만
그것은 논문의 대용으로서 당대의 유행적 양식이었을 뿐이다.
그래서 최남선의 중인적 세계관에서 발전하여 역관적 의식으로
표현된 문학론과는 달리 이광수의 문학론은 처음부터 논리성을
바탕에 깔고 있었다. 1910년 〈대한흥학보〉의 「문학의 가치」나
1916년 〈매일신보〉의 「문학이란 하오」는 개론적 비평이기는 하
지만 철저히 논리성을 배경으로 하고 있다. 그 논리성은 비평을
‘논문’이라고 여겨 문학의 한 양식으로 보는 데에서도 드러난
다. 그만큼 그는 반봉건에 비판적이다. 최남선과는 달리 성리학
의 모순을 지적하고 비판하는 데에 심혈을 기울인 것도 모두
그의 논리성에서 비롯한다. 그러나 그는 최남선을 통해 국문과
문학과의 구체적 만남을 체험하게 된다.5) 그에게는 최남선과
같은 역관적 의식이 없어 국문과 문학을 쉽게 접근시킬 수 없
었다. 다시 말하면 이광수는 개화기적 논설과 1910년대의 문학
적 인생론 사이의 만남과 갈등 속에 있었다.

그 논리가 문학이라는 구체적인 형식의 옷을 입으면서 정서
적 자아의 해방론이 나타나며, 문학적 세계관에 훨씬 기울어진
양상이 국문체론이다. 그리고 국문과 정서를 해방하는 만남의
자리가 소설이다. 개화기에 신문이나 신소설의 자본시장 형성과
함께 국문론이 대세를 유지하고 있는 마당에서 이광수는 정서
적 자아 해방의 매개체가 될 수 있는 국문론에 적극적이었다.
개화기에서 국문론과 1910년대의 국문론은 그 의미가 다르다.
개화기의 국문론은 시민계급의 근대적 언어공동체에 의의가 있
지만 1910년대의 국문론은 거기에서 발전하여 시민계급의 정서

---

5) 이광수, loc. cit.

의 표현체로서 의의를 갖는다. 다시 말하면 정감을 구체적으로 표현할 수 있는 표현체로서 국문체가 필요했다고 할 수 있다. 그러므로 그는 조선의 성리학을 비판하는 자리에서 반드시 국문론을 펴기도 하여 국문론과 반봉건을 일치시킨다.

> 말이 岐路에 入하거니와 此機會를 乘하야 朝鮮儒學者의 罪咎 하나를 말할 必要가 잇다. 儒學이 그중에도 朱子學派의 儒學이 朝鮮을 짐毒한 것은 여러가지 잇거니와 그것을 여긔서 列擧할 餘裕는 업스되 儒學이 朝鮮文學의 發達을 沮害(沮害라 함보다 찰하리 禁止)한 罪는 永遠히 消滅치 못할 것이다. 朝鮮儒學者는 文字와 思想과를 혼동하엿다. ……(중략)……
> 이 두 가지 原因으로 朝鮮人은 朝鮮文으로 朝鮮人 自身의 精神을 記錄한 朝鮮文學을 가지지 못하게 되엇다.6)

이와 같이 이광수는 국문체와 반봉건을 같은 맥락으로 이해한다. 그도 그럴 수밖에 없는 것이 정감의 구체적인 표현으로서 국문은 반드시 지켜져야 할 요목이기 때문이다. 다음에서 『무정』의 한 구절을 통해 개성의 내면을 표현하는 매개로서의 국문체를 보기로 하자.

> 산들은 물먹(水墨)으로 그린 묵화 모양으로, 골짜기도 없고 나무나 들도 없고 모두 한 빛으로 보인다. 달빛과 밤빛과 구름빛을 합하여 커다란 붓으로 종이 위에 형세 좋게 그린 그림과 같다 하였다. 이렇게 생각하는 형식의 정신도 실로 이와 같았다.7)

---

6) 이광수, 「부활의 서광」, 〈청춘〉 12호, 1918. 3.
7) Ibid., p. 117.

위의 묘사는 정서의 직접적 표현으로서만이 가능하다. 다시 말하면 풍경을 생생하게 표현하기 위해서는 이미지를 드러내야 하는데, 그 이미지는 감각적이지 않으면 안 된다. 그리고 이 감각적 표현은 국문체를 통해서 가장 잘 드러날 수 있다. 그가 필연적으로 국문체에 매달릴 수밖에 없는 것도 여기에 있다. 그리고 이러한 정서적 자아는 반봉건의 기치와 자연스럽게 연결된다. 왜냐하면 국문체가 근대적 자아의 내면을 이미지로서 표현해 주는 문체이기 때문이다. 그것은 정서의 해방을 위한 표현 매개체이며, 개성적·사실적 표현의 매개체이다. 그러므로 국문체는 단순한 언문일치의 일환으로 나타났다기보다는 당대 시민사회의 개성적 표현체로서 나타났다고 할 수 있다. 다음에서 다시 『무정』의 한 구절을 인용해 국문체에서 비롯한 감정의 시민성을 보기로 하자.

그러므로 자기가 형식을 사랑하는 것은 자기에게 대하여서는 극히 뜻이 깊고 거룩한 일이요, 자기의 동포에 대하여서는 큰 정신적 혁명으로 생각한다. 그러므로 형식의 사랑에 대한 태도는 종교적으로 진실하고 경건한 것이었다. 사랑을 인생의 전체로까지는 생각하지 않는다 하더라도 사랑에 대한 태도로 족히 인생에 대한 태도를 결정할 수 있다고 믿는다.[8]

사랑을 정신적 혁명으로 보는 입장에서는 그 사랑은 동포를 위해서 그리고 자신을 위해서 경건한 종교적인 의미를 갖는다. 그리고 그 종교적인 의미는 국문체의 연속성에서 비롯한다. 국문체로서 표현할 수 있는 감정의 해방은 근대적 혁명의 일환으

---

8) 『이광수 전집』(우신사, 1979), p. 192.

로서 개인주의적 세계관에서 비롯한다. 다시 말하면 국문체를 통해서 표현되는 감정의 해방은 이미지를 통해서 성리학적 논리에서 벗어날 수 있게 해준다.

정서적 자아에서 볼 때 조선 역사는 개성적인 감정이 죽은 시대이다. 그러므로 근대를 지향하고 개성을 해방하기 위해서는 조선의 성리학적 세계관을 파괴하지 않으면 안 된다. 여기에 그의 조선의 봉건적 의식에 대한 비판과 저항이 나오며, 근대적 혁명론이 문학적으로 나타난다. 그러나 그는 개성적 정감을 우선하는 문학주의자이기 때문에 근대를 자본주의와는 연결시키지 못한다. 그가 '자녀중심론'이나 '정육론'을 펴고 자유연애론을 주장하며 '민족개조론'을 펴 그것을 민족의식이라 주장하지만, 그의 민족주의는 정서적 민족주의 혹은 문학적 민족주의로서의 내면적 개혁으로서의 감정 해방 이상이 아니다.

朝鮮人에게 藝術을 주어라. 藝術은 그네에게 快樂을 주고 活氣를 주고 向上을 주고, 그 모든 것보다도 創造와 表現의 새 힘을 주리라. 朝鮮이라는 沙漠을 變하야 藝術의 花園을 지어라.9)

그가 「문학의 가치」나 「문학이란 하오」에서 '조선문학'의 개념으로 언어의 지국주의, 즉 조선어로 조선인의 감정을 표현해야 한다고 하더라도 그가 내세운 그 지국주의는 정서적 해방으로서의 내면화에서 비롯한다.

하지만 춘원의 감정 해방론은 1910년대 어린 학생들에게 큰 감동을 주어 수많은 추종자를 낳는다. 당시를 회고하는 박영희는 성정의 국문화 혹은 감상문 시대의 춘원의 소설이나 산문에

---

9) 이광수, 「藝術과 人生」, 〈개벽〉 19호, p. 17.

대한 감동을 다음과 같이 말하고 있다.

> 다시 말하면 내 自身도 똑같은 內容을 마음속에 가지고는 있
> 으면서 發表하지 못하고 있던 것을 바로 그대로 發表하여 주었
> 고, 내 自身이 무엇인지 혼자 애쓰고 괴로워하면서 찾던 것을 속
> 시원하게 가르쳐 주었으며, 나의 憧憬, 나의 孤寂, 나의 하소연,
> 나의 사랑…… 등을 그대로 나의 마음속에서 불러일으키며 이것
> 을 곧 外部에 나타내어 아름답게 꾸며 놓는 것이었다.…… (중
> 략)……
>
> 낡은 道德觀念을 깨뜨리는 新道德觀念의 熱火와 같은 宣言을
> 보고 나는 또한 拍手를 보내지 않을 수 없었다. 이러한 反抗的인
> 것이 情緒로 나타날 때 그의 作品에는 自由戀愛의 불놀이가 어둔
> 하늘을 燦爛케 하였다. 나도 밤새는 줄을 모르고 그것을 쳐다보
> 며 즐기었다.[10]

적어도 육당과 춘원은 1910년대 정치적 담론이 차단된 현실에
서 시민계급의 역사적 의의를 정서적이고 풍속적인 데에서 찾
아 자신들의 계급적 이해를 보편화시킨다. 그 계급적 이해는 문
학주의를 통해서 나타난다.

이 문학주의는 시민계급 세계관의 폐쇄화를 낳는다. 시민계급
의 세계관을 펼치기 위해서 시민적 인간형 탐구와 국문체론을
펼쳐 가지만, 그 인간형 탐구나 국문체론은 민족 해방이나 근대
적 계급혁명의 내면화 이상이 아니다. 그래서 인간형 탐구나 국
문체론은 민족적 개성으로서 발전하지 못하고, 보편으로서의 시

---

10) 박영희, 「초창기의 문단측면사」 1회, 『한국문단사』(영인본)(삼문사, 1982),
p. 107.

민적 인간형 탐구나 정감의 표현체 탐구에 머무른다. 그러나 이러한 시민정신의 내면화 탐구는 정치적인 부분을 배제함으로써 문학비평의 범위를 좁히고 있다. 다시 말하면 이광수는 문학론을 정치적인 담론과 분리함으로써 문학적 담론의 범위를 한정하고 있다. 그것은 이광수의 구어체에 대한 환상에서 잘 드러난다. 적어도 구어체는 생활이나 개인의 작은 감정을 드러낼 수 있지만 다른 한편 세계에 대한 정치적 비판에 한계를 갖기도 한다.

다음으로 2인문단시대 문학의 자본주의적 경향을 살펴보기로 하자. 비록 최남선이나 이광수가 문학을 선택한 이유가 계몽의 수단으로서 논문의 대용으로 당대에 유행적이기 때문만은 아니다. 왜냐하면 그들이 함께 〈소년〉지를 편집하고 투고작품을 선정, 교열했기 때문이다. 뿐만 아니라 최남선의 경우 광문회를 중심으로 신문관을 운영하고, 〈청춘〉을 통해 이광수와 함께 현상소설을 모집했으며, 이광수는 〈매일신보〉에 소설을 연재하여 그 원고료로 유학생활을 한 바 있었기 때문에 '소년문단'에서 볼 수 있는 비상업성을 끝까지 유지했다고 볼 수는 없다. 그렇다면 그들의 잡지편집이나 출판업 및 신문소설이 자본주의적 상업성과 전혀 무관하였다고 볼 수는 없다.

무엇보다도 최남선은 광문회를 열어 출판사업을 하면서 규칙을 정했는바, 제2조를 보면 결코 상업적 의식이 전무하다고 볼 수 없다.

본회는 상조(上條)의 목적을 달하기 위하여 각가(各家)의 명저와 내외비장을 온갖 방법으로 입수하여 가장 단소(短小)한 시일에 가장 근소한 대가로 가장 희귀한 도서를 가장 정밀하게 활인(活印) 혹은 석인(石印) 가입하는 회원에게 특렴한 실비를 수

(受)하고, 정기 혹 무정기로 배포함.11)

위에서 보면 가장 짧은 시일내에 가장 희귀한 도서를 최저가로 구입하여 배포하고자 하는 것은 곧 상업적 기반의 기초라고 할 수 있다. 뿐만 아니라 그가 〈소년〉이나 〈청춘〉 등에서 독자투고란을 둔다거나 〈청춘〉에서 문예를 현상모집함은 상업성에서 벗어나지 못하고 있다 할 것이다. 더욱이 초창기 〈소년〉과는 달리 뒤로 갈수록 문예란을 확장하고 있는 것도 당시의 시류와 영합하고 있는 현상이라고 할 수 있다.

최남선에 비해 이광수는 직접적으로 상업적 자세를 갖지는 않지만 그의 문학주의와 반봉건적 논리는 유행적 요소를 다분히 갖고 있다고 할 수 있다. 특히 「무정」 이후 「개척자」 등 신문소설을 통해 통속적인 주제와 플롯을 버리지 못하고 있는 것은 상업적인 데에서 벗어나지 못하고 있음을 의미한다. 그렇게 볼 때 이들의 국문체론이나 정감론이 당대의 유행성과 무관하다고 볼 수 없는 것도 당연하다.

(2) 개성의 탐구와 문학적 인간론

이광수가 문학비평을 시민정신의 내적 개혁이라는 정서적 혁명으로 폐쇄화시킨 이후로 비평은 철저히 문학주의를 통한 근대적 자아의 내면 탐구에 몰두한다. 문학적 근대론이라 할 수 있는 이러한 내면 탐구는 많은 젊은 추종자들을 낳아 그들로 하여금 춘원의 반봉건적 감정 해방을 자의식으로 갖게 한다. 따

---

11) 정진숙, 「육당과 출판계」, 『탄신백주년기념문집』, p. 63.

라서 그들은 춘원보다 한발짝 더 나아가 현실을 문학으로 대체한다. 다시 말하면 춘원은 시민혁명의 내면화로서 감정의 해방을 추구하였지만 춘원의 추종자들은 개성적 감정 자체를 현실로 인식한다. 따라서 그들에게는 문학이 곧 민족이며, 문학이 곧 개혁이며 근대이다. 그들은 주로 일본 유학생 출신들로 부유층의 자제들이거나 개신교 등 신문화의 혜택을 받은 자제들이며, 서북지방 출신자들이다. 따라서 그들은 개화기 이후 종교를 통한 서구 문화의 혜택을 일찍부터 받아온 서북지방에서 자랐기 때문에 근대에 적극적이었을 뿐만 아니라 일찍이 일본 유학의 길을 찾아 떠난 사람들이었다. 그러므로 그들은 개신교의 유학생으로서 혹은 부유층의 자제로서 일본의 신문물에 눈뜬 신흥 부르주아지들이다. 신흥 부르주아지들은 근대 세계에 대한 열망을 안고 일본 유학을 떠나 그곳에서 근대적 세계를 체험한다. 그리고 일본 유학을 통해 체험한 근대로 자신이나 민족의 역사와 현실을 대체한다. 그러므로 그들은 반역사주의자이며 개인주의자이다. 그들은 이성보다는 감정이 성숙하는 연령에 일본에 유학했기 때문에 민족이나 자아의 역사나 현실에 대한 객관적이고 논리적인 이성을 갖추고 있지 못했다. 뿐만 아니라 이광수를 통해서 감정의 해방이라는 신세계의 주술 속에 빠진 채 일본으로 건너갔기 때문에 현실적이고 객관적이며 역사적인 상상력을 습득할 틈이 없었다. 그래서 그들은 쉽게 자아의 해방에 몰두해 버린다. 그들의 자아 해방의 대부분은 이광수의 촉발에서 시작하지만 다른 한편 상징주의적 의식에서 출발한다. 그들은 일본에서 습득한 상징주의적 의식을 통해서 자아의 내면을 형성해 간다.

그러므로 그들은 자유주의자이다. 그들이 일본에서 배운 근대 개념은 자본주의가 아니라 문화적 근대였으며, 그 문화적 근대란 자유주의에 바탕을 둔 비정치적이고 비경제적인 것이었다. 오직 그들은 근대로서의 일본에 감동할 뿐 일본의 자본주의를 발견하지는 못한다.

> 땅― 땅― 울어내는 鍾소리에 敎室로 들어가니 門 열치고 돌아 오는 老博士들 위의와 風이 彷彿한 게 社會問題가 엇저니 政治道 德이 엇저니 藝術이니 宗敎니 滔滔數言으로 滿堂한 後進을 爲하 야 世界文明을 說法하는 서슬에 가슴은 비록 좁으나 늣겨 일어나 는 생각은 막을 수 업고 누를 수 업다.12)

유학생들은 오직 경이로움만을 느낄 뿐이다. 조선이 비록 근 대로 향해 나아가고 있기는 했지만 사회 일반에서는 아직도 봉 건 속에 있었기 때문에 유학생들은 일본의 근대적 제도나 사회 에 감동한다. 그리고 그 일본의 근대적 사회를 세계의 중심으로 인식하여 조선의 반봉건에 저항한다. 그들의 눈에 비친 조선은 "냄새가 코를 찌르는 썩은 생활"13)의 사회이다. 따라서 유학생 들은 자신의 임무가 봉건적 조선의 계몽을 통해서 근대의 조선 을 이끄는 데에 있다는 의식을 갖는다.14) 그리하여 그들은 일 본에서 배운 근대적 자유와 조선의 반봉건을 직접적으로 일치 시킨다. 즉, 조선의 근대와 일본의 근대를 직접적으로 연계하되, 일본에서의 교육 수준을 통해 보편으로서의 근대 개념을 수용

---

12) 현상윤, 「동경 유학생 생활」, 〈청춘〉 2호, p. 112.

13) Ibid., p. 113.

14) 이런 의식을 드러내고 있는 글을 보면 다음과 같다. 현상윤의 「동경 유학 생 생활」(〈청춘〉 2호), 「조선 청년과 각성의 제일보」(〈학지광〉 15호), 안확의 「유학생은 하여」(〈학지광〉 4호), 「일본 유학생사」(〈학지광〉 6호), 편집인의 「졸업 생을 하하노라」, 「공헌 제일의 사명을 제하여 말을 졸업생에게 붙임」 등이 있다.

한다.

그러나 그들의 교육 정도는 초보적인 수준을 넘지 못하고 있었기 때문에 근대의 본질을 배우지 못한 채 근대 주변인으로서 문화적 근대에 몰두한다.[15] 중학 정도의 학력으로 일본 도시 주변을 배회하며 유희한 정도를 근대의 개념으로 이해하고 있었기 때문에 그들에게 조선의 역사적 자아 개념이란 없다. 역사적 자아나 근대로서의 자본주의의 개념을 이해하지 못한 상태에서 나온 문학적 혹은 문화적 근대의식은 민족이나 국가 개념과 문학을 직접적으로 연결시키게 한다. 한 나라의 흥망성쇠가 문학에 달렸다는 의식이야말로 그들의 문화적 근대의식의 표본이다.

이 新文學運動은 한국 청년의 좋은 지도자였고 또 고귀한 정신적 영양소가 되었던 것이다. 그러므로 文學을 배우려는 사람이 아니라도 한국 청년이면 누구나 이 문학에서 자신을 발견하려고 하였던 것이다. 정치 교육 사회생활에 자유와 권리가 없는 그들은 이 新文學에서 그들의 이상을 세웠고 교육을 받았고 國語를 배웠으며 아름답고 즐거운 정서를 맛볼 수 있었던 것이었다. 더구나 政治나 思想方面에 취미와 재능을 가진 청년들까지 먼저 이 문학으로 모이었다.[16]

위와 같이 춘원이 퍼뜨려 놓은 문학적 민족주의의 여파로 생긴 문학주의는 일본 유학생들에게 일반화되어 급속도로 자유주의적 사고를 퍼뜨리며, 이 자유주의적 사고 속에서 문학적 인생

---

15) 졸저, 『민족문학과 비평정신』(새미, 1994), p. 183.
16) 박영희, 「현대한국문학사(4)」, 〈사상계〉 1958. 10, p. 241.

론이 싹튼다.

人生과 밋 藝術은 한 거름 더 깁흔 근저엣 의미는 合一이며, 一致며, 同一的인 바, 合一이며, 一致며 同一的 아니여서는 아니될 것은 藝術이 人生에 對하야 疑意할 것이, 업게 됨으로써라. 藝術的 理想을 가지지 못한 人生은 空虛며, 따라서, 無生命이며, 無價值의 것 아니 될 수밧게 없다.[17]

문학 혹은 예술과 인생을 일치시키는 위와 같은 의식은 근대적 자의식을 갖게 만들며, 그 근대적 자의식은 문학을 통해서 형성되어 자유주의적 색채를 띤다. 정치와 경제로의 진출이 차단된 상태에서 쉽게 접할 수 있는 근대가 문학이며 문학적 의식이기 때문에 문학적 자유주의는 시대적 의의를 갖는다. 그리고 문학적 근대의식은 자아 탐구로 발전한다.

自己를 對象으로 한 참 사랑이 업스면, 自己를 爲하야의 自己의 世界인 藝術을 創造할 수 업다. 自我主義가 업스면 하누님이 지은 世界에 滿足하여슬 것이오, 따라서 藝術이 생겨날 수 업다.[18]

현실로서의 세계가 차단된 상태에서 예술 혹은 문학적 인간으로서 자아는 몰입적이며 병적이다. 춘원의 문학주의가 관념적이기는 하지만 강하게 시대적·역사적 색채를 띠고 있다면, 그들의 문학주의는 춘원으로부터 물려받았지만 역사적 색채를 잃

---

17) 김억, 「예술적 생활」, 〈학지광〉 6호, p. 61.
18) 김동인, 「자기의 창조한 세계」, 〈창조〉 5호, p. 49.

은 채 오직 병적 자의식만을 키워 간다.

그러나 그들의 의식이 철저히 문학에 있었기 때문에 문학적 발전은 커간다. 근대 개성론의 변형이라고 할 수 있는, 시에서의 내재율의 수용이라든가 소설의 예술성 확보 등은 그들의 문학주의적 의식에서 비롯한 수확이다. 김억의 개성률이나 황석우의 '영률' 등은 근대 자유시의 발전에 획기적 선을 긋게 했고, 김동인의 「자기의 창조한 세계」로 대표되는 작가 우위론은 소설가와 이광수의 민족운동가 사이에 분명한 선을 긋고 있다. 여기에 이광수와 그들 사이에 균열이 생긴다.

모다 二十歲內外의 靑少年으로 中等 程度 學校의 卒業生 程度의 學識밧게 업는데다가 淺薄腐敗한 日本의 頹廢期의 文學에 잠간 感染되엿을 뿐 모든 일의 基礎되는 人格의 修養과 學識의 修養은 거의 如하여 益하야 自國의 歷史와 諸민족의 國民性에 對하야 아모 智도 識도 업스니 그 中에서 健全한 文學 偉大한 文學이 나오기를 엇더케 바라겟슴닛가.[19]

개화기 이후 민족적 의식을 지닌 지식인들에게 그들의 의식은 부정적으로 비쳐지게 되어 신채호나 이광수의 비판을 받는다.

하지만 그들은 신흥 부르주아지로서 계급적 자의식을 보다 예리하게 드러내고 있다고 할 수 있다. 기존의 시민계급의 세계관이 다분히 신채호, 서재필, 윤치호 등 정치적 색채를 강하게 띠고 있었으나 1905년을 전후하여 그와 같은 정치적 색채가 차단되면서 이광수를 통해서 문학적 감정적 색채 중심으로 시민

---

19) 이광수, 「문사와 수양」, 〈창조〉 8호, p. 14.

계급의 의식은 내면으로 숨어 자아의 의식 등에 집중하게 된다. 시론, 소설론 및 문학론 등을 통해서 개성론을 펼치고 있는 것도 이러한 비정치적 문학주의적 내면성의 탐구에서 비롯한다. 그러나 그 내면성의 탐구를 통해서 그들은 자신의 계급적 세계관의 문학적 표현법이나 논리를 얻을 수 있는 길을 발견하게 된다. 왜냐하면 그들에게는 국가가 상실된 마당에서 근대와 자본주의의 역사적 단계를 일치시킬 수 없는 어려움이 있었기 때문이다. 그래서 그들은 자신의 혼에서 문학적, 혹은 감상적 자의식을 발견한다. 여기에서 정치나 경제를 통한 근대가 침략으로 열려 있는 상황에서 식민지민의 근대는 문학을 통한 자의식을 드러내는 일이 최선일 수 있다. 이러한 길이 1910년대 문학주의자들이 선택한 논리이다.

어쩌면 그들 신흥 부르주아 지식계급은 고독하고 절망적이었을지 모른다. 왜냐하면 본질적으로 자신들이 나아갈 수 있는 길은 이미 막혀 있고, 열린 길이라고는 문학 혹은 문화적인 방향밖에는 없었기 때문이다. 만일 문학적인 길마저 잃게 된다면 그들은 충분히 친일의 길로 갈 수 있는 신흥 부르주아지들이다. 그래서 그들은 상징주의에 경도되고 감상주의자들이 된 것이다. 그들의 감상은 계급적 자의식이며 시대적 필연이다. 이미 정치적 논리가 막혀 있지만 근대를 맛본 상태에서 문학은 사상을 대체할 수 있는 분야였다. 당시의 근대적 학술이나 논리가 대부분 기술적이고 관리적으로 떨어졌기 때문에 문학은 젊은이들의 사상을 표현하거나 욕구를 분출할 수 있는 유일한 통로였다. 그러므로 문학 혹은 감상문은 그들의 계급적 필연에서 나온 자아의 내면 탐구이다.

이와 같은 개성론을 사실적 의식에서 찾고자 한 비평가로 염상섭과 백대진이 있다. 그들은 자신들의 계급적 세계의 내면을 탐구하면서도 어떻게 하면 그 내면을 현실로 드러낼 수 있는가를 모색한다. 따라서 그들은 감상적이고 시적인 데에서 근대를 찾기보다는 산문적이고 현실적인 데에서 근대를 찾는다. 그들은 일본에서 습득한 자연주의를 문학의 현실주의로 인식하고 자연주의적 문학을 근대의 개성론과 일치시킨다. 하지만 그들의 자연주의나 개성론은 일본적 자연주의 혹은 근대로서의 개성론, 즉 관념론 이상이 아니다. 염상섭이 「예술과 개성」에서 자연주의와 개성과 예술을 일원화시키는 데에서도, 문학적 근대에서 크게 벗어나지 못하고 있는 그들의 개성론으로서의 자연주의가 폐쇄적임을 말해 준다.

> 우리는 무엇보다도 赤裸의 個人으로,—自己로 도라가야 하겠습니다. 奴隸的 모든 慣習으로부터 赤裸의 個人에—이것이 우리의 '못토'가 아니면 안이 되겠습니다. 自己 心靈을 蠶食하는 自己가 心靈 속에 속속두리 彌滿된 偶像權威와 性癖으로부터 解放도어야 하겠습니다. 自己欺瞞, 自己抛棄, 自己虐待로부터 自己解放에? 人生蹂躪으로부터 個人解放에![20]

비록 자연주의를 통해 근대의 현실주의 문학을 수용하려고 했지만 결국에는 근대적 개성론으로 귀추된다. 이는 일본 유학생 출신의 문학적 담론이 갖는 한계이다. 근대를 문학적으로만 인식하여 내성적 혁명을 통해서 근대가 이루어지리라는 것은 그들이 갖는 근대적 담론의 한계이다. 그리고 그 한계로 한국근대문학사의 근대적 성격이 형성되기도 한다. 그것은 곧 정치주의가 철저히 차단된 채 오직 내면 탐구에 몰두하고 있는 데서

---

20) 염상섭, 「자기학대에서 자기해방에—생활의 성찰」, 〈동아일보〉 1920. 4. 9.

나타난다.

(3) '나' 표현 방식으로서의 감상문

1910년대의 글쓰기는 개화기보다 더 자유로워지고 있다. 이는
논설에서도 나타나는바, 개화기만 하더라도 표제에서조차
'논…'이나 '설…' 혹은 '…논', '…설', '…학' 등이 많았으나
1910년대에 오면서 그와 같은 표제는 사라지기 시작하여 구어
적 종결 표제가 많이 나타나고 있다. 즉, '…함', '…하여라',
'…하고', '…에', '…을' 등을 표제로 많이 쓰고 있다. 이렇게
논설의 표제에까지 구어체가 나타날 정도로 글쓰기의 형식이
자유로워지고 있다. 그만큼 구어체의 의식이 보편화되어 계몽적
논문의 성격이 줄어들고 있다.

새로운 내용을 담은 이 새로운 文章은 우리들의 滿足과 歡喜의
焦點이었다. 그러므로 그때 우리는 小說이건 感想文이건 論文이
건 選擇하지 않고 이 새로운 文章의 魅力에 心醉하였던 것이
다.21)

문장은 국문체 중에서도 구어체를 근간으로 바뀌어 가고 있
었으며, 구어체적 문장 의식은 기존의 논문을 변혁시키고 있었
다. 그리하여 개화기에 '논문'이라는 형식으로 평론을 실천했던
논설은 줄어들고 평전과 평론 혹은 수필이 대거 등장한다. 이제
논문은 논문이며, 평론 혹은 비평은 논문과는 다소 편차를 보이

---

21) 박영희, 「초창기 문단측면사」 2회(영인본)(삼문사, 1982), p. 108.

는 양식으로 나타난다.

이광수는 「문학이란 하오」에서 비평을 논문과 평론으로 나누어 논문을 보편적인 개념으로 보면서 이론과 칼라일이나 몽테뉴의 수필 등도 평론이라 하여 문학적인 논설로 본다. 따라서 그에 의하면 이론과 에세이를 동시에 끌어안으면서 그 둘을 모두 문학이라는 양식의 하위 범주에 두고 있다.[22] 그러나 이 시기를 전후하여 비평에서 이론과 에세이 사이에 변별성이 생겨난다. 즉, 개념적이고 객관적인 논문은 이론으로서 자리잡고, 수필적 문학론 또한 새롭게 등장하는 계기를 맞게 된다. 이런 현상은 일반적인 학술에서도 나타난다. 〈우리의 가정〉〈학지광〉〈반도시론〉〈삼광〉〈태서문예신보〉 등에서 논문이 차지하고 있는 비율보다 논설이 차지하고 있는 비율이 더 높게 나타난다. 이는 학문적인 계몽이 이론으로 나아가고 논설은 비평으로 확대된 데서 나타난다. 이론에 개념성이 강해지고 개인적 의지가 상실되면서 에세이와의 분리가 나타나는 현상이 이 시대 글쓰기의 일반적 경향이다. 이론은 1905년을 전후하여 학회지가 통제되고 관리되면서 에세이와 분열을 일으킨다. 즉, 이론이 논문의 형태로 굳어지면서 기술과 전달의 성격을 띤 반면 문학적 자의식은 철저히 에세이적인 형식을 갖추었다. 그래서 이론과 에세이 사이에는 극단적인 틈이 생기고 있기도 하다.

1910년대는 신흥 부르주아의 자유사상 계몽기며 의식투쟁기라는 시대적 성격에서 발전하여 문장면에서도 이와 같은 자유

---

22) 춘원은 「문학이란 하오」에서 다음과 같이 비평 혹은 평론을 정의하고 있다.

"人이 文學的 作品, 즉 소설, 시, 극 등에 表現된 主旨를 自家의 頭腦 중에 一旦 용입하였다가 갱히 自家의 論文으로 發表함을 위함이니, 현대 문학계의 일반을 점하니라."(〈매일신보〉 1916. 11. 17)

사상의 일단은 그대로 나타난다. 다시 말하면 1910년대 문장은 주로 자유사상에 감염된 젊은 청년 학생들의 자의식을 드러낸다. 그들은 반봉건적이며 자본주의적 자유사상을 자아화하여 문학적 인간으로서 성장하며 문학 속에서 발견할 수 있는 자유의식을 자유롭게 표현하는 것을 최고의 이상으로 삼는다. 그리고 그런 그들의 의식을 가장 잘 대변해 주고 있는 문장 형식이 감상문이다. 신흥 부르주아 지식계급인 그들은 인간이나 민족 등 보편적인 가치보다는 개체로서의 '나'에 관심을 집중하여 근대적 인간으로서의 개인에 가치를 두고 그 개인을 현실적 자아와 구분하지 않는다. 그러므로 자아의 표현적 의사소통을 글쓰기의 최고 가치로 보고 자아의 감상적 자의식을 드러낼 수 있는 문장을 발표한다. 이 시기에 발표된 비평 또한 이러한 그들의 의식을 그대로 반영하고 있다. 비평은 이제 논문과는 다른 문학자 개개인의 의견을 창출하는 자리이다. 여기에 김억이나 황석우의 '개성률'이나 김동인의 소설가 우월론 혹은 염상섭의 자연주의적 개성론이 대두한다. 그와 함께 염상섭과 김동인 사이에 백악의 「자연의 자각」에 관한 비평적 논쟁이 나타난다. 이러한 비평의 성장은 말할 것도 없이 감상문의 발달에서 온다.

1910년대에 감상문은 큰 진폭을 갖고 있었다. 이 당시에 발표된 소설, 논문, 비평 등은 넓은 의미에서 감상문의 형태를 띠고 있다. 이광수의 「윤광호」나 「어린 희생」이 소설이라는 표제를 달고 발표되었지만 감상문의 테두리를 벗어나지 못했으며, 이론은 평전의 형태를 취하거나 사실적이고 개인적인 견해를 많이 포함하고 있었으며, 비평은 개인의 취향을 강조했다. 뿐만 아니라 1920년대로 내려올수록 시 양식이 점점 발표 지면을 넓혀가고 있었으며, 수필이라는 분류 항목이 추가되어 그 범위가 넓혀져 가고 있었다.[23] 1920년대 초 시 양식 우월 현상도 사실상은 1910년대의 연속성으로부터 오며 1919년의 폭발성에서 꽃피워진 것이라고 할 수 있다. 또한 우리 근대시사에서 주요한의 「불놀이」나 최남선의 근대적인 시나 이광수, 김억의 근대적인 시가 나온 시기도 이 시기임을 우리는 간과해서는 안 된다. 그만큼 이 시대는 개인의 감상이 우월한 시대이다. 그리고 그와 함께 근대의식을 계급적으로 자아화한 신흥 부르주아 지식인들의 시대적 의식, 즉 반봉건적 의식투쟁기의 양상이 첨예하게 나타난 시기도 이때임을 간과할 수 없다.

그들은 시대적 소임을 강하게 표현하고 있다. 그러나 그들의 시대적 소임은 민족이나 국가 개념을 상실한 절름발이식 시대 의식에서 비롯된다. 그래서 그들은 1919년 삼일운동의 패배에 허무와 절망을 쉽게 자아화할 수 있었던 것 같다. 그들에게 삼일운동은 문학적 감상으로 다가온 최고치의 현실 운동일 수 있기 때문에 삼일운동의 발발 이후 신흥 부르주아 문학적 지식인들은 삼일운동을 감상적으로 자아화한다. 그리고 그 감상적 자아화의 최고치가 시 양식으로 드러난다.

아울러 이 시기 비평에서 특기할 만한 양상으로는 '독자비평'이 비교적 활기를 띠고 나타난다는 점이다. 「『무정』 122회를 독하다가」라는 독자의 감상적 비평이 작품의 구체적인 비평으로서 이 시대의 대표적 비평 양상을 드러낸다.

---

23) 〈태서문예신보〉에서는 '수필'란이 대폭 증가하며, 〈서광〉이나 〈삼광〉 등에서는 논이나 평이 수필적이다. 또한 기행문이 넓게 읽히는 양식으로 각광을 받는다.

2) 병적 신비주의와 자연주의적 감각

1905년을 전후하여 분열되기 시작한 지식계급은, 1910년을 기해서 완전히 분열되는 듯하다 삼일운동을 계기로 일시적으로 재통합된다. 1910년대만 해도 일본 유학생 출신들을 중심으로 근대적 민족의식이 문화운동으로 내면화되고, 1910년대 조선 내에서의 중심 담론이 일제에 의해 통제되고 조정되며 지식이 제공되고 있었기 때문에[1] 역사적 상상력을 갖춘 성리학파와 경세론자들이 반제국주의적 직접 투쟁으로 나아가 개화론자들은 일제의 제국주의적 지배의 테두리 내에서 활로를 모색하게 되었다. 이런 정황 속에서 문화운동을 담당한 인물로 일본 유학생 출신들이 자연스럽게 부상한다. 그들은 일제의 검열 내에서 근대적 기법을 실험했으며, 또한 그 기법을 통해서 영혼의 목소리를 표현하고자 했다. 그 대표적인 작가로 최남선, 이광수와 이들을 추종하여 등장한 신흥 자산가 계급 출신이거나 기독교적 신앙에서 성장한 인물들로서 개성론자들인 김억, 김동인, 염상섭 등이 있다. 최남선과 이광수는 개화기적 의식에서 연속해 있었으므로 논설과 문학, 혹은 역사와 문학 사이에서 번민, 갈등한 반면 개성론자들은 개화기적 상상력이 전무한 상태에서 일본에서의 근대적 체험으로 형성된 문학적 인생론에 몰두하여 이광수적 번민이나 갈등을 배제한다. 즉, 그들은 순문학주의자로서의 면모를 갖춰 간다.[2] 특히 개화론자들은 최남선, 이광수에게서 오직 반봉건적 의식만을 모방하여 반역사적 근대성에 몰입한다. 즉, 그들은 최남선, 이광수를 매개로 하여, 혹은 일본

---

1) 황현의 『매천야록』에 보면 1905년을 전후하여 일제는 학회를 장려하고 지원했다고 되어 있다.(황현, 이장희 역, 『매천야록』(대양서적, 1982), p. 335)

의 지식인들을 매개로 하여 근대의 선구자가 되려는 욕망을 갖는다.[3] 따라서 그들이 고립적으로 자신의 내면에 폐쇄되어 개성의 내면으로 파고들거나 그 개성의 내면을 가장 잘 드러낼 수 있는 양식으로 문학을 택한 것도 최남선, 이광수를 매개로 한 근대적 선각자에의 욕망 때문이다. 따라서 그들의 욕망은 왜곡되고 병적인 데에까지 이르러 허구적인 소설 인물의 욕망의 구조를 갖는다. 그래서 자연스럽게 개성론자들에게 문학은 욕망의 분출 도구로 자리잡고, 그리고 근대의 매개가 된다.[4] 왜냐하면 문학만이 욕망을 직접적으로 표현할 수 있는 매개였기 때문이다. 그리하여 그들은 문학적 인생관에서 개성을 탐구하고, 그 개성의 내면에 병적으로 집착한다.

그러나 삼일운동은 이들에게 자아의 폐쇄적 내면을 뛰어넘을 수 있는 좋은 계기가 된다. 왜냐하면 삼일운동은 현실주의적 행

---

2) 이러한 경향은 이들의 출신 성분과 관련이 있다. 김동인, 김억, 황석우 등은 토착 지주들의 자제로서 부모의 재산에 힘입어 십대 후반에 일본에 유학한다. 일본에서는 주로 중학 정도의 수업, 즉 어학이나 교양 학습에 머무르면서 일본의 근대적 문화와 접촉한다. 주요한은 목사인 아버지를 따라 어린 나이에 일본에 가서 공부하며 성장하였으며, 염상섭은 중인 집안 출신으로 소학교를 졸업하고 일본에 유학한다. 이들은 대부분 1890년대에 태어나 1910년대, 즉 십대에 일본에 유학한 인물들로 대학을 마치지 못하고 교양 정도의 학습을 하고 귀국한다.

3) 르네 지라르의 욕망의 삼각형 구조에 의하면 매개를 통해서 계층의 상승을 노리는 욕망의 구조가 소설 등 허구적 작품에 나타나는 인물의 행위 구조이다. 지라르의 『보봐리 부인』 분석에 의하면 엠마는 파리 사교계의 로돌르나 레옹을 매개로 하여 파리 사교계의 별이 되고자 하는 욕망을 안는다. 여기에서 엠마는 욕망의 삼각형을 만들며 계층 상승을 지향하고 있는 것이다.(르네 지라르, 김윤식 역, 『소설의 구조』)

4) 박영희, 「초창기의 문단측면사」 1회, 『한국문단사』(영인본)(삼문사, 1982), pp. 106~107.

동을 통해서 나타난 민족적 시민운동이었기에[5] 자아의 내외면의 분열을 통일해 줄 수 있었기 때문이다. 따라서 그들은 개체적 자의식에서 민족적 자의식으로 발전해 가지 않으면 안 된다. 다시 말하면 모든 담론이 내면화로 치닫고 있어서 민족의 현실이나 개체의 현실이 무시되고 있었기에 삼일운동은 민족의식에 눈뜨고 현실의식에 눈뜰 수 있는 계기였다. 뿐만 아니라 1910년 이후 분열된 지식계급의 담론을 통합하는 데에도 삼일운동은 일조를 한다. 즉, 최남선과 이광수, 그리고 염상섭 등 다양한 지식계층을 통합할 수 있는 계기였다. 다시 말하면 지식계급은 삼일운동을 통하여 민족운동과 역사적 계급의식을 통일할 수 있는 길을 마련하여 문학에 현실의 충격을 수용할 수 있게 된다.

문화주의자들은 1910년대 이후 꾸준히 내면의 자의식에 함몰되면서 현실에 대한 탐구가 부족했다. 그러다 보니 내면과 현실 사이의 분열이 심화되어 가고 있었다. 그러나 삼일운동은 일시적으로 그 분열 양상을 통합하는 데에 일조를 했다. 왜냐하면 삼일운동은 자아와 현실, 내면과 외면 사이의 통일을 통해서 민족적 현실운동의 역량이 모아졌기 때문이다.

하지만 삼일운동의 실패는 통합된 지식계급을 다시 분열시킨다. 일제는 문화정치라는 시민의식의 내면을 확대할 수 있는 길을 열어주면서 일제에 의해 제시된 근대성을 보편화시키려고 근대적 시민의식을 표본으로 보여줌으로써 시민계급의 민족의식을 차단한다. 이러한 문화정치가 부여하는 담론의 부정한 개방 속에서 진실한 담론을 낳기 위해 부르주아 지식인들은 수많은 다양한 담론체를 만들어 간다.[6] 크게는 민족주의와 사회주

---

5) 안병직 교수에 의하면 삼일운동은 부르주아 계급의 민족운동이다.(안병직, 「삼일운동에 참가한 사회계층과 그 사상」, 〈역사학보〉 41집, 1969. 3, p. 51)

의로 나눠 볼 수 있는 이러한 담론체들은 삼일운동 이후의 혼
란과 절망 속에서도 일제의 문화정치 내에서 활로를 모색하여
청년들을 중심으로 작은 결사체들이 만들어진다. 즉, 담론이 부
정적으로 허용되었지만 그 부정적인 허용 속에서 참 담론을 일으
키려는 청년들의 모임은, 한편으로는 문화주의를 표방하고 다른
한편으로는 노동운동을 표방하며 각각 나름대로 담론을 확대해
재분열을 일으킨다. 이 분열은 1910년대의 분열보다 훨씬 세분
화되는 경향을 보인다. 왜냐하면 부르주아 지식계급이 자기 모
순을 인식하고 활로 모색을 위해 다양한 지식을 외부로부터 수
용하지 않으면 안 되었기 때문이다. 그들은 부르주아 민족운동
혹은 문화운동이 지닌 한계를 인식하고 민중을 어떻게 민족운
동으로 끌어들일 것인가 하는 데에 담론의 초점을 맞춘다.

다른 한편 1910년대 문화주의자들은 분열된 담론의 현실 속에
서 기존의 자아의 내면 속으로 다시 침잠해 들어가면서 내부
분열을 일으킨다. 그리고 그 내부 분열이 동인문학시대를 연다.
그리하여 그들은 개별화되어 개성의 내면에 더욱 유폐되어 폐
쇄적 동아리를 구성하거나 개별적 내면에 고립된다. 그리하여
20년대 초에는 각 분야별로 분리적이고 독립적인 담론이 크게
나타난다. 문학자는 문학적 담론의 순수성을, 과학자는 과학적
담론만을, 그리고 경제학자는 경제학적 담론만을 표현한다. 그
리고 문학적 담론은 다시 재분열하여 섹트화가 일어나며, 섹트
들 사이에는 의사소통이 어려워져 배타적 관계가 형성된다. 뿐

---

6) 여기에서 담론의 '부정적인' 개방이라 함은, 일제가 문화정치를 통해서
담론을 분열시키거나 민족운동을 거세하기 위한 것이기 때문이다. 그러나 민
족 운동적 담론은 그와 같은, 담론의 거짓된 개방에도 불구하고 담론 내용은
참 담론을 지향하려고 한다. 그러므로 20년대 초의 담론은 그 부정한 개방을
어떻게 접근하느냐 하는 것을 문제삼지 않으면 안 된다.

만 아니라 섹트 내에서도 내적 세계 탐구에 몰입해 있었다. 그
만큼 그들은 정서적으로 병적인 상태에 빠져 정신분열을 일으
킨다.

1910년대 문화주의자들은 1920년대에 들어서는 이광수가 갖고
있는 시민혁명의 의식까지도 포기한 채 문학적 개성론 및 문학
적 인생론을 적극적으로 자아화하여 삼삼오오 동인적 그룹을
구성해 더욱 깊이 내면 속으로 침잠해 들어간다. 그러나 그 유
폐는 사회와의 거리일 뿐 문학적으로는 전문화를 낳아 문학적
담론의 발전을 가져오기도 한다. 하지만 그와 같은 폐쇄화 혹은
문학적 전문화는 1924년을 전후하여 현실주의자의 등장을 불러
온다. 그리하여 1920년대를 통해서 내외적 문화주의자들은 분열
을 거듭해 간다. 그러나 1920년대 초의 문학적 담론은 삼일운동
이후의 일시적인 현상으로 1910년대의 연장선에 있었다.

(1) 부르주아의 병적 신비주의

1910년대 문학주의자들로 이루어진 1920년대 동인들은 1910년
대의 시민적 개성론 혹은 감상적 인생론에서 발전하여 전문적
으로 문학이라는 양식을 건설하려고 한다. 적어도 그들은 문학
이라는 양식을 순수한 자아의 발현 양식으로 보고 그 자아 발
현 양식으로서의 문학을 그 어떤 협잡물과도 분리시키려고 한
다. 그러기 위해서 그들은 우선 최남선, 이광수와 자신들을 분
리한다. 이광수가 문학을 반봉건적 정육론으로 인식했다면 1910
년대 〈학지광〉을 중심으로 한 개성론자들은 근대 시민성의 정
서적 핵심인 개성에 침잠해 가면서 문학적 인생론을 펼쳤다. 그
러나 그들은 그때까지만 해도 정서적으로 아직 병적인 데에까

지 발전하지는 않는다. 왜냐하면 그들은 이광수로부터 물려받은 시민혁명의 이상을 통해서, 혹은 이광수를 매개로 하여 욕망의 분출을 꿈꾸고 있었기 때문이다. 하지만 그 이상이나 욕망이 삼일운동의 실패로 인해 좌절되면서 그들은 절망과 비탄 속에서 더욱더 자아의 내면으로 빠져들어 병적 집착을 보이게 된다. 삼일운동으로 외적 현실과 내적 개성 사이의 분열이 봉합되는 듯했지만 그와 같은 통일이 환상임을 깨달은 젊은 문학주의자들은 이광수와 분열하여 자아의 내면 속으로 더욱 침잠해 들어갔다. 그들에게 현실은 절망만을 가져다 줄 뿐 더 이상 자아를 실현하는 터전은 아니었다. 그리하여 그들은 반역사주의자로 굳어지면서 자아의 내면 탐구에 적극적이다. 뿐만 아니라 자아의 내면 주위에는 두꺼운 벽을 쌓아 외부와의 언어 소통을 단절하고 있었다. 개개인은 자아의 테두리 내에서 자아의 내면으로 숨어들었다. 따라서 그들이 문학적이면 문학적일수록 문학의 폭은 좁아지는 대신에 그 내면은 깊어졌다. 그리하여 문학은 전문화되고 발전할 수 있는 계기를 마련한다. 다시 말하면 1920년대 동인지시대부터 문학은 문학다운 면모를 갖추게 되며, 특히 근대문학으로서의 틀을 갖추게 된다.

부르주아적 문화주의자들이 1910년대 계급적 자의식을 문학적 인생론으로 표현하면서 1920년대 들어 문학은 하나의 형식을 갖는 계기를 마련한다. 이는 삼일운동 이후 각 부르주아 집단들이 보인 전문적이고 폐쇄적인 담론의 분열적 경향에 많은 영향을 입는다. 그리하여 20년대에서는 문학적 인생론이 반봉건적 근대화의 일환으로서보다는 그것이 문학이라고 하는 하나의 형태를 갖추어 자아를 드러낼 수 있는 양식으로 발전할 수 있게 된다. 그들에게 문학이란 감상적 교과서나 인생론 혹은 반봉건의 자료가 아니라 엄연히 하나의 형태를 갖춘 독립적인 문화

양식이며 삶을 표현하는 양식이다. 그러므로 그들은 문학이라고 하는 양식의 아이덴티티를 위해서 어떤 사회적, 정치적 협잡물도 배제한다.

여러분 中에서 或 時局에 關한 말을 써서 보내시는 이가 계시지만은 우리 創造는 純文藝雜誌인고로 作者의 誠意는 감사하오나 記載할 수는 업싸오니 여러분은 注意하여 주시기를 바라나이다.7)

그들에게 문학은 반봉건의 자료도 아니고 민족운동의 방편도 아닌, 어디까지나 순수로서의, 혹은 자아라고 하는 개체의 내면을 드러낼 수 있는 독립 양식으로서의 문학이어야 한다. 왜냐하면 그들에게 문학이란 자아의 개성과 내면을 가장 첨예하게 형상화시킬 수 있는 양식으로서 존재하기 때문이다. 다시 말하면 문학주의자들에게 문학이란 자아의 내면과 개성의 표현을 형태화시키고 완성하는 정신 현상의 하나이다. 이미 문학주의자로서 근대에 적극적인 그들에게 있어서 문학을 독립된 양식으로 완성시키는 일은 그들에게는 자아의 존재적 완성을 지향하는 길이며, 부르주아적 반봉건을 운동적이거나 기분적으로 놓아 두지 않고 존재적으로 표상시키는 일은 그와 같이 기분적이고 무형적 상태에 있는 정신 흐름을 정형화하거나 양식화하는 것이다. 그렇기 때문에 문학주의자들은 적극적으로 문학의 근대적 형태를 완성시키고자 하며 문학의 예술화를 지향한다.

따라서 문학의 근대적 형태의 완성과 자아의 부르주아적 자의식을 동일시하는 계급적 인식이 형성된다. 그리고 이와 같은

---

7) 「남은 말」, 〈창조〉 5호, 1920. 3.

양상에서 1920년대 동인지 문학의 가능성과 한계를 찾을 수 있다. 여기에서 가능성이란 문학의 근대적 형태를 완성시켰으며 문학을 유희나 도구의 개념에서 건져내 순수 예술화시켰다는 의미이다.

　올습니다. 재미잇는 事實이 이스니 小說이나 하나 써보쟈 해서는 안 됩니다. 或은 참을 수 업는 自己 感情이나 經驗을 한번 小說로 발표해 보자 해서는 안 됩니다. 이거슨 작가의, 가장 빠지기 쉬운 잘못이오 위험인 줄 암니다. 藝術化해야 비로소 小說이 되겟지오.[8]

〈창조〉의 위와 같은, 형태를 향한 예술화 혹은 순수화의 지향은 〈폐허〉나 〈백조〉, 〈장미촌〉에서도 마찬가지로 나타난다.[9] 그들이 각각 동인 형태로 배타성을 갖고는 있었다 할지라도 예술적 순수성에 있어서만은 공동의 의식을 안고 있었다. 왜냐하면 그들은 공히 1910년대의 개성론들일 뿐만 아니라 계급적으로나 성장 과정이 동일하기 때문이다. 그들은 자아를 추구하고 그 자아의 내면을 보다 깊이 탐구하려는 욕구에서 문학을 선택하여 그 문학의 양식적 완성을 통해서 자아의 완성을 이루려 했다. 따라서 그들의 의지로 인해 문학의 전문화가 이루어진다.

　다른 한편 이들 문학주의자들은 자아의 내면을 극단적으로 추구함으로써 개성의 개화가 완성되는 것으로 안다.[10] 이미 1910년대부터 개성의 해방을 통해서 반봉건이 이뤄진다는 의식을 갖고 있는 이들은 1920년대에 들어 개성의 해방을 완성시켜

---

8) Ibid.

9) 〈폐허〉가 폐허 위에 문학을 건설하려 한 것이나 〈백조〉가 예술미를 문제삼는 것도 모두 이와 같은 전문화의 일환이다.

주는 양식으로서 문학 혹은 예술을 지목하고 있다.

極度의 에고이즘이 한번 變化한 것이 참사랑―自己잇고야 나는
참사랑이다. 이것―이 사랑이 藝術의 어머니다면 어머니랄 수도
잇고, 殆라면 殆랄 수도 잇다. 自己를 對象으로 한 참사랑이 업스
면 自己를 爲하여의 自己의 世界인 藝術을 創造할 수 업다.[11]

藝術美는 作者의 個性, 다시 말하면 作者의 獨異的 生命을 通하
야 透視한 創造的 直觀의 世界요, 그것을 投影한 것이 藝術的 表
現이라 하겟다.[12]

그들은 참 개성의 표현으로서 예술을 지목하고 거기에 침잠
하려고 한다. 왜냐하면 예술을 창조하는 것은 곧 개성의 세계를
탐구하는 것이며, 그 개성의 탐구는 예술 표현을 통해서 찾을
수 있기 때문이다. 이와 같이 예술 속에서 근대적인 개성을 추
구하고 예술 속에서 삶의 근원을 찾으려는 것은 예술 속에서
영원히 죽지 않는 생명을 찾으려 하는 데서 비롯한다. 오상순이
「시대고와 그 희생」에서 자기 희생과 영원한 생명을 추구하는
것은 곧 예술적 개성론에 다름 아니다. 페허에서 자아를 지키고
생명을 보전하는 일은 자아의 개성적 유로이며 영원한 생명을
갖는 예술을 통해서 가능하기 때문이다. 그러므로 그들은 자아
의 생명이 숨쉴 수 있는 예술을 통해서 영원의 신비한 세계를

---

10) 변영로는 「주아적 생활」(〈학지광〉 20호)에서 극단적 자아주의를 주장하
고 있기도 하다. 그런데 이러한 개성적 인간론은 일본의 島村抱月에게서 영향
받은 바 크다.

11) 김동인, 「자기의 창조한 세계」, 〈창조〉 7호, 1920. 7, p. 49.

12) 염상섭, 「개성과 예술」, 〈개벽〉 22호, 1922. 4, p. 8.

찾아나선다. 이 신비 추구는 계몽이라는 역사적 의식과는 약간 다르다. 다시 말하면 20년대의 개성론은 1910년대의 개성론이 갖는 역사의식이 완전히 삭제된 채 문학주의적으로 변형되어 나타난다. 그 개성은 순수로서의 개성이며 인간 존재로서의 개성이며 문학적으로 형태를 갖춘 개성이다.

　現代 藝術의 對岸에서 참됨을 부르즛는 우리는 時間的, 空間的, 社會的, 國民的, 因襲的 모든 實生活에서 버서나지 안이하면 안이 되겟다. 完全한 自我의 赤裸, 靈的 自己를 求치 안으면 안이 될 것이겟다.[13]

1920년대 초 신비주의가 여기에서 나온다. 참된 자아를 찾기 위해 문학이나 예술을 찾아나서기 때문에 문학주의자들은 필연적으로 신비주의로 숨지 않을 수 없다. 그들의 신비는 문학적 신비이며 현실을 떠난 유폐적 신비이다. 그런데 문학이나 예술에서 자아를 찾는다는 것은 그 문학이나 예술 속에 있는 영적인 자아를 찾는다는 의미이다. 그러므로 필연적으로 그들은 영적인 세계를 탐구하거나 신비주의로 나아간다. 박영희의 「꿈의 나라로」 「환영의 황금탑」, 박종화의 「밀실로 돌아가다」, 황석우의 「벽묘의 모」 등 주로 시를 통해서 그와 같은 신비주의는 극치를 보인다. 왜냐하면 현실의 협잡물을 배제하고 순수 자아의 영혼을 탐험하려는 자세는 시적 형상을 통해서 가장 잘 드러날 수 있기 때문이다. 소설이 자아와 현실 사이의 객관적 대립성에서 양식적 존재가 드러난다면 시란 확대된 자아 속에서 세계를 발견하는 양식이다. 그런데 20년대 초 자아의 개성적 영혼을 찾으려는

---

13) 김유방, 「현대예술의 대안에서」, 〈창조〉 8호, 1920. 1.

부르주아 문학주의자들에게는 현실이 자아의 내면 속에 있었기 때문에 시를 표현의 주 양식으로 삼을 수밖에 없었다. 그래서 비록 소설이 몇 편 발표되고 있기는 하지만 그 소설들은 감상성이 지워지지 않았거나 현실이 철저히 탈색되어 있었다. 김동인의 「약한 자의 슬픔」, 현진건의 「빈처」, 염상섭의 「표본실의 청개구리」, 나도향의 「환희」 등 소설은 서사적 자아가 현실과 대면관계를 유지하지 못하고 감상에 비틀거리며 자아의 혼에 유폐되어 있다. 이에 비해 시는 환상과 초월을 그리며 활발하게 그 내면을 넓혀 간다. 여기에서 환상이나 신비는 자아의 내면 속에 있는 환상이며 신비이다. 그런데 무형의 자아 속을 깊이 추구해 가면 갈수록 신비나 환상이 현실을 대체한다. 그들이 넓혀 간 환상이나 신비의 나라는 서사적 세계에 비해 훨씬 자아의 혼에 유폐되었다. 따라서 혼은 넓혀지고 현실은 좁혀진다. 그러므로 그들은 주로 시 양식을 통해 자아를 표현하려고 한다.

　이렇게 시를 통해서 환상이나 신비의 세계를 탐험하는 데에는 20년대 초 부르주아적 문학주의자의 반역사적, 비현실적 세계관에서 그 원인을 찾을 수 있다. 부르주아 문학주의자들은 자아를 극단적으로 추구하다 그 극단적인 자아의 내면에서 새로운 현실을 발견한다. 그 현실은 탈현실적 신비, 혹은 종교적 신비, 엑스타시적 초월의 세계이며, 일본 유학을 통해서 자아화한 일본적 개성론과 신비주의의 산물이다.14) 일본어를 통해서 읽은 서구 문학의 감각 혹은 당대 일본 문학의 감각을 통해서 조

---

14) 오상순의 「종교와 예술」(〈폐허〉 1호)이나 신태악의 「종교와 문예」, 이훈의 「신비주의」(〈학지광〉 21호) 등은 당시 일본에서 유행하던 신비주의를 그대로 수용한 것에 불과하다. 그리고 박영희는 「초창기의 문단측면사」에서, 당시의 일본 유학생들이 20년대 초 문단을 이끌어갔고, 또 그들은 주로 일본어를 통해서 서구의 작품을 탐독하였다고 하고 있다.

선의 현실을 자아화한다. 그 자아화는 요정의 무대에서 표현된 의식 내면의 문학으로 나타나며, 초월·환상 등 신비적 세계를 탐험하는 문학으로 그려진다. 그러므로 그들은 극단적 슬픔이나 죽음, 병, 암흑 등을 문학의 주제로 삼거나 현실과 대결하기보다는 현실로부터 도피하거나 현실에서 오는 감상을 표현한다. 따라서 그들에게 삼일운동 후의 폐허란 환영 속의 자아로 들어가는 소재들 중의 하나이며, 화전민이나 노동자로 떨어지는 당시 민중의 현실은 봉건적 미개로 인식될 뿐이다. 왜냐하면 그들은 이미 역사성과 현실성을 부정한 자리에서 자아의 개성을 극단적으로 추구하여 병적 신비주의로 떨어져 자폐적 자아에 유폐되었기 때문이다.

> 자네는 空想을 虛僞로 아는가. 아니어. 空想처럼 創造的이고 驚異的은 업다네. 우리으 熱情을 태우는 許多한 藝術的 作品이 其實은 空想의 産出 아니고 무엇이며 近代生活을 極度로 懷疑와 悲哀에 끌어가게 한 이는 『하무레트』란 架空的 人物이 아니고 무엇인가.[15]

공상을 창조의 기반으로 보는, 이와 같은 의식은 당시 부르주아 문화주의자들의 세계관에서 비롯한 것이다. 그러므로 문학주의자들은 현실보다는 예술 속에서 자아를 발견하고 예술 속에서 현실이나 자연을 발견한다. 예술지상주의라고 할 수 있는 이 세계관은 자아의 해방이나 자아의 완성을 통해서 현실의 위기가 열린다는 의식을 갖게 된다. 염상섭이 「至上善을 위하여」에서 자아의 실현을 지상의 선으로 간주하는 것이나 김동인이

---

15) 임노월, 「미지의 세계」, 〈개벽〉 14호, 1921. 8, p. 20.

「자기의 창조한 세계」에서 자아주의를 예술가의 본질로 보는 것 등은 예술지상주의 세계관의 완성을 위한 담론이다. 여기에서 완성이란 문학적 형태로서의 홀로서기를 의미한다. 1910년대의 문학주의에서는 아직 문학적 형태를 갖지 못하고 에세이로 부유하고 있었는 데 반해 20년대 초 문학주의는 문학적 형태를 갖추는 계기를 마련한다. 특히 시에서 그와 같은 성과를 얻는다.

식민지 독점 자본주의에서 신흥 부르주아 계급으로 성장한 문화주의자들은 자본주의 사상인 개성을 자아화하며 사회적으로 형태화함으로써 계급의 역사적 위상을 공고히 하려 한다. 여기서 계급의 역사적 위상이란 신흥 부르주아 계급이 의식의 근대화에서 주체세력으로 떠오르고자 하는 의지와 관련된다. 따라서 그들은 삼일운동 이후의 허무적이고 퇴폐적인 사회적 분위기를 자아화하여 문학을 통해서 부르주아적 계급 해방을 이루고자 한다. 그러므로 또한 그들은 당대의 식민지적 현실에 대해서는 눈감은 채 자아의 내적 해방에만 몰두하고 있었기 때문에 신비주의자가 된다. 그들은 자본주의적 근대성에는 자의식을 갖고 있으면서도 그 자본주의적 근대가 민족적 자아를 침략해 오는 문제를 감안하지 않고 있었다. 그리하여 병적인 것을 근대 일반으로 파악한다.

過去의 時代를 順調, 또는 健全이라고 하면 近代는 말것업시 變調, 또는 病的이라고 하지 아니할 수가 없습니다. 이리하야 近代의 政治, 宗教, 藝術이 다 이 變調, 病的狀態에 잇습니다. 더욱 文藝術로 말하면 이 病的, 또는 變調의 맛이 적지 아니합니다. 이는 文藝라는 그 自身의 罪가 아니고 時代라는 그 自身의 罪라 아니 할 수가 업습니다.16)

이와 같이 근대성을 병적인 것으로 파악하기 때문에 그들은 식민지적 조선의 사회 구성체나 현실의 객관적 실상에는 문외한이면서 서구적 근대성에는 적극성을 보인다. 즉, 현실이 빠진 관념화된 근대성에의 인식으로 그들은 민족의 개성적이고 역사적 단계로서의 계급의식을 갖지 못하고 폐쇄적이고 파편화된 자의식을 갖는다. 이 파편화되고 폐쇄적인 자의식은 동인지적 섹트화를 낳고 환상이나 신비, 죽음, 슬픔 등을 탐구하게 하거나 요정을 무대로 한 요정문학을 낳아 문학적 섹트 의식을 강화한다. 따라서 그들은 이광수류의 민족적 문화주의자와도 분리되고 이성태류의 노동운동과도 분리된다. 오직 〈백조〉를 발간하던 문화사 거리에서 장발을 하고 술을 마시며 요정의 여자들로부터 선망의 대상이 되어 자신들만의 세계에서 자만과 정열을 태우며 현실과 담을 쌓고 있었다.[17] 그러므로 병적 낭만주의, 신비적 낭만주의, 예술지상주의가 없을 수 없다.

그러나 1922년을 지나 1923년을 거치면서 민족적 문화주의자들과 사회주의자, 무정부주의자들의 사회, 민족운동이 점점 활발하게 일어나면서 그들은 비판을 받거나 자기 비판의 기회를 갖는다. 따라서 문화주의자들은 현실적 기반을 갖기 위해 몸부림친다.[18] 그들의 문학주의가 경제적 기반을 담보로 하지 않으면 안 되는 지경에서 신비적 환영의 문학론은 부정되지 않을 수 없었다. 다시 말하면 동인지가 몇몇 개인의 재산에 의존하고 있는 비경제적 형태로는 그들이 지향한 근대주의는 환상에 불

---

16) 김억, 「근대문예」 3, 〈개벽〉 16호, 1921. 10, p. 88.

17) 이에 대해서는 박영희의 「초창기의 문단측면사」를 볼 것.

18) 이광수는 「문학과 인생」에서, 신채호는 「조선혁명선언」에서, 박종화는 「오호 아문단」에서 20년대, 임정재는 「문사 제군에게 여하는 일문」에서, 김기진은 「Promenade Sentimental」에서 예술지상주의, 신비주의를 비판한다.

과하다. 그러므로 그들은 환영의 문학에 더 이상 갇혀 있을 수 없었으며 진공 속에서 숨막히는 개성을 느끼지 않을 수 없게 된다. 이에 그들의 문학은 점점 기반을 잃고 만다. 1922~1993년에 문학이 공소한 이유도 여기에 있다.

이와 같은 흐름에서 월평이 시도되고 문학 논쟁이 벌어질 수 있게 된다. 그 동안 문학론이라고 해봐야 서구의 근대문학을 소개하거나 개별적으로 발표되는 문학적 에세이를 넘지 못하다가 문학의 형식 완성과 함께 문학적 논쟁과 월평이 본격적으로 나오게 된다. 김동인과 염상섭의 논쟁, 김억과 박종화의 논쟁, 박종화, 김억의 월평 등은 동인지적 문학주의의 파편화에서 기인한 것이며, 토론의 체계가 형성되지 못한 결과이다.

(2) 보편으로서의 근대문학에서 개별로서의 근대문학으로
-자연주의적 시대 감각

그 동안 근대문학의 담론은 주로 근대문학 일반, 혹은 서구 근대문학이라는 보편의 개념을 조선의 근대문학 일반에 대입하려는 의식에서 출발하였다. 다시 말하면 개화기 이후 근대문학의 담론은 서구 문학을 근대의 표본으로 삼고, 그 서구 문학의 지향을 통해서 조선의 근대문학을 건설할 수 있다는 의식, 혹은 그와 같은 관념을 개념화하는 방향으로 전개되어 왔다. 그러므로 이러한 의식에서 나타난 문학론은 서구 근대문학의 사상이나 단계에 자신의 영혼 혹은 의식을 맞추려는 데에서 출발할 수밖에 없다. 개화기의 문체론이나 1910년대의 민족문학론, 개성론 등이 모두 이와 같은 보편으로서의 서구 근대문학에 대한 대자적 의식에서 형성된 담론이다. 그리고 그것은 1920년대 초 병적 낭만주의나 신비주의를 통해서 문학적 형태를 완성하는 데에 일조를 한다. 서구의 근대문학을 지향하다가 우리 문학의 근대적 체질을 형성하는 양식화가 20년대 시문학을 통해서 이뤄졌다는 것은 근대문학사적으로 의의를 갖는다.[19)

하지만 1919년을 전후하여 성장한 현실 의식은 그와 같은 서구의 근대성에 볼모로 잡힌 담론에 부정적인 자의식을 만든다. 그리고 그 부정적인 자의식은 현실의 조선, 개별로서의 조선을 인식하는 계기를 만든다. 이를 통해 근대 일반, 혹은 근대 보편으로서의 의식은 제국주의의 먹이사슬에 끌려 자아를 내던지는 꼴이 되기 때문이다. 그 계기가 삼일운동이며, 문화운동의 한계 인식이며, 무저항적 삼일운동이 지닌 한계와 함께 문화운동의 폐해의 인식은 젊은 지식인들에게 감정적이 아닌, 현실적이고 투쟁적인 힘의 논리를 통한, 내재적 근대를 지향해 가게 한다. 그 내재적 근대 지향이란 민족 개별성에 근거하여 독립정신을 키우려는 의식에서 비롯한다. 민족의 현실성에 근거하려는 의식이 여기에서 싹튼다. 이와 같은 의식에서 가장 중요한 것은 일본이나 서구와 조선의 현실 사이에는 분명한 변별성이 있다는 점을 인식하는 일이다.

이런 인식으로 일부의 담론은 단순한 개성에서 민족적 개성으로 그 주제가 바뀐다. 기존의 개성 해방이 단순한 근대적 보편 사상으로서 개성의 해방이었다면 삼일운동 이후 젊은 지식인들에게는 개별성으로서의 민족적인 개성의 해방이었다. 이러한 경향으로 1917년 러시아 볼세비키 혁명의 성공과 그 혁명의 세계화에 의해 영향을 입거나, 또한 삼일운동이 미치는 민족 운

---

19) 적어도 『무정』이나 「불놀이」의 문학과 20년대 동인문학에서 탄생한 문학은 다르다. 그 차이는 문학의 순수성, 즉 양식적 독립성에서 나타난다.

동의 가능성으로부터 영향 입어 민족적 개성의 해방에 대한 가
능성이 탐구된다. 비록 삼일운동 이후 다양한 목소리가 다양한
단체를 형성하여 분파적 모습을 보이기는 했지만 청년 지식인
들을 통해서 이와 같은 민족적 현실 의식이 성장한 데에는 문
학적 담론을 새로운 국면으로 이끌기에 충분했다. 1919년 이후
각종 사회주의 단체와 무정부주의 단체 및 민족주의 단체들이
결성되면서, 그 각 단체들이 자신들의 파벌적 의식을 드러내기
도 했지만 민족의 개별적이고 현실적인 목소리를 내기 위한 담
론을 형성하기도 했다.[20]

  여기에서 중요하게 나타난 담론이 민중예술론이다. 이 담론도
수입적인 데에서 크게 벗어나지 못한 것은 한가지이지만, 서구
의 중심 담론에 대한 대립적 담론이라는 점에서 우리에게 자의
식을 갖게 하고 있다. 김억을 통해서 로맹 롤랑의 「민중예술론」
이 소개되고, 러시아 노농문학[21] 등이 소개되면서 이들은 기존
의 우리 문단에 새로운 지식을 부여하는 자극제가 된다. 문학을
단순히 감정의 해방터로 알던 기존의 담론에 대해 그들은 문학
을 새롭게 정의하려고 한다. 즉, 그들에 의하면 문학은 민중의

---

  20) 예술지상주의, 신비주의와는 다른 계열의 문학론자들의 계보를 보면 다
음과 같다.
  (1)이광수류의 수양적 민족문학론, (2)정백이나 이성태, 임정재류의 러시아
혁명적 계급문학론, (3)흑도회의 무정부주의 사상, (4)김억, 김기진의 로맹 롤
랭적 민중예술론이나 바르뷰스적 계급예술론 등이 있다. 이 중 (4)가 백조파
와 연결되면서 20년대 후반 우리 문학의 담론을 이끌어간다. (4)가 세력을 확
보한 데에는 (4)가 문학 중심적인 담론을 펼 수 있었기 때문이기도 하지만,
구성원들이 변모에 적극성을 띠었기 때문이기도 하다. 특히 박종화나 박영희,
김억 등이 (4)에 동조적이었다. 그에 비해 (1)은 (4)에 대해 안티적으로 남게
되고, (2)(3)은 사회운동으로 나아간다. 그리고 (1)과 (2)의 관계는 이광수의
「민족개조론」으로 인해 (2)가 (1)을 〈신생활〉을 통해서 비판하는 데서 보듯
대립적이다.

현실적 삶의 문제를 담으려는 그릇이며 혁명의 인자이다. 또한 현실의 포용이란 문학을 부르주아적 귀족성으로 치부하던 기존의 담론을 부정하고 문학의 현실주의적이고 계급적인 속성을 수용한다는 의미이다. 이는 기존의 문학을 통한 개성의 해방이 내적 해방이었다면 민족 현실의 개성 해방을 외적 해방으로 보는 데서 비롯한다. 이 해방은 민족적이며 계급적일 뿐만 아니라 정치적이다. 그러므로 집단적이며 현실주의적이다.[22]

　최남선이나 이광수가 수양동우회적 의식으로 '예술과 인생'을 주제로 삼는 것이나, 사회주의자들이 노농 러시아의 계급문학을 수용하여 우리 문학의 체질을 변환시키려는 것이나, 〈백조〉파들이 우리 문학의 반성을 통해서 문학적 변모를 꾀하려는 것 등은 모두 우리 문학의 현실적 기반을 확보하려는 담론의 주제에 다름 아니다. 1910년대 이후로 현실적이며 역사적인 상상력에 의한 담론이 점점 파편화해 삼일운동 직후 2, 3년 동안은 그 파편화가 극에 달해 병적인 상태에까지 이른다. 그러나 그러한 파편화는 극단적인 고립과 경제적 파탄을 낳아 스스로 허물어지면서 새로운 담론을 요구하지 않을 수 없게 된다. 그와 같은 담론의 지향이 곧 넓은 의미의 민중문학론이다. 이 민중문학론은

---

21) 당시 러시아 문학을 소개하는 문장을 보면 다음과 같다.

김명식, 「노서아의 산문학」, 〈신생활〉 3호, 1921. 4.

정백, 「노농 노서아의 문화시설」, 〈신생활〉 6호, 1921. 7.

사설, 「신예술운동」, 〈매일신보〉 1923. 1. 8, 9.

임노월, 「사회주의와 예술」, 〈개벽〉 37호, 1923. 7.

이종기, 「사회주의와 예술을 말하신 임노월 씨에게 묻고저」, 〈개벽〉 38호, 1923. 8.

22) 이와 같은 해방론으로 우리는, 묘향산인의 「제일의 해방과 제이의 해방」, 이성환의 「먼저 농민부터 해방하자」, 「조선의 농민이여 단결하라」 등 당시 많은 사회운동론을 볼 수 있을 것이다.

아직도 구체적으로 거론되지는 않았지만 현실적 가능성으로서 그 지식이 수입되고 파편적인 조선 문학의 기반에 대한 반성의 계기가 된다.

특히 〈백조〉를 중심으로 형성된 자기 반성은 새로운 기운을 얻기에 충분했다. 그 동안 백조파 이외에 염상섭이 개성론을 민족적 개성론으로 발전시키려 했다든가 임정재가 현실 운동의 감각으로 부르주아 문예론을 비판했지만 담론의 중심을 이끌어 가지는 못한다.23) 그것은 당시의 문학적 담론이 〈백조〉나 〈폐허〉등 문학주의적 색채 속에서 이뤄지고 있었기 때문이다.24) 백조파 중에서도 박종화, 김기진이 중요한 의의를 갖는다. 그들이 의의를 갖는 것은 그들이 문화주의자이기도 하지만 다른 한편으로는 당대의 현실을 비판적으로 이해할 수 있는 산문을 쓰기도 했기 때문이다. 박종화는 비록 병적 신비주의 시 「밀실로 돌아가다」나 「흑방비곡」 「사의 예찬」을 쓰기는 했지만 다른 한편 「러시아의 민요」와 같은 글에서는 격변기 러시아의 민중 예술에의 관심을 높이려 하기도 하며, 「오호 아 문단」이나 「문단의 일년을 추억하야」 등의 평론을 써서 문단의 창작계를 비판하여 문단의 방향을 제시하려 한 데서 볼 수 있는 바와 같이,

---

23) 염상섭은 「지상선을 위하야」에서 민족적 개성론을 언급하고 있기는 하나 발전적으로 현장의 문학 속에서 언급하지는 못하고 있다. 다른 한편 임정재는 현장 사회운동의 감각으로 「문사 제군에게 여하는 일문」을 통해 부르주아적 문단 전체를 비판하지만 하나의 의견 이상이 되지 못했다. 그것은 임정재의 문장이 당시 문단의 구어적 국한문체가 아니라 한주국종의 구투였기 때문이기도 하지만, 다른 한편으로 그 비판이 그가 문단 외곽에서 던지는 한 의견에 불과하였기 때문에 문단 내부적으로 수용되지 못하였다.

24) 1920년대 내내 이 파편화는 문제점으로 지적되지만 20년대 초는 그 파편화가 더욱 심각했다. 앞에서도 잠깐 살펴본 바와 같이 동인지시대는 그와 같은 파편화의 영향으로 이루어진 것에 불과하다.

그리고 〈백조〉 3호에서부터는 「목 메이는 여자」와 같은 소설을 쓰기 시작하고 있는 데서도 알 수 있는 바와 같이 점점 병적 유미주의에서 벗어나 현실이나 인생에 대한 고뇌와 함께 산문에 대한 관심을 갖게 된다.[25] 따라서 그는 당시 자연주의적인 암흑면이나 러시아 민중예술에 대한 이해를 갖고 있었으며, 산문을 발표하면서 월평이나 소개 비평 등 비평에 쉽게 접근할 수 있게 된다. 그만큼 그는 〈백조〉 2호에 실은 「오호 아 문단」의 비관적인 인간론적 예술론을 펴는 데서 발전하여 〈개벽〉 31호에서는 「역(力)의 예술」을 펼칠 수 있게 된다. 뿐만 아니라 김억과의 논쟁을 통해 비평의 담론 교환을 활발하게 전개하기도 한다.

다른 한편으로 팔봉의 의의는 일본을 통해서 러시아 혁명 전야의 고민기를 조선의 현실과 빗대거나 바르뷰스의 '클라르테' 운동을 소개하여 우리 문학의 병적 신비주의를 비판하고 혁명 문학을 이끌어 들이려고 한다. 그는 〈백조〉 3호에 「한 개의 불빛」 등 시를 발표하지만, 그것들은 병적 낭만주의적 감각을 표현하기보다는 지식인적이고 비판적 자의식에서 비롯한 시이다. 그리고 「프로므나드 상티망탈」이나 「떨어지는 조각조각」 「마음의 폐허」 등 감상문을 통해 문학주의자들에게 감염성을 높이려고 한다. 그리고 그와 함께 클라르테를 소개하거나 바르뷰스의 사상을 소개하여 문학의 풍토를 새롭게 바꿔놓으려고 노력한다.

그러나 위의 현실주의적 개성론이나 변혁 의지는 어디까지나 자연주의적인 한계를 보인다. 그와 같은 사정을 우리는 박종화나 김기진의 비평 혹은 감상문을 통해서 알 수 있다. 비록 그들

---

25) 월탄의 고민상에 대해서는 박영희의 「초창기의 문단측면사」 4에 간략하게 기술되어 있다.

이 '힘의 예술'이나 '계급문학'을 역설하기는 했지만 그 힘의 예술이나 계급문학은 계몽적인 차원을 벗어나지 못하고 있을 뿐만 아니라 더욱이 자연주의적 색채를 담고 있기까지 하다. 다시 말하면 〈백조〉의 병적 신비주의는 현실을 껴안을 때 그대로 자연주의적 색채를 띠게 된다. 그 자연주의는 병적 신비주의가 갖는 암흑면을 집중 부각시킴으로써 같은 사상적 경향을 갖고 있다. 그들이 비록 러시아의 암흑기 혹은 혁명 전야의 분위기나 삼일운동 이후의 조선의 분위기를 자연스럽게 대비하는 데서 새로운 문학을 역설했다 하더라도 당시의 퇴폐적이고 절망적인 분위기, 그리고 문학주의적인 분위기에서는 자연주의적으로 나타날 수밖에 없었을 것이다. 특히 김기진이 비록 러시아 혁명기의 분위기를 통해서 우리 문단을 개혁하여 새로운 계급문학의 가능성을 제시하려고 했지만, 그것들보다는 주로 폐허의 조선을 보여주는 그의 감동적인 감상문이 깊은 감동을 이끌어 낸다.

廢墟다! 마음속이 廢墟가 되고 말앗다. 가슴속이 廢墟가 되고 말엇다. 우리의 鄕土, 이 朝鮮 廢墟가 되고 말앗다. 荒涼한 겨울에 잇는 우리의 땅이 폐허다! 그러나 廢墟면 廢墟일 따름이냐? 안이다. 廢墟인 때문에 蠢動이 잇다. 廢墟인 까닭에 힘의 부르지즘이 잇슬 것이다. 偉大한 混沌한 創造의 交響樂이 廢墟의 그 밧에서 解産될 것이다.[26]

김기진의 위 감상문은 염상섭이 쓴 〈폐허〉 창간호의 「폐허에 서서」의 톤과 전혀 다르지 않다. 오직 다른 것이 있다면 김기진은 새로운 문학, 계급문학을 소개하는 정도인 반면에 염상섭은

---

26) 김기진, 「마음의 폐허」, 〈개벽〉 42호, 1923. 12, p. 134.

폐허 자체에 집중해 있다는 점이다. 이는 다시 〈백조〉 동인의 극단적으로 병적인 환영에의 꿈이나 죽음과 전혀 다르지 않으며, 또한 이는 〈백조〉 동인이 프로문학의 길을 열 수 있는 가능성을 이미 잠재하고 있었다는 것을 암시해 주며, 염상섭의 경우나 박영희, 김기진에서 볼 수 있는 소설이나 평론의 양식적 가능성을 열어주는 계기가 된다.

다시 말하면 자연주의적 분위기와 감상문의 감염성은 소설의 양식적 완성을 도우며, 또한 비평의 문단적 위상을 갖게 해준다. 김동인의 「배따라기」「감자」, 염상섭의 「만세전」, 최서해의 「탈출기」, 나도향의 「물레방아」 등이 이 시기를 통해서 우리 문단의 소설 양식으로 설 수 있는 계기를 마련하고, 월탄이나 김억의 월평이 나타나고 김기진, 박영희 등이 본격적으로 평론이라는 양식을 선택하여 전업할 수 있는 계기를 마련한다. 이는 자연주의적인 시대적 분위기와 자연주의적 감각의 만남을 통해서 가능했다. 식민지 독점자본주의 사회에서 부르주아 문학자들의 자의식이 가장 잘 드러난 경우가 이 자연주의적 폐허 의식이다. 〈백조〉나 〈폐허〉가 이러한 계급적 자의식을 가장 잘 드러냈으며 또한 새로운 문학의 전환기에서 자신의 계급적 자의식을 무의식적으로 드러낸 것이 감상적 폐허를 통한 계급문학 혹은 역의 예술론이다. 그들은 이러한 자연주의적 신문학을 자아화하면서 새로운 문학에의 학습에 들어간다. 그것이 바르뷰스이고 러시아 혁명 전야의 문학이며 계급문학이다. 자연주의적 의식에서 감상문을 통해 그 분위기를 자아화한 후 전문적으로 계급문학을 학습하여 자아화한다. 이 문학이 20년대 후반의 문학이다.

(3) 에세이적 인생론과 문학론의 만남
─비평 감각의 형성

삼일운동 이후 조선의 지식계급은 파편화되어 저마다 단체를 조직하여 자신의 목소리를 내고 있었다. 그러므로 각 단체들은 공동의 주제를 이끌어낼 수 없었을 뿐만 아니라 담론들 사이의 토론도 이루어지지 못한 채 파편화해 갔다. 그러나 이렇게 작은 소그룹 내에서 담론들은 활발하게 전개되고 있었다. 그것이 동인체이다. 그리하여 이 작은 담론체들은 자아의 내부적 담론에 몰두하여 내적 담론을 풍요롭고 활발하게 진행시킨다. 이와 같이 각 담론체의 파편화의 영향으로 문단도 그 나름의 독립적이고 개별적인 담론체로 분열되어 성장한다. 과거 문학 담론들은 민족의식이나 문화주의 내에서 형성되고 있었기 때문에 에세이적이었으며, 그만큼 순수 문학적이지 못했다. 그러나 작은 토론장과 담론은 활성화되었다. 염상섭을 중심으로 1922년에 '문인회'가 조직되고, 〈창조〉〈폐허〉〈백조〉 등이 나오면서 민족운동이나 사회운동 등의 단체와는 다른 독자적인 담론이 형성된다. 비록 동인지 형태로 파편화되어 있기는 했지만 그들은 문학의 내면에서 자아의 영혼을 찾는 데에 일치하고 있었다. 다시 말하면 문학적 담론이라는 주제 내에서 각자의 동인체들이 파편적으로 자체의 담론을 만들어간다. 그러므로 각 동인적 담론체들 사이에는 겉으로는 토론이 이루어지지 못하고 있는 것 같다. 왜냐하면 당시만 하더라도 모든 담론체들의 파편화가 극심했기 때문이다. 그러나 그들은 같은 계급이며 성장과정이나 지식이 유사할 뿐만 아니라 유사한 담론체를 갖고 있었기 때문에 부딪칠 수밖에 없게 된다. 이미 그들은 사회나 민족 등 큰 담론을 배제한 상태에서 자아의 내면 속으로 침잠하고 있어서 파편화되어 있지만 응집력을 갖게 마련이었다. 그들에게는 문단이 세계였으며 자아였다. 그러므로 담론의 담당자들은 동인 형태의 인간을 구성하여 동인들 사이에 통일된 목소리를 냈으며, 다른 동인의 목소리와 더불어 토론하게 된다.

위와 같이 담론이 문학 내면에 폐쇄적이기 때문에 이론이나 에세이 또한 문학 내적인 주제에서 벗어나지 못한다. 이론이 있다 할지라도 문학론이고 에세이가 있다 할지라도 문학 에세이이다. 그러나 앞에서도 밝힌 바와 같이 문학 내적 담론의 발달로 문학론이라든가 문학비평이 이 시기를 통해서 자리를 잡는 계기를 마련한다. 문학론은 「톨스토이의 예술관」「플로베르론」등과 같이 주로 외국문학 작가론이나 작품론에서, 혹은 이훈의 「신비주의」, 효종의 「희곡의 개요」와 같이 본질적인 이론적 탐구 등에서 발견되고, 에세이적 비평은 백악의 「자연의 자각」을 둘러싼 김동인과 염상섭의 논쟁이나 월평을 통한 박종화와 김억의 논쟁으로, 혹은 주요한의 「성격파산」, 성해의 「빙허군의 「빈처」와 목성군의 「그날밤」을 읽은 인상」과 같이 작품에 대한 개인적인 인상을 작품론으로 표현하는 데서 나타나거나 「문단에 대한 요구」와 같은 문단시평으로 나타나기도 하고, 박종화나 김억의 월평으로도 나타난다.[27] 그런데 이 시기에는 이론보다는 에세이가 훨씬 많이 나타난다. 그만큼 각 담론체들의 개별적인 의식이 많이 드러나고 있다고 할 수 있다. 개별적인 인상이나 시대의식이 강하게 자리하고 있기 때문에 논쟁이 형성되고

---

27) 이론과 에세이를 변별할 때, 필자는 논에는 순수 논리가 강하게 나타난 것이나 개인이나 시대의식이 배제된 문학론을 모두 여기에 포함시켰고, 에세이에는 시대적이고 개인적인 문학론을 모두 여기에 포함시켰다. 그러므로 작가론이나 작품론이라 할지라도 시대적이냐 아니냐, 혹은 개인의 의식이 얼마나 포함되었느냐 아니냐를 변별의 기준으로 삼았다.

월평이 이루어진다. 그리고 이렇게 개성의 내면에 대한 탐구가 많아지다보니 논리보다는 감정적인 논쟁이나 감상문이 다수 등장하게 된다. 각 개별적 담론체들이 극단적으로 자아의 목소리를 내기 때문에 논리보다는 감상이 우선하여 비평은 감상비평이나 인상비평의 수준을 넘지 못한다. 하지만 월평이나 연간평 등 비평의 시평화를 촉진하는 계기를 마련하고 있기도 하다.

또한 이 시기에 평론이라는 용어와 비평이라는 용어가 동시에 나타난다. 평론이라는 용어는 주로 논리성이 강한 문학론에서 사용되고, 비평이라는 용어는 논리성보다는 인상이나 평가, 재단이 강한 문학론에서 사용되고 있다. 그리하여 평가는 보편화되면서 논리와 붙기도 하고 인상이나 재단과 붙기도 한다. 그러므로 평론은 보다 무거운 논리를 동반한 문학론이고 비평은 논리보다는 주장을 앞세운 가벼운 문학론을 뜻하게 되었던 듯하다. 그것을 이론과 에세이로 나눠 볼 때 평론은 이론에 가깝고 비평은 에세이에 가깝게 쓰였던 것 같다. 하지만 그 명확한 구분은 없는 것 같고 자의적으로 사용한 데에 불과하다.

하지만 이 시기를 통해서 나타난 문학비평의 특색은 1910년대 문학적 인생론의 에세이가 문학적 평가로 전이되는 양상을 띠고 있는 데서 찾을 수 있다. 다시 말하면 1910년대 개성론적 에세이스트들이 1920년대 삼일운동 이후 1910년의 에세이적 감각으로 문학비평을 쓰고 있다. 그러므로 1910년대에 에세이에 함몰되었던 비평은 이 시기에 와서 문학적 감각을 찾는다. 즉, 비평이 명실공히 문학적 담론으로 바뀌는 계기를 마련한 시기가 동인지시대라고 할 수 있다. 그러다 보니 문학비평은 극히 인상적이고 감상적 데서 벗어나지 못하는 경향을 보이고 있기도 하다.

4. 파당적 분열과 관념적 논리

1920년대 초 동인지시대 문화주의자들은 파편화되고 폐쇄화
된 담론을 통해서 문학을 전문화시킨다. 그러나 담론을 통해 나
타나는 그들의 목소리는 자신의 계급적 자의식을 너무 강하게
드러내 보이면서 자신의 계급적 한계에 직면하게 된다. 따라서
그들은 그 한계에서 절망에 빠진 나머지 자아의 내면 속으로
침잠해 들어가 환상적 신비주의로 나아간다. 그 신비주의에는
몽환이나 환상만이 있을 뿐 현실이 없어 자아는 극단적으로 분
열하여 현실과 환상 사이에서 방황한다. 또한 그들은 환상을 좇
으면서도 늘 현실 쪽을 곁눈질하고, 그러면서 더욱더 분열된 자
아에 몰입한다. 특히 현실에서 오는 절망으로 이와 같은 자아의
분열은 병적 현상까지 보인다. 그리고 병적 자아는 더욱더 타자
와 벽을 쌓아 언어소통이 두절된다. 이런 현상은 현실적으로 부
르주아 계급을 극단적으로 분열시켜 20년대 비평을 파당적으로
몰고가는 원인이 된다.
　이와 같은 파당성은 유폐적 문화주의자들의 시대적 절망에서
오기도 하지만 다른 한편 삼일운동 이후 청년 지식층 사이에서
나타나기 시작한 사상단체의 급증으로 인한 현상에서 오기도

한다. 즉, 삼일운동 이후의 파당성은 그 동안의 문화주의적 계
몽에 대한 환멸과 자기 반성에서 새로운 논리와 방법론의 요구
로 청년 지식층 사이에서 다양한 새로운 논리를 수용하면서 나
타난 현상이다. 그 대표적인 양상으로 볼세비키 사상의 다양한
수용을 들 수 있다. 소련의 볼세비키 혁명이 세계로 전파되는
과정에서 당시 식민지 지식인들은 그 사상을 신이상주의의 복
음으로 인식하여 적극적으로 사회주의 사상을 탐구한다.[1] 특히
20년대 초부터 일기 시작한 소작쟁의나 노동쟁의 등 대중투쟁
이 급증하고 지식인들의 현실에 대한 관심이 고조되면서 20년
대 초부터 우후죽순처럼 일어나기 시작한 사회운동 단체들은
경쟁적으로 사회주의 사상이나 무정부주의 사상 등을 수입한다.
이런 과정에서 각 단체들은 파벌적 의식을 갖게 되고 파당성을
갖게 된다.[2] 하지만 다른 한편으로 파당성은 논리를 가져다 주
기도 한다. 파당적인 논쟁에서는 상대방의 설득과 대중을 확보
하기 위한 선전과 현실에 대한 응전력을 위해 논리가 필요하기
때문이다. 20년대 비평에서 논쟁이 많이 나타난 것도 이와 같은
파당성에서 그 원인을 찾을 수 있다. 더욱이 사회주의 이론에서
비롯한 프로문학이 지닌 불완전한 논리성에서 20년대 프로문학

---

1) 당시 지식인들은 프로 문학을 현실의 응전체로 이해하여 사회주의를 새
로운 이상주의로 인식한다.〔졸저, 『한국현대문학비평입문』(자유사상사, 1995),
p. 77〕

2) 20년대 사회주의 운동 단체들의 파쟁성은 소련이 내건 일국일당주의 원
칙으로부터 비롯한다. 각 분파마다 자신이 정통 공산당으로 인정받기 위해서
다른 단체를 공격하고 서로 경쟁적으로 소련의 지지를 얻으려 하는 데서 파
쟁성이 비롯한다. 다른 한편으로는 일본의 끊임없는 탄압으로 단체가 깊이 있
고 일관성 있는 길을 걷지 못하면서 파쟁성을 갖지 않을 수 없게 된다. 민족
주의 진영에 비해 공산주의 진영이 훨씬 파쟁성이 강한 것도 일제의 탄압과
무관하지 않다.〔한국민중사 연구회 편, 『한국민중사』(풀빛, 1986), p. 170〕

비평의 파당적 논리가 나타나기도 한다.[3] 하지만 프로문학은 사회과학이라는 과학적 논리를 배경으로 하고 있기 때문에 현실에 대한 객관적 논리를 문학적 담론으로 끌어올릴 수 있는 가능성을 충분히 지니고 있었다. 김기진이 바르뷰스의 클라르테 운동을 수용한 것이나 프로문학의 원론을 계몽적으로 전파한 것도 프로문학의 배경인 사회과학의 현실주의적 논리를 통해 프로문학의 당위성을 얻기 위한 것이다. 또한 사회과학의 문학적 양식 또한 확정되지 못한 현실에서 마르크시즘을 새로운 이론으로서 수입하는 당대 조선문학에서는 프로문학의 바탕인 마르크시즘을 수용해야 하고, 삼일운동 이후 지식인의 파당성을 감당해야 하는 이중적 부담을 안지 않으면 안 되었다. 따라서 원론 쪽의 문학적 논리화의 부족에서 오는 혼란과 그 이론의 적용 가능성에 대한 적합성 논쟁이 벌어졌다.

그러나 이와 같은 파당성에도 불구하고 부르주아 문화인들은 부르주아 계급의 시민성을 버리지는 못한다. 이는 그들의 출발이 1910년대의 문화주의에서 비롯하였기 때문이다. 이와 같은 한계를 극복하기 위해서 그들은 억압받는 식민지민으로서의 프롤레타리아적 계급의식을 자의식으로 껴안으려 한다. 그러나 그 식민지민으로서의 프롤레타리아 계급의식은 관념일 뿐이다. 왜냐하면 그들의 담론은 일제의 검열 내에서 행해지고 있었기 때문에 일제와 조선과의 관계로 형성되기보다는 조선 내의 계급 관계로 씌어졌기 때문이다. 따라서 그들은 현실과 관념 사이에서 갈등을 느껴 방법론과 시대적 한계 사이에서 번민한다. 여기

---

3) 그때까지만 해도 프로 문학의 본거지인 소련에서조차 사회주의 이론을 문학적으로 정립하지 못하고 있었다. 플레하노프나 루나찰스키의 이론이 있기는 하나 아직 정론으로 자리잡지는 못하고 있었다. 이는 1930년대 작가회의에서야 어느 정도 정리된다.

서 그들의 비평이 관념화되고 그 갈등으로 끊임없이 부르주아적 사실주의 문학으로의 회귀를 꿈꿀 수밖에 없는 한계를 노정한다.

다른 한편으로 부르주아 계급의 변혁의 논리를 완전히 성취하지도 못하면서 프롤레타리아 변혁 논리를 펴는 데서 오는 혼란이 나타난다. 그리고 그 혼란은 그들로 하여금 정신적 착란을 일으키게 한다. 따라서 그들이 유독 세계관 문제에 매달리면 매달릴수록 깊은 관념과 해방의 환상에 빠진다. 그런 점에서 자신의 계급적 한계와 변혁의 시대적 흐름에서 볼 때 프롤레타리아 계급의식은 그들의 바탕을 무너뜨릴 수 있었다. 왜냐하면 그들은 1910년대 이광수로부터 물려받은 부르주아 계급의 변혁 논리에 깊이 감염되어 있었기 때문이며, 원초적으로 부르주아 의식에 자신의 계급적 자의식을 두고 있기 때문이다. 그러므로 그들은 이상과 현실의 갈등으로 좌절하면서 문학이라는 본래적 담론을 상실한다. 이런 현상은 김기진이 프로문학의 씨를 뿌리기 위해서 1924~1925년 사이에 감상문을 통해 부르주아 문학인들을 설득하려 할 때부터 나타난다. 그는 감상문을 통해 부르주아적 감각을 일깨우려고 했다. 하지만 이 감각을 버리면서, 즉 바르뷰스의 '클라르테 운동'을 논리화시키면서 자가당착에 빠져 관념적 논리로 나아간다. 그 관념적 논리는 그가 부르주아 사실주의의 수용을 역설할 때까지 계속 유지되며, 특히 목적의식기 이후 더욱 심화된다.

한편 20년대 초의 환상적 신비주의자들은 문학 내재적 담론을 그대로 유지하면서 현실에 눈뜬다. 그리고 그들에게 있어서 현실이란 문학 내재적인 담론 속에서 찾을 수 있는 민족 혹은 역사였다. 따라서 그들은 전통론을 통해서 문학적 자의식을 논리화시킨다. 그러므로 그들은 현실에 대한 시각에서 카프와 갈등을 일으킨다. 하지만 그들은 문학 내적 담론을 유지하면서 부르주아 문학론을 통해 카프와 맞선다.

이상에서 볼 때 1920년대 프로문학기 비평은 엄정한 논리에 자아의 혼을 빼앗긴 양상을 보인다. 다시 말하면 20년대 프로문학과 민족주의 문학의 비평은 논리를 세우려는 비평이거나 논쟁적인 비평이어서 에세이적 성격보다는 이론적 성격을 띠고 있다. 이 과정에서 이론의 수립과 이론의 현실 적용 문제가 마타난다. 즉, 한편으로는 치열한 공방전을 벌이는 논쟁을 하면서도 다른 한편으로는 그 논리 속에서 식민지의 현실에 대한 이해와 논리의 현실적 적용 문제를 논란한다. 그리고 대중화를 위한 담론을 끊임없이 제출한다거나 문학과 현실 사이, 혹은 계급과 문학 사이의 관계를 문제삼는 것도 이와 같은 경향, 즉 이론을 중심으로 비평이 이루어진 데서 비롯한다. 이론이 많은 만큼 이 시기의 비평은 관념적이다. 그러나 부르주아적 자의식이 월평에 상당 부분 나타나기도 한다. 특히 20년대 후반으로 가면서 월평이 많이 나타난 것도 일제의 탄압과 '신간회'의 영향으로 기인한다. 만주사변을 전후한 일제의 탄압이나 '신간회'의 결성으로 부르주아적 변혁의 연대감을 통해서 허위적 프롤레타리아적 계급의식이라는 관념에서 벗어날 수 있을 것이기 때문이다.

그러나 무엇보다도 20년대 프로문학기 비평은 문학 내재적으로 폐쇄적인 담론을 정치와 접목시켰다는 데에 큰 의의가 있다. 뿐만 아니라 다양한 논쟁을 통해서 문학적 담론을 논리화시켰다는 데서도 그 의의를 찾을 수 있을 것이다. 특히 이광수, 최남선, 신채호 등을 비롯하여 1910년대의 문학주의자들, 그리고 아나키스트나 볼세비키들이 모두 문학의 현실 참여에 대한 논쟁에 참여하여 문학비평을 활성화시킨다. 여기에 20년대 비평의 의의가 있다. 또한 비평이 논리를 획득해 문학을 객관화시킬 뿐만 아니라 현실이나 정치와의 관계를 논의의 대상으로 끌어왔다는 점에서 의의가 있다.

1) 마르크스주의 변혁이론에 함몰된 담론

논리가 강하게 나타나는 시대는 어떠한 시대일까? 다시 말하면 지식인들이 논리에 자아를 바치는 시대는 어떠한 시대일까. 과거 춘추전국시대나 소크라테스의 시대는 어떠한 시대였길래 지식인들이 논리로 현실을 파악하고 미래를 제시하려고 했을까. 혼란으로 전망이 불투명한 시대에 현실정치 쪽에서 그 혼란을 정리할 수 있는 비전을 제시하지 못하여 한 시대가 절망에 빠져 있을 때 대개 새로운 이론이 요구된다. 그 이론은 새로운 논리여야만 하고 설득력이 있어야 한다. 춘추전국시대에는 전쟁이 끊임없었다. 전쟁의 와중에서 민중은 점점 피폐해져 가고 제후들 또한 지쳐 있었다. 이런 와중에서 제후들은 새로운 논리와 지식을 통해서 자신의 왕국을 지키고 싶어했다. 그래서 각 제후들은 새로운 논리와 사상을 지닌 지식인을 경쟁적으로 맞아들였으며 그 논리와 지식을 현실정치 쪽에 대입해 보려는 의욕을 갖는다. 이와 같이 새로운 논리는 기존의 논리로는 현실의 질곡을 해결하지 못할 때 나타난다.

1920년대 프로문학의 논리도 이와 같은 경우에 나타난다. 삼일운동의 실패 이후에 나타난 문학적 신비주의는 환영에 매달려 현실로부터 도피하여 현실의 질곡에 대응하지 못한다. 그러나 그 도피가 감정적 저항일 수 있다 할지라도 그 저항은 자폭적인 한계를 안고 있다. 그러므로 감정적 저항은 더 이상 새로운 전망을 보여주지 못한 채 무력증만 더하게 된다. 왜냐하면 식민지를 경영한 일본이 제국주의라는 힘의 논리를 통해서 식민지를 지배하는 규범을 세우고 있었으므로 감정적 저항만으로 그와 같은 힘의 논리를 극복하기란 쉽지 않았기 때문이다. 이에 청년 지식인들 사이에서 새로운 논리와 지식에 대한 욕구를 갖게 된다. 제국주의라는 논리에 대응할 수 있는 논리와 지식으로 삼일운동의 한계를 극복할 필요가 있었기 때문이다. 제국주의가 민족주의의 변형이라고 볼 때 이 힘에 바탕을 둔 민족주의에 대응할 수 있는 논리란 당시로서는 사회과학뿐이었다. 사회과학은 식민지 지식인들에게는 부르주아 제국주의에 대응할 수 있는 가장 현실적이며 힘있는 논리였다. 특히 러시아 볼세비키 혁명의 성공 이후 이러한 힘의 논리로서의 사회주의 사상은 크게 식민지 지식인들의 의식을 장악할 수 있었다. 사회주의 사상은 사회의 현상을 운동체로 보아 사회 발전을 계급투쟁의 과정으로 이해하는 사회과학이다. 그것이 과학이므로 논리로 무장되어 있으며, 사회과학이므로 사회의 발전과정을 힘의 변증법으로 파악한다. 변증법적 유물론으로 요약할 수 있는 이 사상은 이론과 실천의 변증법을 통해 현실에 힘의 논리를 부여하므로 이론적이면서도 실천적인 논리이다. 이와 같이 현실적이며 이론적이기 때문에 민중과 지식인이 함께 사회를 변혁시킬 수 있는 논리와 실천을 갖게 할 수 있다. 그러므로 삼일운동이 갖는 감정적 대응력을 대체할 수 있는 논리로서, 그리고 제국주의에 응전할 수 있는 힘으로서 당시 지식인들에게 사회주의 사상은 각광을 받는다. 특히 볼세비키적 사회주의는 반제국주의적 성향을 강하게 드러내고 있어서 당시 식민지나 후진국에 이상주의적 대안으로 떠오른다. 20년대 초 사상 단체가 봇물처럼 일어난 것도 이와 같은 맥락에서이다. 그리하여 사회주의 사상은 하나의 이상주의로 젊은 청년들의 가슴에 다가왔다. 그것이 이상주의일 수 있는 것은 민족과 문학의 문제를 동시에 해결할 수 있는 사상과 방법론을 지니고 있었기 때문이다. 즉, 문학을 하는 행위와 민족 해방투쟁을 하는 행위와 근대적 사회구성체에 대한 문제 부각을 하는 행위를 동시에 이룩할 수 있는 사상과 논리가 볼세비키적 사회과학에 종합되어 있었기 때문이다. 그러므로 1920년대 초부터 일기 시작한 노동투쟁이나 소작쟁의도 이와 같은 사회주의적 계급투쟁의 한 경향이라 볼 수 있다. 이런 식민지적 현실은 사회주의적 논리를 모든 담론의 중심 언어로 갖게 하는 계기가 된다. 그와 함께 사회 전반적으로 논리가 지배적인 양상을 보인다. 〈개벽〉을 중심으로 〈조선일보〉 〈동아일보〉 〈중외일보〉 등이 과거와는 달리 사설에 의존하지 않고 개별적 논단을 형성하여 사회주의적 논리를 성장시키고 있는 것도 모두 이와 무관하지 않다.

이상과 같은 사회주의 사상을 신이상주의로 이해한 일부 새로운 세대의 부르주아 지식계급은 사회주의 사상을 기존의 이광수나 김동인, 염상섭 등의 1910년대적 부르주아 근대문학사상과 변별하려고 한다.[4] 삼일운동이 실패한 이후 그 절망을 보상해 주고 제국주의에 강하게 대응할 수 있는 논리로서 사회주의 사상을 발견한 지식계급은 사회주의 사상의 논리만이 삼일운동 실패를 극복할 수 있다고 본다. 그러나 사회주의 사상은 그 사상을 갖는 자에게 계급투쟁의 이론에 대한 학습과 실천을 요구한다. 다시 말하면 자신이 어떤 계급이든지 그 사상을 갖는 자는 프롤레타리아의 계급의식을 자아화하여 그 계급의식을 변혁의 기초로 삼지 않으면 안 된다. 부르주아 계급은 그와 같은 계

---

4) 1925년 1월 〈개벽〉의 「이광수 비판 특집」이 그 일환이라 할 수 있다.

급의식을 혁명의 근간으로 하기 위해 기존 자신의 계급의식에
대한 자아 비판과 부르주아적 역사에 대한 비판을 통해서 혁명
적 계급으로 거듭나지 않으면 안 된다. 이와 같은 계급적 자아
비판을 통해서 계급혁명이 자아화될 수 있고 실천으로서의 힘
이 만들어진다. 그래서 팔봉이나 회월 등 일부 부르주아 지식인
문학자들은 이 계급의식을 자아화하기 위해 조선의 민중을 프
롤레타리아로 간주한다.5) 그리고 자신들은 이 프롤레타리아 계
급혁명의 지도자로서 '브나로드'를 외친다.

  김기진이 1924~1925년의 비평 여기저기에서 러시아 혁명 전
야의 브나로드를 외치고 바르뷰스의 클라르테를 선전하며, 지식
인으로 하여금 계급혁명의 지도자로서 민중 사이로 들어가기를
요구하며 문학자들에게 감각적 혁명을 요구하는 것도 프롤레타
리아적 현실에 대한 이해와 계급투쟁의 논리를 통한 현실 극복
의 방법적 접근을 위해서이다. 그리하여 그는 우선 조선의 지식
계급을 깨우고 그들에게 볼세비키적 계급혁명의 논리를 제공하
고자 한다. 그 주제는 문학과 사회운동의 일원론이다.

  靈性의 解放을 爲해서, 그릇된 組織의 改革을 爲해서, 그릇된
美學의 槪念을 부시기 爲해서 이르키는 文學運動, 널니 말하면
藝術運動과, xxxx을 目的하는 社會運動과 提携하야 써 步調를 갓
티해야 한다.6)

---

  5) 김기진의 초기 감상문은 자연주의적으로 당대 조선의 식민지적 현실, 그
리고 프롤레타리아적 민중의 모습을 잘 그리고 있다.(「불에 데운 살뎅이」에
잘 나타난다.) 김기진뿐만 아니라 당시 지식계급 대부분이 민중의 프롤레타리
아화에 대해서 보편적인 인식을 갖고 있었다.(양주동, 「문단잡설」, 〈신민〉 19
호, 1926. 11)
  6) 김기진, 「지배계급교화 피지배계급교화」, 〈개벽〉 43호, 1924. 1, p. 27.

민중을 프롤레타리아로 인식하고 그 프롤레타리아를 선동하여 계급혁명을 달성하기 위해 문학은 계급혁명에 봉사해야 한다는 것이 위 인용문의 논리이다. 이와 같은 논리를 달성하기 위해서 김기진은 문학인들에게 감각의 혁명을 요구하고[7] 문학인의 임무를 계급혁명의 지도자로서 민중 속으로 들어가 계급혁명을 교화하도록 요구한다.[8] 다시 말하면 지식계급의 프로교화운동을 편다. 김기진은 이미 감상문을 통해서 현실의 비정한 실상을 표현한 바 있어서 그 비정한 현실을 사회주의 사상을 통해서 구체적 논리로 자아화하려고 한다. 그래서 현실주의적인 시각에서 러시아의 혁명 전야와 식민지의 현실을 대응시키며 은유적으로 조선에서의 혁명 가능성을 제시하려고 한다.

그러나 혁명은 이론과 실천의 변증법을 통해서 이루어질 수 있다. 하지만 그는 현실주의의 이론과 실천의 변증법을 밀고나가기에는 너무 이론에 대한 이해가 부족했다. 뿐만 아니라 기성 문인들에게 사회주의 사상은 문학사상 혹은 문학적 형식으로 변용되지 못하거나 비현실적인 생경한 사회사상일 뿐이었다.[9] 이와 같은 비판에 김기진, 박영희 등은 자파의 논리를 세우지 않을 수 없게 된다. '프로문학시비론'을 통해 프로문학을 문단의 이슈로 끌어올린 그들에게 작품다운 작품도 없고 이론다운 이론도 없다는 비판은 치명적이지 않을 수 없다. 왜냐하면 프로

---

7) 김기진, 「금일의 문학 명일의 문학」, 〈개벽〉 44호, 1924. 2, p. 53.

8) 김기진, 「지식계급의 임무와 신흥문학의 사명」, 〈매일신보〉 1924. 12. 14.

9) 염상섭에 의해서 주로 이와 같은 비판이 이루어진다. 염상섭은 프로문학의 구체적인 작품이 없고, 일본 등에서 유행하는 사조를 무작정 수입해 온 것에 불과하다는 비판을 한다.(「계급문학을 논하야 소위 신경향파에게 여함」, 〈조선일보〉 1926. 1. 22~2. 2) 양주동도 「문단잡설」에서 이와 같은 비판을 행하고 있다. 양주동은 프로문학의 사상조차도 제대로 수입되지 못하고 있고 평론다운 평론도 없다고 비판한다.

문학이란 과학으로서 철저히 논리를 지니고 있는데 논리가 없다는 공격을 받는다는 것은 프로문학 자체의 성립을 불가능하게 하기 때문이다. 그래서 프로문학자들은 러시아 혁명 전야와 유사한 식민지 현실의 혁명 가능성을 논리적으로 보여주기 위해서 사회과학의 하위종으로서의 프로문학의 논리를 수입하기 시작한다. 그러나 아직 소련에서도 프로문학의 이론이 정립되지 못한 현실에서 일본을 통해 수입하고 있던 프로문학 이론의 수준은 생경한 사회주의 혁명 이론을 논리화시킨 문학적 이론에 불과하다. 하지만 문학운동과 사회운동을 일원론적으로 인식하는 것이 프로문학이기 때문에 그들은 프로문학의 논리가 정립되지 못했다고 해서 문학운동을 폐기할 수 없었다. 프로문학에서 이론의 근간은 사회과학적 인식론이다. 문학도 하나의 인식으로서 계급적 인식을 통해 현실을 변혁할 수 있는 사회혁명의 공동 목표를 갖고 있다는 것이 그것이다. 따라서 그들은 이미 사회주의를 신이상주의로 인식한 이상 그 신이상주의의 이론인 사회주의의 톱니바퀴적 협력론을 통해서 문학도 변혁의 역할을 담당해야 한다는 논리를 편다. 한마디로 신이상주의이면서 신흥 문학인 프로문학을 선전하기 위해서 프로문학자들은 '프로문학 시비론'이나 '이광수 비판'을 통해 문단에 새로운 바람을 일으키려 한다. 그리고 이러한 의도, 즉 문단에 새로운 바람을 일으키려 한 데에는 어느 정도 성공하기도 한다. 당시 문단에서는 유파와는 무관하게 창작에서 프로문학적 경향을 나타내고 있었다. 그러나 그러한 경향은 프로문학의 궁극적 목표가 될 수 없다. 왜냐하면 프로문학이란 사회주의 사상이라는 배경이 끊임없이 간섭하여 자기동일성을 이루려 하기 때문이다. 그러므로 그들은 프로문학의 논리를 세우고 그 논리를 통해서 문단이나 사회 전체의 변혁을 동시에 꾀하지 않으면 안 된다. 다시 말하면

「고민문학의 필연성」이나 「자연주의에서 신이상주의로 기울어지려는 최근의 조선문단」 정도로는 프로문학의 논리를 따라갈 수 없다. 그래서 그들은 필연적으로 계급투쟁의 논리 세계로 들어가지 않을 수 없게 된다. 이에 1927년의 방향 전환은 필연적이다.10) 프로문학의 논리란 루나찰스키의 문학론이나 마르크스, 레닌의 문학론을 넘어서 마르크스, 엥겔스, 레닌의 사회과학의 넓은 지평으로 열려 있는 세계이다. 그만큼 프로문학에서 논리는 무궁무진한 이론의 탐구 속에 있으며, 그 논리의 근원을 탐색하지 않고는 그 논리가 갖는 힘을 발견하기란 힘들다. 뿐만 아니라 그 이론은 필연적으로 실천과의 관계 속에서 자아를 혁명의 중심에 두지 않으면 안 되는 복잡다단한 변증법의 산물이다. 이와 같은 변증법의 세계에 대한 이해와 현실주의적 인식없이 그 이론에 다가갈 경우, 그 개인은 관념적 이론에 자아의 혼을 빼앗길 가능성이 높다.

20년대 프로문학자들은 그와 같은 관념성을 떨쳐버리기에는 역부족이었던 것 같다. 왜냐하면 첫째는 일제의 탄압 때문이다. 20년대 조선에서 공산당이나 사회주의가 본격적으로 성장하지 못하여 파벌성을 드러내는 이유의 하나는 끊임없이 일제의 탄압을 받아 조직이 수없이 와해되고 이론의 탐구가 중단되며 실천이 벽에 부딪혔기 때문이다. 이는 프로문학 이론가에게도 마찬가지이다. 당시 조선에서 프로문학 이론가들은 일본의 이론을 수입하는 데에 급급할 뿐 자체의 현실에 대입해 볼 여지를 찾지 못한다. 더욱이 이론을 실천적으로 현실에 적용할 경우 그

---

10) 김기진과 박영희의 '내용—형식 논쟁'은 사실상 전환의 필연적 과정에서 그 의의를 찾을 수 있다. 그러므로 그 내용—형식 논쟁은 '비평가의 태도론'으로 논쟁의 핵심을 이해해야 한다. 다시 말하면 기둥과 서까래의 문제가 아니라 힘으로서의 논리의 문제나 변혁을 위한 협동전선의 문제이다.

작품은 검열로 잘려나가 작품으로서의 형식을 갖출 수 없었을 뿐만 아니라 이론가들 또한 끊임없이 감시를 받아야 했다. 그러므로 적극적으로 이론을 현실주의적 실천으로 키워가기란 어려운 실정이었다.

둘째로 당시 일본을 통해 접한 이론에 한계가 있었기 때문이다. 프로문학자들이 1926년까지 수입한 문학이론이란 겨우 박영희가 번역한 『실증미학의 기초』라는 루나찰스키의 이론, 『예술과 사회생활의 일절』이라는 플레하노프의 이론과 이상화가 소개적 차원에서 쓴 『무산작가와 작품』 정도에 불과하다. 그외에 프로문학 이론은 거의 찾아볼 수 없으며, 나머지 대부분은 초보적 수준의 사회주의 사상 일부를 심정적으로 소개 혹은 동조하는 비평이 대부분을 차지하고 있다. 다시 말하면 당시 프로문학자들은 사회주의 사상에 대한 심정적 이해와 동조를 갖고 있지만, 그 사상의 본격적 이론에의 접근이 불가능하여 문학이론으로서 발전시킬 수 있는 실력을 갖추지 못하고 있다.[11] 그래서 염상섭의 신경향파문학에 대한 비판의 대응을 박영희는 문학적 논리보다는 사회주의 변혁이론으로 감당하려 했다. 염상섭이 「계급문학을 논하야 소위 신경향파를 말함」에서 신경향파의 관념성을 비판하자 박영희는 「신흥예술의 이론적 근거를 논하야 염상섭 군의 무지를 박함」으로 반박론을 펴지만 자본주의 문학

---

11) 1926년까지의 프로문학이란 프로문학 필요성 역설 차원 이상이 아니다. 신이상주의 문예로서의 프로문학의 신기성(新奇性)을 강하게 내세우는 것도 여기에 있다. 이 신기성에서 발전적으로 자의식을 갖는 때가 어쩌면 방향전환론 이후가 아닌가 한다. 이 신기성과 관련하여 기성문단에 대한 공격 또한 그 궤를 같이하고 있다. 새로운 문학으로서의 프로문학을 선전하면서 이광수 비판을 동시에 행한다. 그러나 그들이 프로문학의 새로움을 발전시키기 위해서는 창작이 뒤따라 줘야 했었다. 그러나 창작이 없는 상황에서 논리만 발전한 이후 필연적으로 정치성으로 나아가지 않을 수 없게 된다.

에 대응한 프로문학의 신흥성을 강조할 뿐 관념성을 벗어나지
는 못하고 있다. 그러므로 염상섭은 박영희의 반론에 승복하지
못하고 자연주의 문학을 부르주아 문학이라고 비판하는 프로문
학의 허위성을 비판한다.[12] 그만큼 당시의 프로문학은 자체의
논리를 갖지 못한 채 신기성이나 계몽성에 몰두해 있었기 때문
에 프로문학의 이론에 합당한 작품을 갖지 못했으며 부르주아
계급을 설득할 수 있는 문학적 논리를 갖지 못했다. 그러므로
프로문학은 모순에 빠지게 된다. 즉, 프로문학의 배경인 사회주
의 사상은 논리를 요구하기 때문에 프로문학 또한 논리를 가져
야 하지만 문학으로서의 논리를 갖지 못한 데서 사회주의 사상
을 문학론으로 강요하는 수밖에 없게 된다.

  셋째로 프로문학자들의 계급이 주로 부르주아 지식계급이기
때문에 관념적일 수밖에 없다. 다시 말하면 이론을 실천으로 전
환하는 변증법으로 나아가기 위해서는 부르주아 지식계급은 자
신의 계급적 한계를 인식하고 자아비판을 통해서 프롤레타리아
계급적 세계관을 새롭게 갖든지, 아니면 프롤레타리아적 변혁의

---

  12) 염상섭, 「프로레타리 문학에 대한 '피'씨의 언」, 〈조선문단〉 16호, 1926.
5, p. 9.
  염상섭이 프로문학에 대해 부정적이고 비판적인 자세를 갖는 데에는 문학
자로서의 상식적인 창작 중심적 사고에서 나왔지만, 다른 한편 프로문학이 관
념적으로 수용한 자연주의 문학에 대한 비판에 심정적 대응이 크게 작용하고
있다고 할 수 있다. 20년대 초에 문학의 현실주의적 인식을 강조한 바 있는
그가 프로문학에 적극적으로 비판하는 자세를 취하고 있음은 프로문학측의
자연주의 비판과 결코 무관하지 않다.("따라서 일본인의 생활 전체가 자연주
의적 세련을 절실히 밧고, 또한 그 기초 우에 재건되엇다는 사실은 아모도 부
인할 수 업는 것이다. 그러면 낭만주의나 자연주의적 일체는 뿔조아적이라고
배척하는 조선의 프로문학 제창자의 눈에 비초인 노서아 문인들의 일본문학
내지 문화연구라는 것은 한갓 광태에 불과하다고 반박할 용기를 가젓는가?")

현장을 선도하기 위해서 실천의 현장과 연계되는 이론을 제공하든지 해야 할 것이다. 그러나 당시 프로문학을 주장한 부르주아 지식인들은 그 이론에 감동할 뿐 그 이론을 실행하지 못하고 있다. 뿐만 아니라 프로문학은 역사적 계급혁명의 논리를 안고 있다. 그런데 부르주아 계급인 프로문학 비평가들에게 당대의 프로계급적 변혁은 부르주아 변혁의 역사적 단계를 훌쩍 뛰어넘는 새로운 논리를 펴야 하는 부담이 있었다.

이렇게 관념적일 수밖에 없었던 프로문학 이론가들은 문학이론으로서의 프로문학보다는 사회주의 사상 일반을 통해서 프로문학을 이해하여 정치적이고 투쟁적인 방향 전환을 필연적으로 시도한다.[13] 그래서 방향 전환은 프로문학의 논리성을 확보하는 데에 일정한 역할을 하기도 하지만 프로문학이 실천적 작품 없이 관념적으로 떨어지도록 한다. 박영희의 「투쟁기에 잇는 문예비평가의 태도」 「'신경향파문학'과 '무산파' 문학」 「무산계급 예술운동의 정치적 역할」 「무산예술운동의 집단적 의의」, 한설야의 「문예의 비평의 과학적 태도」 「예술의 유물사관」, 이북명의 「당연히 양기할 소위 '목적의식성'」 「사이비 변증론의 배격」, 임화의 「자본주의사회에 재한 문학운동의 전개 경향」 등

---

13) 비록 김기진이 프로문학자들 중에서는 〈조선문단〉에도 비평을 실었을 뿐만 아니라 문학의 전통적 형식 문제에도 긍정적이었다. 김기진은 프로문학이 사상과 논리에서는 신기성을 지녔지만 문학의 형식에서는 아직 자체의 논리를 지니지 못하고 있음을 이해한 듯하다. 그렇기 때문에 그는 여러 창작평이나 「시가의 음악적 가치」 「현시단의 시인」 등에서 시의 형식적 가치를 인정하고 있다. 이후 대중화론이 이의 연장이다. 그래서 김기진은 방향 전환 이후 프로문학의 중심 이론가 역을 박영희나 조중곤, 한설야 등에게 넘기고 만다. 왜냐하면 그는 끊임없이 형식의 문제에 매달려 있기 때문이다. 어쩌면 처음부터 그는 감각의 혁명에 적극성을 보인 부르주아 문학 혁명가였다.(졸저, 『한국현대문학비평입문』(자유사상사, 1995), p. 86.

이 시기에 나온 비평들은 마르크스주의적 변혁이론이라는 원론
에 충실하다. 즉, 계급적 이론과 계급적 행동을 유기적인 관계
로 보아 문학의 창작적 실천을 위해서 문학이론의 정립을 계급
투쟁이라는 변혁이론 일반과 유기적으로 연계하지 않으면 안
된다는 것이 당시 투쟁기를 이끌어가는 비평가들의 태도이다.
다시 말하면 문학비평가 이전에 진정한 마르크스주의자로 설
수 있는 이론적 무장을 하지 않으면 안 된다는 것이 그들의 입
장이다.

그러나 이론을 무장하는 데에는 문제가 있었다. 즉, 사회 변혁
이론으로서의 마르크스주의와 그 반영 및 실천으로서의 문예
사이에는 일원적이기는 하지만 같은 것은 아니기 때문이다. 이
에 상호비판이 일어나고 논쟁이 가열되는 계기가 된다.[14] 이러
한 이론투쟁을 위한 이론 정립 과정은 프롤레타리아 혁명 이론
을 문학에 접목시키는 데에 필연적으로 따를 수밖에 없다. 더욱
이 종주국 러시아에서도 이와 같은 이론이 완성되지 못하고 있
는 실정이었기 때문에 카프에서의 이론 정립을 위한 상호 비판
은 필연적이다. 이론 정립 과정은 크게 두 방향으로 나눠 볼 수
있다. 하나는 마르크스주의 원론의 문학적 적용 문제이며, 다른
하나는 실천으로서의 대중화 문제이다. 그리고 다른 측면에서

---

14) 1927~1928년 사이에 프로문학파 사이에서 참된 마르크스주의 논쟁 및
유물변증법적 이론의 올바른 적용에 대한 논쟁이 벌어진 이유도 여기에 있다.
특히 제삼전선파와 구카프파 사이의 원론 논쟁은 이와 같은 프로문학의 이론
투쟁의 하나이다.

"정치이론의 기계적 야합, 이론의 공식적 적용 등을 피하기 위하야 무산계
급문예이론을 확립해야 할 현시기에 직면하엿다. 그래 현 발전단계에 대한 비
판 분석 구명 등으로 상호비판에 의하야 푸로문예이론 확립의 사명이 우리
무산문예운동자로서의 당면한 임무이다."(윤기정, 「상호비판과 이론의 확립」,
〈조선일보〉 1927. 6. 15)

보면 자체의 논쟁과 다른 유파와의 논쟁으로 나눠 볼 수 있다. 자체의 논쟁은 주로 유물변증법적 문예이론의 정립을 위한, 마르크스주의 변혁이론의 올바른 문학적 적용론이다. 주로 카프 구파와 제삼전선파 사이에서 벌어지는 이 논쟁의 요점은 마르크스주의 이론이 갖는 정확한 문학의 논리 문제이다.15) 그들의 담론의 요점은 문학과 정치의 일원론에 있다. 이 일원론 속에서 이론투쟁을 위해 상호 비판하는 논쟁은 내부적 이론의 정립을 위한 것이기도 하지만 다른 한편으로는 카프가 담론 공동체임을 의미한다. 카프는 조직적 문예운동체이다. 하지만 조직적 문예운동이란 담론 공동체를 통해서만 가능한 한계가 있는 운동체이다. 그러므로 문예운동보다는 논쟁에 주로 적극성을 보인다.

  물론 이렇게 논쟁적인 담론을 주로 보이는 데에는 그들의 계급적 한계 때문이기도 하다. 논쟁에 참여한 이들은 부르주아 지식계급에 속한 인물들로 현장의 민중성에 눈먼 상태에서 마르크스주의를 하나의 논리로서만 이해하는 계급적 한계를 갖는다. 그러므로 그들은 조선의 현장에서 일하는 민중을 이해하지 못한 채 마르크스 이론에서 보이는 자본주의 일반을 통해, 혹은 자신이 유학해서 공부한 일본의 자본주의적 현실을 통해 논리를 얻으려 한다. 현장성이 아닌 관념적 논리를 통해 마르크스주

---

15) 목적의식기에서 논쟁은, 카프의 신구파 사이에서 벌어지는바, 박영희·조중곤·윤기정이 구카프파의 이론가라면, 한설야·이북만·임화 등이 제삼전선파의 이론가이다. 김기진은 목적의식기에 월평이나 총평 등 실천적 비평에 주력할 뿐 이론투쟁에 참여하지 않는다. 그리고 여기에서 구카프파가 목적의식의 현실 정치성에 무게 중심을 두고 있다면, 제삼전선파는 마르크스주의 원론에 무게 중심을 두고 있다. 그러므로 구카프파는 조선의 현실 정치와 문예의 목적의식성을 판단의 중심에 두고, 제삼전선파는 마르크스주의의 유물변증법의 문학적 이론에 판단의 중심을 둔다.

의를 자아화한 이론가들은 현장성을 보충하지 않는 한 필연적으로 논쟁에서 자신의 임무를 이론가로서 자리매김할 수밖에 없다. 그러므로 작품 창작에 대한 이해가 없으므로 무산자의 독서 현황이나 전망을 가질 수 없었다. 이러한 관념성 때문에 문학주의자들인 염상섭이나 양주동의 비판을 받을 수밖에 없으며, 아나키스트의 공격에 파벌적 양상을 드러낼 수밖에 없게 된다. 카프와 다른 유파와의 논쟁은 겉으로는 자파를 보호하기 위한, 또한 선전을 위한 전사로서의 길이었지만 안으로는 부르주아 문학인 사이의 이론 정립 과정이기도 하다. 왜냐하면 그들은 1920년대 초 같은 길을 가던 문화주의자들이며, 파벌의 형성은 당시부터 일어나기 시작한 문학적 담론의 확대 문제로 의견이 갈린 데에 불과한 현상이기 때문이다. 다시 말하면 카프는 마르크스주의 문학을 신이상주의 문예라고 이해하여 마르크스주의 문예의 논리 속으로 들어갔을 뿐 본질적인 세계관에 있어서는 다른 파벌과 마찬가지로 부르주아적이다.[16] 그들이 쉽게 '신간회'를 통해 통합 의지를 보였던 것도 이와 같은 세계관의 일치 때문으로 보아야 한다.

그러나 이 시기의 비평이 한국비평사에서 한 역할이란 문학적 담론을 논리적으로 건설했다는 점이다. 비록 사회과학이라는 생경한 논리를 문학에 적용해 보려는 무리한 양상도 보이지만 그 동안 미진했던 문학적 논리를 세우는 데에 큰 공헌을 한 시기가 이때이다. 내용과 형식 논쟁이나 문예비평가의 태도론 및 문학과 현실과의 관계, 세계관의 선택 문제 등에서 문학론이 논

---

16) 카프는 '조선공산당'의 문화선동대는 아니다. 일제하에서 있었던 여러 사회주의 단체의 하나이지 공산당과 직접 연결된 당의 외곽조직으로서 선동대는 아니다. 1927년 '조선사회단체협의회'가 말 그대로 협의회이듯 카프도 하나의 사회단체로서 협의회이다.

리를 갖춘 계기가 된다. 특히 내용—형식 논쟁은 문학의 내적 담론을 한 단계 끌어올린 중요한 논쟁이다. 그 논쟁이 비록 시대적 흐름에 볼모로 잡혔다 할지라도 한국문학의 논리성을 획득하는 데에 큰 공헌을 했다고 할 수 있다.

2) 문화주의자의 실천비평과 반카프적 논리

카프가 등장하면서 20년대 초 신비주의자들은 동인 체제를 해체하고 부르주아 문학을 중심으로 반카프 전선을 구축한다. 다시 말하면 그들은 부르주아 문학의 세계관을 통해 카프에 대항해 쉽게 심정적 연합을 할 수 있게 된다. 그들은 카프의 공격에 방어적 자세를 취하기도 하고 반정치주의적 문학론과 민족문학론을 통해 공격적 자세를 취하기도 한다. 그러나 무엇보다도 그들의 담론의 핵심은 조선에서 근대 부르주아 문학론을 건설하는 데에 있는 것 같다. 왜냐하면 그들은 전통적인 문학관을 생래적으로 갖고 있다고 믿으며, 또한 그것이 근대 부르주아 문학론을 통해 발전될 수 있다고 믿기 때문이다.

카프가 이론을 세우는 데에 치중하여 논쟁적인 토론장을 형성해 가고 있는 데에 반하여 문학주의자들은 문학 자체의 실천성에 몰두한다. 즉, 카프가 문학을 관념으로 이끌어가 문학에 논리를 세우는 데에 적극성을 띤 데에 반해 문학주의자들은 문학 자체의 내면을 확대하고자 한다. 여기에서 문학 내면의 확대란 두 가지 의미를 포함하고 있다. 하나는 문학에 사상을 주입하는 일이며, 다른 하나는 문학의 내적 담론을 형성하는 일이며, 또한 문학 창작에 몰두하는 일이다. 이 둘이 서로 상보적 관

계에 있으므로 문화주의자들이 시대의식을 문학적으로 변용하
는 일은 창작을 활성화하고 현실에서 살아남을 수 있는 작품을
위한 문학론을 찾는 일이다. 따라서 이들이 카프를 비판한 것도
카프에 대한 자파의 방어적 수단으로 행한 것이거나 자체의 논
리를 확보하기 위한 것도 있지만, 그보다는 문학의 독립성과 존
엄성을 확보하기 위한 한 방법이다. 예를 들면 '계급문학시비
론'에서 문화주의자들은 「예술가 자신의 막지 못할 예술욕에
서」「작가로서는 무의미한 말」「계급을 초월한 예술이라야」 등
의 제목에서도 알 수 있는 바와 같이 문학 내재적인 가치를 존
중하고 있으며, 또한 염상섭이 「계급문학을 논하야 소위 신경향
파에 여함」에서 계급문학을 시류에 영합하는 인물들이 주장하
는 '악성 인푸렌자'적 논리에 불과하다고 비판하는 것도 문학의
내재적 가치를 인정하고 문학을 독립적 순수 양식으로 보는 데
서 기인한다.[1] 1920년대 프로문학기에서 그들은 프로문학에 대
항해 문학을 지키는 파수꾼의 역할을 했으며 그 계기로 자체의
담론을 형성, 발전시켜 나가기도 한다. 그것은 두 가지 방향으
로 나타난다. 하나는 문화주의자 자체의 담론 공동체를 형성하
여 그 속에서 문학적 담론을 토의·평가하는 일이며, 다른 하나
는 프로문학에 대한 안티테제이든, 혹은 대타의식이든, 아니면
자체의 사상을 발굴하지 않으면 안 되는 입장이든간에 문학 내
적 사상을 탐구하는 일이다.

　먼저 그들이 자체의 담론 공동체를 형성하여 문학에 대해 토
의, 평가하는 일을 살펴보기로 하자. 문학주의자들은 1920년대
초 담론의 폐쇄화로 신비적 환상에 빠져 있다가 프로문학의 충
격으로 깨어나 문화주의의 구심력을 찾으려 한다. 환상적 신비

---

1) 염상섭, 「계급문학을 논하야 소위 신경향파에 여함」, 〈조선일보〉 1926. 1. 22.

주의자들이 중심이 되어 기존의 계몽적 문화주의자들인 이광수, 최남선 등을 토론장으로 끌어들여 문학론을 활성화시키려 한다. 무엇보다도 그들은 이광수를 중심으로 〈조선문단〉이라는 매체를 창간하여 자체의 토론장을 만든다. 〈조선문단〉은 1924년 10월에 이광수, 주요한, 전영택, 방인근 등의 동인체제로 출발한다. 하지만 '이광수 주재'라는 레텔과 함께 범문화주의자들의 토론장이 된다. 무엇보다도 그들은 문화주의자들의 방을 만들기 위해서 신인추천제도를 만들어 이광수, 주요한, 전영택 등의 심사를 거쳐 우수 신인을 발굴하고[2] 이광수의 「문학강화」나 김억의 「작시법」, 주요한의 「노래를 지으시려는 이에게」, 김동인의 「소설작법」 등을 실어 문학이론 강좌를 두고 있으며, 합평회를 6호부터 실시하여 창작에 대해 구체적으로 토론한다. 우선 신인을 공개적으로 모집하는 방식은 이미 〈청춘〉을 통해서 시작된 바 있으나, 〈청춘〉에서의 작품 공모는 단순한 작품 공모에 불과하지만 〈조선문단〉에서의 신인 모집은 문학토론 패널을 형성하는 것이며, 새로운 담론을 추가하는 것이며, 담론을 확대하는 것이라는 점에서 〈청춘〉에서의 작품 공모와는 차이가 있다. 즉, 〈청춘〉에서의 공모가 시장성과 대중성에 목표를 두고 있다면 〈조선문단〉에서의 신인 공모는 역량 있는 신인들을 발굴함으로써 문학 내적 담론을 활성화시킬 수 있는 계기를 마련하기 위해서이다. 다시 말하면 기존 문화주의자의 원류격인 이광수를 중심으로 10년대 말 이후 20년대 문화주의자들을 통합하고 새로운 문학청년들을 모아 문학적인 담론의 확대를 꾀하고, 문학적 담론의 활성화를 통해서 문학적 의식을 넓혀 가려 한 것이 그들

---

2) 〈조선문단〉을 통해 발굴된 우수 신인으로는 최학송, 채만식, 한설야, 박화성, 안수길 등이다.

의 목표이다. 이광수, 주요한, 전영택, 김동인, 염상섭, 현진건, 김
억, 양주동, 김기진, 최서해, 채만식, 박화성 등 가히 당대 순문
학주의자들을 망라하고 있는 데에서도 알 수 있는 바와 같이
〈조선문단〉은 범문화주의적 토론장을 형성하고 있다.[3] 또한
「시선후감」이나 「소설선후평」 등은 문학지망생과 기성 문학인
사이의 좋은 대화 채널이었다. 이 공간을 통해서 그들은 전통적
인 부르주아 문학관을 선전하고 독자들과 대화할 수 있게 된다.
　다음으로 문화주의자들은 문학이론 강좌를 통해서 담론의 체
계화를 시도한다. 기존의 순수문학적 담론이 '개성론'을 중심으
로 한 자기 표현적이고 계몽적인 측면이 없지 않은 데에 비해
〈조선문단〉을 중심으로 한 범문화주의자들은 자체의 담론을 정
리하여 체계화시키고 있다. 이와 같은 체계화는 문학 내적 담론
에 참여할 새로운 문학지망생을 위한 것이면서 부르주아적 문
학론의 정통성을 갖기 위한 것이기도 하다. 다시 말하면 서구
자본주의에서 발달한 근대문학의 원론을 자신의 문학론으로 수
용함으로써 자신들이 갖는 담론의 정통성을 얻고 전문성을 획
득함으로써 문학 지망생들을 끌어들인다. 그러므로 서구 문학론
이나 서구 문예사조에 대한 소개 또한 빠뜨리지 않으며, 그와
함께 작가론이나 작품론 등을 중심으로 한 특집을 내보이고 있
기도 하다.[4] 그리하여 문화주의자들은 자신들의 담론을 공식
언어로서 이해하도록 하는 논리적 정식화를 이끌어내며, 담론의

---

3) 박영희에 의하면 〈조선문단〉의 합평회에서는 김기진이나 박영희가 참석
하지 않았는데도 불구하고 참석한 것처럼 꼭 이름을 넣었다고 한다.(「초창기
의 문단측면사」 5회) 이는 〈조선문단〉에 참여한 문학주의자들이 범문학주의
를 지향했기 때문에 일어난 일인 듯하다. 그렇기 때문에 김기진에게 끊임없
이 〈조선문단〉에다가 월평이나 문단총평을 쓰게 했는지 모른다.
　또한 「문사들의 이 모양 저 모양」이라는 코너를 두어, 문단 내적 담론의 종
류도 넓혀 가기도 한다.

대표성을 확보해 가려고 한다.[5]

뿐만 아니라 그들은 서클을 보호하기 위해서 모임을 열어 자신들의 담론을 중심으로 자파의 작품에 대한 평가기준을 마련하고, 그 작품들에 대한 정기적인 평가를 통해서 부르주아적 문학론을 끊임없이 만들어 가기도 한다. 즉, 문학주의자들은 '합평회'와 '월평', '총평' 등을 통해서 여론을 조성하고 평가의 원칙을 공개하며, 부르주아 문학 의식을 확산하려 한다.[6] 처음에는 '합평회'부터 시작한다. 〈조선문단〉 6호부터 11호까지 6회에 걸쳐 자파 중심의 인물들이 모여 인상적이고 형식적인 측면을 중심으로 평가가 이루어진다.[7] 합평회는 「소설창작총평」이라는 부제에서 보듯 소설 창작평으로 이루어졌는데, 앞달에 발표된 소설을 참석자들이 돌아가면서 인상을 말하는 죄담회식 비평이다. 따라서 단편적이고 기교 중심의 평가를 내릴 수밖에 없다. '소설 총평'이면서 한 사람이 집중으로 쓰기보다는 여러 사람이 잡담하듯이 혹은 좌담회에서 한마디씩 인상을 말하는 식으로 작품에 접근하고 있다. 즉 기교나 구성, 인물, 작가의 의

---

4) 6호에 최남선 특집이 있고, 9호에 김동인 특집, 10호에 제가의 연애관 특집이 있다.

5) 그런데 당시 문학주의자들의 작가론이나 작품론은 논과 평의 관계에서 평에 가깝다. 즉, 작가론이나 작품론이 논으로서의 양식을 갖기보다는 문학주의적 선전의 일환으로 이루어진 양식이다. 그러므로 〈조선문단〉에서의 작가, 작품론은 평의 의식 속에서 논을 활용한 형태이다.

6) 박영희를 중심으로 한 카프파가 「조선문단 합평회에 대한 소감」이라는 집단적인 의견을 〈개벽〉에 싣자 다시 〈조선문단〉에서 염상섭, 방인근이 박영희를 비판한다. 이에 대해 박영희는 「초창기 문단측면사」에서 〈조선문단〉의 합평회가 고의로 프로문학 작품을 훼손하려 했으며, 형식적 기준에 의해서 작품을 평가하고 있다고 회고하고 있다.(5회)

7) 합평회에 참석한 인물들을 보면 이광수, 김억, 박종화, 염상섭, 김동인, 양건식, 나도향, 현진건, 방인근, 최서해 등이다.

도, 창작 심리 등을 파악하는 선에서 평가하고 있다. 그러나 문제는 재미있게, 그리고 다른 사람의 인상을 찌푸리지 않게, 회화체의, 담소하는 방식으로 진행하는 데에 있다. 그러면 다음에서 합평의 구체적인 방법을 말하고 있는 '1회' 합평회의 중요한 부분만을 인용해 보기로 하자.

나빈. 말은 천천히 해요. 밧어쓰기조케…….

인근. 그러구 評하는 이는 우리끼리 意見 衝突이 되드라도 이 자리에서 是非할 것업고 作品에 대해서만 말합시다.

「중략」

인근. 合評에는 不足한 점도 잇겟지마는 衆人의 評이니까 圓滿하게 되고 재미스러울 줄 압니다.

상섭. 반드시 이 合評에서 무엇이 나올것가태요. 무슨 큰 刺激을 줄줄로 밋습니다.

「중략」

진건. 두 가지가 잇겟지요. 죽 도라가며 차례로 한 사람이 評을 다하여가는 것과 짤막짤막하게 여러번 會話體로 하는 것과…….

건식. 會話體로 하지요.

기진. 좀 어려울 걸요.

학송. 어렵기는 어렵겟지만 會話體로 하지요.

나빈. 좀 재미잇는 말도 석거가면서…….

인근. 여기 잇는 이의 作品은 엇지 할가요?

김억. 勿論 作者는 그때마다 빠지는 것이 조켓지요.[8]

위에서 보면 합평회의 주제가 주로 '재미'에 치중되어 있으

---

8) 「〈조선문단〉 합평회 제1회」, 〈조선문단〉 6호, 1925. 3, p. 116.

며, 서로 담소를 나누듯이, 그리고 받아쓰는 사람이 충분히 받아 적을 수 있도록 하는 담소적 성격을 띠고 있음을 알 수 있다. 그러므로 비평은 냉철한 비판이나 충분한 탐구에서 비롯한 작품의 선별이나 평가가 이루어지기보다는 평가의 논리없이 그때그때 인상적으로 작품을 살펴보는 데에 머물러 있다. 그러므로 사실상 작품에 대해서 심하게 부정적인 평가는 나오지 않고, 다만 창작의 심리를 찾아 작가를 이해하려고 하고 있다. 이는 창작가들이 중심이 되어 있으므로 창작상의 기술을 주로 평가의 기준으로 삼을 수밖에 없게 된 데서 연유한다.[9] 하지만 이 합평회가 박영희, 김기진 등 카프파, 특히 박영희와의 감정대립으로 비화하면서 12호부터 장르별 월평으로 전환된다.[10] 그리고 그들은 이후부터는 〈조선문단〉이나 그 이후 문화주의자들의 토론장인 〈문예공론〉〈현대평론〉 등, 뿐만 아니라 〈조선일보〉〈동아일보〉 등 신문으로까지 그 토론장을 넓혀 월평과 총평을

---

9) 〈조선문단〉 합평회는 최초의 '창작가 비평'이라고 할 수 있다. 문학주의자들이기 때문에 창작가 중심으로 이루어진 것 같다.

10) '합평회'의 영향으로 1926년대부터 비평의 양식 문제가 집중적으로 거론되며, 월평이나 총평, 시평 등 문학적 담론이 활성화되는 계기를 마련한다. 뿐만 아니라 양주동, 박영희 등이 중심이 되어 문예비평의 원리에 대한 탐구도 시도된다. 다음은 월평이나 합평으로 인한 비평의 문제점에서 비평의 방법에 대한 견해를 외국의 예를 끌어들이거나 자신의 견해 등을 밝힌 글이다.

양주동, 「문예비평의 삼양식」, 〈조선일보〉 1925. 7. 7.

박영희, 「문예비평론」, 〈조선일보〉 1925. 6. 14~18.

김기진, 「병인세모 문단총평」, 〈중외일보〉 1926. 12. 11.

합평이나 월평의 견해 차이 때문에 '비평가의 태도론' 논쟁으로 비화했다고 볼 수도 있다. 왜냐하면 김기진은 끊임없이 작품의 형식을 중시하였으며, 문학주의자들이 중심이 되어 활약한 월평이나 합평, 총평 등에 참여하고 있었기 때문에 박영희의 투쟁기적 목적의식을 지향하는 비평에 못마땅했을 것이기 때문이다.

시도한다. 그 월평이나 총평은 주로 김억, 양주동, 현진건, 김기
진 등이 담당하고 있으며, 기존 창작가 중심에서 비평가 중심으
로 전환되고 있다. 그들은 창작을 우선시하므로 그 창작을 중심
으로 담론을 펼칠 수 있는 방식으로 월평을 택한 것이다. 즉, 문
화주의자들은 월평이나 총평을 통해서 작품의 형식을 평가의
중요한 기준으로 삼아 작품을 감상하고 해설하였다.

다른 한편 카프에서도 월평이나 시평(時評)을 시도하기도 한
다. 카프에서는 팔봉이 1926년부터 〈개벽〉이나 〈조선문단〉〈동
광〉 등 잡지나 기타 신문 등에 월평이나 총평을 싣고 있다. 팔
봉은 작품의 기법에 대해 평가하기도 하지만 〈조선문단〉파 문
학주의자들의 월평과는 판이하게 월평을 쓰고 있다. 〈조선문단〉
계의 창작가들이나 비평가들이 주로 작품의 기법 중심으로 평
가의 기준을 삼는 데에 비해 김기진은 부르주아적 문학성에 대
한 이해를 통해서 프로문학이 결여하고 있는 구체적 작품과의
교감으로 작품의 사회적 가치를 논의한다.11) 그런 점에서 김기
진은 이미 월평이나 총평 등을 통해서 시평적인 비평의 가능성
을 보여준 것이다. 이러한 시평으로서의 비평을 그는 1926년부
터 행하고 있다. 그 이전인 1925년 〈개벽〉지의 월평이나 총평
등에서는 〈조선문단〉적인 감각으로 기술면에서 작품을 비평한
다. 그러나 1926년부터는 주로 프로문학 작가들의 작품을 중심
으로 문학작품의 사회적 가치를 평가한다. 그리고 1927년 〈조선

---

11) 〈조선문단〉 16호(1926. 5)에 '4월의 창작평'을 싣고 있는데, 김기진은 창
작을 단순히 진공 상태에서 기법 중심으로 평가하기보다는 작품의 사회적 가
치로의 이행을 문제삼는다. 나정월의 「원한」에 대한 월평에서 여자가 정조를
유린당하고 가련하게 된 이야기를 평가하면서 "우리들이 이러한 事件을 그린
小說에 대해서 할 일은 거긔에 나타나는 한 쪼각의 인생을 普遍化하고 社會
化하야서 그 一般的 價値를 讀者에게 알으키는 일이다. 批評家의 任務가 여긔
에 잇다."(p. 14.)

지광〉이 프로문학의 중심 토론장이 되면서 시평의 성격은 더욱 강화되어 나타난다. 이 시기부터는 김기진뿐만 아니라 박영희, 윤기정 등 카프 일파들이 시평적 의식에서 문단과 작품을 평가한다. '시평'이 발달하면서 문학론은 정치적 담론이 적극적으로 행하고 문화주의자들의 담론과 첨예하게 대립한다.[12] 그리고 이러한 프로문학파의 시평의 영향으로 문화주의자들도 시평을 써서 문학과 정치 혹은 사회 사이의 담론을 개방화시킨다. 그리하여 에세이는 시평을 통해서 개방적 담론을 엮어내며 논리를 보충한다.

　문화주의자들은 조선주의를 내세우면서 실천비평에서 멀어지기도 한다. 문화주의자들은 카프로부터 너무 기술적이라는 비판을 받으면서 자아의 내면을 탐구한다. 그들은 20년대 초를 통해서 문학적 환상이나 신비주의를 발전시켜 온 바 있다. 그러나 민족과 계급의 문제가 첨예하게 나타난 새로운 사회적 국면에서 그들은 신비주의가 시대감을 잃고 있음을 판단하여 신비주의의 다른 얼굴을 찾으려고 한다. 그것이 곧 조선주의이다. 그들의 조선주의는 부르주아 문학의 전통을 탐구하는 데에서 비롯한다. 따라서 그들은 시조나 민요에 대해 탐구하고 혼으로서의 조선주의를 문학의 전통으로 정립하려고 한다. 그 조선주의는 시조 창작의 현대화로 나타난다. 그리고 시조 창작의 현대화는 어느 정도 문학주의적 담론으로서 성공한 듯하기도 하다. 문

---

12) 시평(時評) 양식은 주로 당시 문단의 이슈라든가 정치 문제 혹은 사회의 이슈들, 그리고 대립적인 요소들까지도 행간에 드러내고 있다. 김기진의 '조선주의'에 대한 비판이나 '문예가협회'에 대한 비판이 시평으로 나오고(〈조선지광〉 64호, 1927. 2), 당대의 시회적 관심사가 시평으로 나온다. 그리하여 김기진은 좀체로 다른 유파와 대립하지 않다가 시평을 통해서 염상섭과 대립한다.(〈조선지광〉 65호) 또한 박영희나 윤기정 등도 〈조선지광〉의 시평이라는 양식을 통해 자유롭게 문단과 현실을 넘나든다.

학주의가 당대 조선의 현실에서 적응하기 위해서는 역사나 논리를 지닐 수 있어야 했다. 문학적 순수론으로는 프로문학의 비판을 벗어날 수 없기 때문이다. 그러나 시조가 지닌 역사적 문학 양식을 현대적으로 재창조한다는 것은 역사를 끌어올 수 있다는 점에서 의의를 갖는다. 그러나 그들은 그 역사를 문학사적 논리로까지는 발전시키지 못하고 단순히 심정적으로 역사를 끌어와 현대시조 창작의 구체적 방법론을 제시하는 데에 그치고 만다.

그런 점에서 조선주의보다는 역사적 혼을 현대시의 감각으로 발전시키려 했던 소월에게서 그들의 한계가 극복되지 않았나 싶다. 즉, 그들의 담론의 최고치는 소월의 작품과 함께 나타난 「시혼」이라고 할 수 있다. 왜냐하면 「시혼」은 〈개벽〉에 실리기는 하지만 문화주의자의 시대감각이 가장 잘 나타난 비평이며, 문화주의자들의 개성론을 문학적 담론으로 완성해 놓은 비평이기 때문이다. 「시혼」은 민요라고 하는 역사적 양식을 시적 자아의 현재적 감각으로 표현해 놓은 자신의 서정시에 논리를 세우는 비평이다. 그 비평이 논리로서 그의 시와 어느 정도 관련을 맺느냐보다는 선험적 혼과 현대적 자아를 통일시키려는 데서 그 비평의 의의를 찾을 수 있다. 하지만 조선주의나 소월의 「시혼」이 문학 내적 담론을 활성화시키는 실천적 비평에 부정적 역할을 한 것은 마찬가지이다. 조선주의는 부르주아 문학관을 가진 비평가들이 카프 공격에 너무 강박관념을 가진 나머지 심정적인 혼이나 역사로 방패를 삼으려는 데에서 나온 자의식적 논리이다. 이로 인해 실천비평은 그 타격을 받아 창작과의 관련을 상실하여 관념적 시평으로 변질된다.

3) 파당성의 극복 모색과 새로운 논리의 요구

문학비평에서 파당적인 편견과 기계적인 논리가 압도하면서 비평은 독자와 작가, 혹은 현실과 작품, 현실과 의식 사이의 매개적 역할을 상실한 채 고정적인 관념에 사로잡힌다. 그에 따라 비평의 매개이며 근원인 작품 또한 공허하게 된다. 왜냐하면 비평과 작품과의 관계는 담론의 교환 관계에 있기 때문이다. 그리하여 독자도 없고 문학시장도 형성되지 못한 현실에서 문학적 지식인들 사이에 벌어지는 파당적이며 정치적인 논쟁은 문학의 내재적 담론을 왜곡시켜 버린다. 즉, 그들은 문학적 담론을 정치적 담론의 하위 개념으로 설정하여 문학을 정치에 예속시켰다. 따라서 비평은 파벌적 논쟁의 도구가 된다. 프로문학이나 민족주의 문학이나 마찬가지로 자파의 당파성에 자신의 담론을 할애함으로써 서로를 이해하지 못하고 관념적 논리만을 강조한다. 왜냐하면 그들은 논리라는 감옥에 갇혔거나 혹은 그들 스스로 감옥을 짓고 있었기 때문이다. 그 감옥 속에는 자폐적 의식만이 존재한다. 뿐만 아니라 논리라는 폐쇄적인 틀 속에 자아의 영혼을 가둬 버려 논리와 영혼 사이의 관계를 왜곡시킨다. 한쪽 파벌에서는 정치라는 울타리를 만들고, 다른 한쪽에서는 혼이라는 문학적 신비의 울타리를 만들었다. 그리고 그들은 그 울타리를 더 높이 쌓기 위해, 그리고 더 두껍게 싸기 위해 공격적 논리를 활성화시킨다. 단지 그들에게는 상대방과의 변별성을 확인하는 논리만이 중요했기 때문이다.[1] 한쪽이 정치에 골몰해 있다면 다른 한쪽은 문학이라고 하는 신비에 빠져 있고, 한쪽이

---

1) 1927년의 방향 전환 이후 카프의 이론투쟁만 하더라도 민족주의 쪽이 작품 제일주의로 나아가자 그것을 극복하기 위해서 이론투쟁으로 나아가는 데서 비롯한다.

내용주의에 적극성을 보이면 다른 한쪽은 문학의 기교에 무게를 둔다.

그리하여 그들은 비평을 문학과 현실의 유기적 관계의 실천으로보다는 당대의 정치나 사회단체 노선의 도구로 파악하여 거기에 비평가 자신의 영혼을 빼앗긴 듯했다.[2] 그만큼 그들의 비평은 반대파를 공격하는 날카로운 무기와 같았으며, 논쟁은 이론투쟁이라는 명목으로 활성화되었다. 그러나 그 이론투쟁은 현실을 도외시한 이론 자체에 함몰되면서 관념화되어 간다. 따라서 논쟁에서는 작품이나 조선의 현실 혹은 비평가의 개성이 개입할 여지가 없었다. 조직적 문예론이 가져온 획일성으로 인해 비평은 문예론을 벗어나 정치론적 계급 투쟁의 논리가 되어 문예론 쪽에서 볼 때 창작과는 아무 관련 없는 생경한 관념 자체로 떨어지고 말았다. 그만큼 비평은 당대 창작의 현실을 점검하고 방향을 지도하고 활성화시키는 역할을 수행하지 못하고 만다. 물론 이렇게 창작이 결핍되고 논리가 관념적으로 흐른 데에는 일제의 탄압이라는 외부적인 정세에 기인한 바 크다. 일제는 문학에서 어떤 형태의 정치적인 담론도 제한했다. 왜냐하면 당대 일제에게는 중국으로 세력을 확장하는 과정에서 병참기지로서의 역할이 필수적이었기 때문이다. 그래서 일제는 정치적인 집회나 선동에 대해 적극적으로 대처한다.[3] 따라서 비평가들은 문학과 정치 및 민족의식과의 관계를 보다 깊이 토론할 기회를

---

2) 이와 같은 현상은 1927년 정치성을 띠면서 현격히 나타난다. 이론투쟁만 하더라도 일본에서 福本和夫와 山川均 사이에서 있었던 이론투쟁을 답습한 것이며, 대중화도 1928년~1929년 일본의 대중화론을 그대로 답습한 것이다. 또한 1927년의 방향 전환은 당시 조선의 사회단체의 정치적 방향 전환과 궤를 같이하고 있다.

3) 1928년 카프의 경성지부 결성 금지나, 수시로 관할 경찰서에서 하는 작품 검열, 혹은 문인 감시 등을 통해 통제했다.

상실한다. 이런 정세적 어려움으로 인해 당시 문학비평은 현실
주의적 논리를 얻지 못했다. 그러나 다른 한편 내부적인 데에서
도 논리가 감옥에 갇힌 원인을 찾을 수 있다. 프로문학자들은
자신의 논리를 일본이나 소련의 논리에 절대적으로 의존한 만
큼 자생적인 담론을 갖지 못하고 있었다. 당대 진보적 지식인들
사이에서 사회주의가 신이상주의로 이해될 정도로 현실은 절망
적이었고, 정치 경제적으로 조선인들은 무산계급화되고 있었다.
그러므로 지식인으로서 혹은 계몽주의자로서 그들은 삶의 총체
적 진실을 완곡하게 담을 수 있는 문학적 담론을 빌려서 정치
를 논하는 데에 급해 정치적 논리를 문학적 현실에 적용할 수
있는 여유를 갖지 못한다. 따라서 그들은 논리만을 조급하게 던
져 놓을 수밖에 없었으며,[4] '이론투쟁'이나 사상성에 매달리게
되고 정치주의 문학이라는 관념적 논리에 갇히게 된다.

　하지만 이와 같은 관념성은 그들 계급의 현실적 위상을 위태
롭게 할 수 있었다. 새로운 논리로써 1920년대의 위기에 응전할
수 있는 가능성을 모색할 수 있다는 판단에서 그 논리를 따라
멀리까지 왔으나, 그 논리가 당대의 우리 실정에 맞지 않았을
뿐만 아니라 문학 자체까지도 위기로 몰아가고 있었으므로 그
논리의 방법론을 선택한 부르주아 계급의 위상도 위기에 봉착
할 수 있었다. 논리는 그 논리를 소유하는 자에게 삶의 방법까
지를 지시한다. 다시 말하면 어떤 논리를 선택한 사람은 그 논
리에 따라 자신의 인생관이나 세계관 및 테두리를 갖는다. 그리

---

4) 어느 사회에서 새로운 이론을 수입하거나 이론에 골몰하고 있는 시기는
전통적인 원리가 무너지고 위기에 봉착하고 실천을 위한 새로운 형식의 정당
화가 필요할 때이다.(테리 이글턴, 유희석 역, 『비평의 기능』(제3문학사, 1991),
p.86.) 그러나 20년대 프로문학 비평가들은 민족해방투쟁과 문학의 근대화 둘
을 동시에 이룩하려는 조급함에서 문학과 정치를 일원화시켜 버린다.

하여 비평은 자아의 개성과 현실의 감각을 상실한 채 딱딱한 정치적 관념에 둘러싸인다. 왜냐하면 논리가 에세이적 개성을 빼앗아 비평의 균형감을 상실하고 있었기 때문이다. 그러므로 그들이 '신간회'를 통해 일시적으로 통합했다 할지라도 그 통합은 형식적인 통합에 불과했으며, 따라서 곧 다시 파벌성을 내비칠 수밖에 없게 된다. 그리하여 20년대의 분파성은 끝이 없이 나타난다. 뿐만 아니라 그들의 논리는 당파적 관념에 갇혀 분파성을 재생산하고 있었다. 따라서 중간파가 적극 양 파벌 사이에 개입하고 해외문학파가 등장하지만 또 하나의 파벌성을 드러내는 데에 일조를 할 뿐이었다.

목적의식기 정치적 담론의 관념성으로 인해 작품 창작의 공간이 협착하게 되고, 그와 함께 독자와의 담론 공간이 줄어들면서 그 논리 자체에 대한 회의가 나타난다. 민족 해방이라고 하는 궁극의 목표를 둔 정치적 담론이 조선 문단 내부적으로는 적대적인 논쟁만을 만들어내 문학적 담론이 활성화되지 못한 채 소련이나 일본과의 국제적 담론체를 이루고 있는 아이러니가 발생한다. 따라서 '계급'과 '문학'의 위기가 초래된다. 프롤레타리아 계급의식이라는 세계관을 강하게 밀고가다 보니 그 세계관과 부르주아 지식계급의 자의식과 사이에 모순이 일어나고, 또한 프로문학의 논리가 현실적으로 작품과 유리된 상황에서 부르주아 지식계급은 관념 속에서 환멸을 느끼며 논리적 위기에 봉착한다. 이러한 위기는 분파성에 대한 자성으로부터도 의식되어지기도 하지만 주로 외부적 충격으로부터 의식된다. 문학외적인 충격으로는, 1928년 12월 코민테른의 「조선의 농민 및 노동자의 임무에 관한 테제」에서 조선의 공산주의 운동이 분파적이고 지식인 중심적이라는 비판이 내려진다. 이에 국내 사회주의자들은 분파성을 극복하고자 한다. 또한 문단적으로는 일본의 대중화론을 카프의 이론가들이 그대로 수용하면서 위기가 체감된다. 그리고 국내적으로는 '신간회'의 형성으로 분파성을 극복하지 않으면 안 되는 처지에 있었다. 뿐만 아니라 문학 내적으로도 〈조선문단〉이 폐간된 이후 창작이 고갈된 상태에서, 창작 없는 논리만이 난무하는 현실에서 비평가들은 위기의식을 갖지 않을 수 없게 된다. 그들은 자신이 어떤 논리를 수용하고 있든지 문학이라고 하는 공통된 담론을 갖고 있었기 때문에 창작 없는 논리로는 담론의 주제를 잃을 위기의식을 가질 수밖에 없게 된다. 또한 양 계파의 파벌적 양상이 드러나고, 그 파벌적 양상이 자신들의 계급적 세계관인 문학적 부르주아 지식인이라는 자의식을 상실할 위기에 몰린다.

이런 사정에서 중간파가 나타난다. 중간파는 문학이라는 주제를 강조하고 있는 그룹이기 때문에 문학주의자들의 편에 서 있는 것처럼 여겨지기도 하지만, 본질적으로는 프로와 민족 사이의 간극을 메워 부르주아 지식계급의 본래적 담론을 복원하려는 계급적 자의식을 드러내는 자유주의자들이라 할 수 있다. 다시 말하면 프로문학파와 민족적이고 문화주의적인 계파 사이에 벌어진 간극을 문학이라고 하는 본래적 담론을 통해 의식을 통합함으로써 부르주아 지식계급의 문학적 담론을 복원하려는 것이 중간파의 역할이다. 그러므로 중간파는 필연적으로 문학주의자이며, 프로문학에 대한 이해를 통해 '프로＝민족'이라는 등식을 용인하는 자들이다. 따라서 중간파는 철저히 담론을 문학이라는 주제에 두며, 양 파벌의 주제, 즉 민족과 계급에 대해서는 적절하게 중간적 입장에 서서 담론의 합치점을 찾으려고 한다. 양주동이나 염상섭, 김기진, 동반자 작가, 박영희 등 주로 20년대초 문화주의에 감염되었거나 창작을 한 작가들이 여기에 속한다.[5] 그러므로 그들은 자파의 논리보다는 창작 월평이나 총평 등을 통해 작품을 토론의 주제로 삼아 리뷰적 창작 월평이나 평가적 성격의 비평을 활성화시킨다. 여기에서 특히 문학의 형식 탐구는 대중화론과 함께 나타나는 문학 내재적인 담론을 형성하는 데에 크게 기여한다. 김기진이 대중화론을 통해 프로문학의 형식 탐구 단계론을 펴서 프로문학의 실천적인 창작을 모색해 보려 하자 염상섭, 양주동, 박영희 등이 문학 내재적인 담론을 내놓는다. 특히 양주동이나 김기진, 염상섭 등이 내용과 형식론에 적극성을 보인 것도 그것이 자신들의 담론이기 때문이다. 즉, 그들 사이에는 파벌적 자기 동일성은 없었으나 무의식적으로 문학 내적 담론을 통해 동일화의식이 지배하고 있었다.

이와 같은 경향을 반영하여 1929년 〈삼천리〉를 통해 프로문학과 민족문학 사이에 토론장이 마련된다. '민족문학과 무산문학의 합치점과 차이점'이라는 설문지는 두 진영의 합치 가능성을 지향한 기획이다.6) 비록 일부 프로작가들은 합치점이 없다고 하고 있지만 대체적으로는 김기진의 "별개의 목적을 가젓스나

---

5) 박영희는 카프 소장파가 장악하면서 카프 노선에 소극적인 자세가 된다. 뿐만 아니라 1929년부터 대중화나 문학의 형식에 대한 관심을 보인다. 그런 점에서 그는 문학주의적 경향을 보이고 있다. 또한 1929년부터 창작 월평을 쓰기도 한다. 그리고 1929년부터 문학의 형식 탐구가 이루어진 것도 이와 관련이 있다.

6) 민족문학과 프로문학의 통합 문제는 중간파인 양주동에 의해 꾸준히 제기된다. 〈삼천리〉 이전인 1929년 양주동은 〈문예공론〉 창간호에서 "민족문학과 사회문학이 빙탄불상용이라 보고 호상배격하는 자류는 소위 종파주의의 여독이다. 그러나 우리는 둘 다 현정세에 타당한 것으로 보고 더구나 양자는 서로 그 합치점을 연관하야 합류함이 필요하다고 본다."고 하여 연합론을 편다. 물론 이에 대해 박영희는 「부란의 와중에서」, 김기진은 「시평적 수언」에서 반박하고 나선다. 이후 양주동은 「문제의 소재와 이동점」에서 합류 문제를 형식 문제와 관련시켜 확대시킨다.

표현과 수법이 갓다."라는 견해에 일치하고 있었다. 다시 말하면 내용이나 목적에 있어서는 아직도 대립적인 자세를 보이고 있지만 문학 형식에서는 심정적으로 합치점을 찾으려 하고 있었다. 이는 당시의 분위기를 보여주는 것으로, 일제의 통제로 프로문학의 활동이 제한되고 있기도 했지만 민족운동의 과정에서 카프가 '신간회'에 가입한 것에서도 알 수 있는 바와 같이 조합주의적 투쟁이 지양되는 민족운동 선상에 문학운동이 있었기 때문이다. 또 다른 한편으로는 양 파에 의해 작품 편중과 이론 편중이라는 모순된 현실 문단을 통합하여 부르주아적 내부 담론의 복원을 꾀하기 위해서 통합은 필연적이었다. 그리하여 각 진영의 관념적 논리에 편중되어 있는 담론을 지양하고자 하는 목소리가 나타나고 작품평의 복원이 시도된다. 그와 같은 사정을 카프 내부의 활동을 통해서 살펴보면, 카프는 방향 전환 이후 일제의 검열과 압수로 활동에 큰 제약을 받으면서 그 활동상이 미미하여 문학이라는 토론의 주제를 상실해 문학단체 조직 자체의 의의가 상실되는 위기의식을 맞는다. 뿐만 아니라 문학비평가가 정치사회적 논리에 갇혀 있어서 자기 동일성을 상실하는 위기에 몰려 있었다. 이 위기는 자아의 내적인 위기이며 카프의 담론이 갖는 지도성의 위기이다. 작품이 없어서 독자를 잃고 비평이 작품평을 하지 못해 공허하고, 비평가의 의식이 관념에 매달려 있다면 비평은 그 존재 의의를 상실하고 만다. 왜냐하면 비평이란 독자와 작가, 혹은 독자와 작품 사이에서 담론을 형성하며 그 존재 의의를 갖기 때문이다. 그러므로 형식 문제는 작품의 문제이기도 하지만 독자의 문제이며 문학비평의 존립 문제이기도 하다. 1929년을 전후하여 새롭게 내용—형식 논쟁이 일어난 것도 대중화론과 맥을 잇는 문학비평가의 존립 문제와 무관하지 않다.

 당시의 독자들은 문학운동과 분리되어 있어서 육전소설을 읽거나 개화기 소설류의 작품을 읽었다. 다시 말하면 독자들은 부르주아 문학작품을 읽거나 혹은 옛날 이야기책을 읽어 그 문학적 의식이 봉건적이거나 부르주아적이었다. 뿐만 아니라 그들 대부분이 농민이기 때문에 순수 예술주의적 문학이나 프롤레타리아 문학과는 거리를 두고 있었다. 그러므로 양 파의 문학론이 내부적 담론으로만 남는 공허함을 가졌다. 뿐만 아니라 작가들의 창작을 지도할 수 있거나 창작의 시대적 가능성을 제시하지 못하고 있었기 때문에 비평은 공허한 관념 속을 헤매고 있었다. 그래서 문학비평가는 대중화를 지향하지 않을 수 없게 된다. 대중의 현실과 작품의 수준, 문학시장의 형태 등에 대한 분석을 통해서 담론을 활성화하고 비평가의 존재 의의를 회복하려는 것이 곧 대중화론이다. 그러므로 대중화론은 농민문학론과 함께 나타날 수밖에 없고,[7] 사실주의론과 함께 나타날 수밖에 없으며, 담론의 개방화 혹은 확대의 일환으로 나타난다.[8] 그러나 카프 내에서는 담론의 활성화를 놓고 분열이 일어나 문학론과 정치론 사이에 틈이 생긴다. 임화나 안막, 권환 등이 김기진이나 박영희에 대해서 부르주아적 예술주의로 선회하였다는 비판을 하는 것도 이런 담론의 활성화에 대한 처방의 차이에 기인한다. 임화가 선명한 논리성과 담론의 파벌성에 무게 중심을 둔 데 비해 김기진은 담론의 현장성에 무게 중심을 둔다. 임화나 안막 등은 새롭게 마르크스주의 사상을 학습하고 있던 중이어서 프롤레타리아 리얼리즘으로 나아가지만, 김기진은 그 논리가 갖는

---

 7) 김기진은 「농민문예에 대한 초안」(〈조선농민〉 32호, 1929. 3)에서 「통속소설론」이나 「프로시가의 대중화」의 내용을 그대로 언급하고 있다.
 8) 김기진의 「변증법적 사실주의」(〈동아일보〉 1929. 2. 25~3. 7)는 프로문학 양식론이면서 대중화의 방법론이며 담론의 활성화 방안이다.

한계, 즉 부르주아 계급의 문학 토론장의 폐쇄와 그 논리가 갖는 관념의 한계를 인식하고 사실주의론을 편다.[9] 그러나 임화나 김기진 양쪽 다 담론 환경의 위기의식에는 일치하고 있는 듯하다. 이 위기의식에서 구카프계는 문학이라고 하는 현실 쪽으로 더욱 기울고 있었다. 즉, 겉으로는 민족주의파와 거리를 두고 있었지만 안으로는 그들과 문학이라고 하는 공동 분모를 갖고 있음을 의식하고 있었다. 내용—형식 재론에서 김기진, 박영희, 양주동, 염상섭 등이 함께 참여하여 극한적 대립성을 보이지 않은 채 부르주아 사실주의론에서 만나고 있는 데서 그 가능성을 엿볼 수 있다.

당시에 보편화되어 있는 위기의식은 담론의 왜소화, 폐쇄화를 낳지만, 다른 한편 그 위기를 벗어나기 위한 모색 또한 있었다. 문단 주변 정세의 악화로 담론 자체가 불가능한 현실에서[10] 우선 급한 것은 그 현실을 극복하는 일이다. 다시 말하면 어떻게 해서든지 담론을 복원하는 일이며, 담론 공간을 확보하는 일이다. 그러므로 위기를 극복하기 위해서 몇 가지 처방이 있을 수

---

9) 임화나 안막 등은 형식 문제를 리얼리즘론으로 이끌어가 김기진의 변증법적 사실주의, 즉 프로문학의 형식 문제를 비판한다. 그들의 입장에서 보면 구카프파의 형식에 관한 주제는 부르주아 예술주의에서 비롯한다. 그러나 문제는 임화 등이 구카프파에 대한 비판을 이론투쟁의 과정으로 인식한 데에 있다. 이미 구카프파들이 겪어온 과정을 이들이 이제 겪고 있다고 할 수 있다. 그러므로 당시의 폐쇄된 진공에서의 그들의 담론은 점점 폐쇄성을 더할 수밖에 없게 된다.

10) 1927년 이후 정세의 악화로 지식인은 민중과 분리, 격리된다. 그러므로 문학적 담론은 점점 공허해져 간다. 1929년만 하더라도 카프는 평양과 개성 지부에서 강연회를 가졌을 뿐이다. 이 사이에 민족주의 문학 쪽에서는 정노풍 등이 나와 논리를 펴지만 이미 그와 같은 논리는 위기를 타개하는 데에 힘이 없었다. 왜냐하면 당시로서 가장 중요한 것은 담론의 공동 토론장의 회복이었기 때문이다.

있다. 기존의 논리와 시평적 자세를 보완하여 힘으로 부딪쳐 정면돌파하거나, 새로운 논리를 수용하여 현실을 극복해 나가는 방법을 모색하거나, 혹은 현실 자체에 대한 깊이 있는 탐구를 통해서 현실 극복의 방법을 찾을 수도 있고, 또한 악화된 정세 자체에 순응하여 예술의 신비 속으로 나아갈 수도 있을 것이다. 그러나 당대의 문학적 위기는 기존의 논리의 위기이며, 기존 담론의 위기, 혹은 담론 공간의 위기이기 때문에 그 위기를 극복하기 위해서는 기존의 담론의 성격이나 공간, 구성원, 범위 등에 대한 근본적인 성찰이 우선적으로 요구된다. 그러나 기존 담론 담당자들은 위기를 주로 외부적인 정세의 탓으로 돌리기 때문에 자기 성찰이나 기존의 담론을 폐기하려고 하지 않았다. 왜냐하면 그들은 자신들이 차용한 논리에 대한 확신을 갖고 있었을 뿐만 아니라 조직이라고 하는 비인간적이고 폐쇄적인 공동체가 당시의 현실을 적극적으로 분석, 대응할 만한 유연성을 차단했기 때문이다. 다시 말하면 조직이라고 하는 폐쇄적 공동체가 담론의 상상력을 막고 담론의 자유로운 활동이나 공간 이동을 저해하고 있었기 때문에 기존의 담론 담당자들에 의한 위기의 극복이란 거의 불가능했다.[11] 이는 민족주의파나 중간파에게도 마찬가지로 적용될 수 있다. 왜냐하면 민족주의파나 중간파란 카프의 대타적 역할 이상을 하지 못했기 때문이다. 이에 위기는 30년대 초까지 계속되는 운명을 안고 있었다. 위기에 대

---

11) 김기진이 「변증법적 사실주의」 및 기타 대중화론에서 프로문학의 형식을 탐구하는 과정에서 과도기적으로 부르주아 문학의 형식을 수용하지 않으면 안 된다는 주장을 하지만 임화가 「탁류에 항하야」, 안막이 「프로예술의 형식 문제」라는 평론을 통해 예술주의적 망령이라고 비판한다. 여기에서 임화나 안막의 논리는 카프라는 조직의 논리이다. 그리고 김기진이나 박영희 등이 문학의 형식 문제를 자주 거론하면서도 카프의 조직적인 문예론을 주장하고 있는 것도 조직적 문예론의 경직성을 말해 준다 하겠다.

한 자기 비판적 처방이 없이 위기의 근원을 현실의 정세적 악
화에 두면서 자기 보호적인 관념적 이론에 매달려 있는 이상
극복의 방법은 새로운 세력이나 개방화를 통해서 이룩될 수밖
에 없게 된다. 1930년을 전후하여 새로운 세력과 새로운 담론에
대한 욕구는 위기 극복을 위한 자연스러운 과정으로서 역사적
필연이라고 할 수 있다. 논리가 공허한 메아리로 남고 담론 공
간은 폐쇄화되어 독자도 없이 부르주아 지식인들 사이의 자위
적 논쟁심만이 남아 있는 현실에서 외부적 충격은 그 폐쇄성을
깨뜨리는 데에 일정한 역할을 한다. 따라서 해외문학파나 외국
의 담론이 물밀듯이 유입되는 데에는 기존 담론의 생명력이 한
계에 이르렀음을 의미한다.

그리하여 기존의 논리들을 대체하려는 새로운 담론들이 유입
된다. 특히 그 담론들은 이론적이고 학술적인 형태를 띠고 나타
난다. 담론이 이론적이고 아카데믹한 형태를 띠었다는 것은 일
단 현정세의 불리에 적응하기 위한 형태임을 나타내기도 하지
만 다른 한편으로는 기존의 지식을 폐기하기 위한 새로운 논리
의 모색이라고 할 수 있다. 현실의 불리한 정세에 적응한다는
것은 비평의 목표를 기능적인 데에 둔다는 의미이며, 기존의 지
식을 폐기하기 위해 새로운 논리를 모색한다는 것은 새로운 이
론이 나타나야 할 역사적 단계에 이르렀다는 뜻이다.[12] 그리하
여 지식은 새로운 이론을 찾아나서며, 비평은 그 이론에 의존한
다. 당대의 현정세가 문학의 정치적, 현실적인 담론을 제한하고
문학자의 사상 탐구 자체를 제한하고 있는 마당에서 기존의 정
치적이고 현실적인 담론으로는 당대의 질곡을 극복하는 데에
한계가 있었다. 다시 말하면 1927년 이후 1933년을 전후하여 당

---

12) 테리 이글턴, loc. cit.

대의 조선 문단에서는 기존 프롤레타리아 계급의식을 표방하거
나 민족주의적 혼을 찾는 문학적 담론이 시대 혹은 문학적 위
기를 극복하는 데에 한계에 부딪치고, 그들 사이의 논쟁 또한
기존의 파벌성을 재현하는 묵은 논쟁 이상이 되지 못했다.[13)
따라서 새로운 논리의 요구는 필연적이었다.

  그리하여 위기 극복의 가능성은 새로운 논리를 수용하는 데
서 찾을 수밖에 없었다. 프롤레타리아 계급투쟁이 조합주의적인
폐쇄적 관념의 공허한 담론이며 민족주의가 혼이라고 하는 폐
쇄적 역사 공간의 관념으로 숨는 담론이었으므로 그들은 정세
의 불리를 넘을 수 없었다. 그러므로 새로운 담론은 현실적이어
야 하며 작품 실천과 연계되지 않으면 안 된다. 현실적이라는
의미는 문학의 내적 담론이어야 한다는 의미이다. 즉, 비평은
문학을 이야기해야 하고 문학의 당대적 흐름에 대한 정보를 제
공하며 읽을거리로서의 자료를 제공하지 않으면 안 된다. 그렇
게 하기 위해서 비평가들은 당대 세계문학의 수준, 세계문학의
읽을거리, 혹은 가십으로서의 문학적 정보나 우수 작품 읽기,
작품론, 작가론, 문학의 새로운 논리 등을 제공해야 한다.

  이와 같은 방향으로의 선회는 문학적 담론을 이끌어갈 수 있
는 새로운 세대를 요구하게 된다. 카프파의 경우 새로운 이론가

---

13) 1920년대 말부터 1930년대 초까지 민족주의 문학이 일시적으로 문단을
장악하고 있는 듯이 보이기는 하지만 그것은 프로문학의 침체기를 나타내는
하나의 지표 이상을 보여주지 못하고 있다. 왜냐하면 당시의 민족주의 문학이
란 새로운 논리를 끌어내거나 침체해 있는 문단에 새로운 바람을 넣어주기보
다는 침체의 틈바구니에서 기생하는 담론 정도에 그치기 때문이다. 이는 해외
문학파와 프로문학파의 논쟁 또한 마찬가지이다. 이미 그들 사이의 논쟁 자체
가 새로운 이슈를 만들어내거나 질곡을 극복하기 위한 하나의 방안으로서 제
기되기보다는 문제를 1927년의 수준으로 되돌려 놓는 정도에 불과하기 때문이
다.

들은 일본에서 유학을 하고 돌아온 세대들로 구카프파를 대체하고 나타난 임화, 안막, 안함광, 권환, 백철, 이기영, 김남천 등이다. 이들은 구카프파의 계급적 자의식에서 비롯한 부르주아 문학주의로의 선회에 대해 큰 불만을 품고 이론투쟁을 통해 내부적인 혁신을 기하려 한다. 그리하여 그들은 일시적으로 강경 정치주의를 지향하기도 하지만 당대의 현실 속에서 리얼리즘을 구현하고자 한다. 즉, 현실주의의 입장에서 계급적 세계관을 설정하고 다양한 리얼리즘론을 제기한다. 그 리얼리즘론은 선진 사회주의의 리얼리즘인 사회주의 리얼리즘이다. 그들은 내적인 질곡을 사회주의 리얼리즘의 수용 여부를 통해서 해결하려고 한다. 농민문학론이나 사실주의 논쟁 등이 이에 해당한다.

농민문학론이란 선진 사회주의 리얼리즘으로 나아가는 첫단계의 담론으로 프로문학이 담론의 공동체를 확보하는 데에 있어서 우리 실정에 가장 적합한 주제이다. 그러므로 당대 조선에서 농민문학론은 프로문학의 현실주의로 나아가는 길목에서 만나는 주제이다. 그러나 카프는 이미 문학적 담론을 발전 확대시킬 수 있는 힘이 없었기 때문에 담론의 위기를 극복할 수 있는 기회를 놓치고 만다. 왜냐하면 그들은 이미 정치투쟁에 대한 현실적 회의 속에서 자생적 힘을 상실하기 시작해 그들의 이론투쟁은 사회단체에 의존해 있었으며 문학론은 아직도 소련이나 일본의 프로문학론에 추수적이었기 때문이다. 다시 말하면 프로문학을 현실주의적으로 이끌기에 그들은 이론이나 현실에 대해 자의식을 표현할 수 없을 정도로 너무 부자유스러웠다. 그러므로 농민문학론이 지닐 수 있는 엄청난 담론 공간을 생경한 수입 이론에 머무르게 하고 만다. 그러나 농민문학론은 비평에는 한계가 있었지만 실천적인 작품에는 성과가 없었던 것도 아니다. 이광수의 『흙』, 심훈의 『상록수』, 이기영의 『민촌』 『고향』 등은 비평의 방향성을 제안해 줄 수 있는 실천적 사례이다. 그러나 이들 농민문학은 농민문학론의 영향이라기보다는 실천적인 작품이 갖는 개방적인 담론의 영향이라고 할 수 있다.14) 그리고 농민문학의 활성화로 비평의 지도와 재단의 힘은 상실되고 작가들이 대거 등장하여 작품 우위론이 제기된다.15)

다른 한편 구카프계의 조직 문예론에 대한 공격에서부터 카프의 해체로 이어지는 일련의 사태는 카프가 더 이상의 자생력을 상실했음을 나타낸다. 다시 말하면 카프는 개방적인 담론을 통해서 담론의 위기를 극복할 수 있는 문학적인 저력을 상실했기 때문에 해체된 것이다. 즉, 카프는 역사적 기능을 상실하고 있었다. 왜냐하면 20년대 후반 질곡의 대부분이 카프에 의해서 유도되었고, 또한 30년대에 들어서서도 새로운 담론을 수용하려 하지만 이미 그들의 담론에는 기존의 정치주의적 한계를 떨칠 수 없었다. 비록 20년대 후반부터 사실주의론이 나타나 자생 능력을 배양하려고 하지만 그들의 담론에는 관념성이 강하게 배어 있어서 문학을 고립시키고 있었다. 이에 신유인, 백철, 박영희 등이 서구 당대의 부르주아 자본주의 문학을 수용하지 않으면 안 되게 된 것이다. 이는 프로문학론 자체가 갖는 관념성으로 인한 것이기도 하지만 본질적으로 프로문학론이 갖는 위기 극복의 한계 때문이다. 기존에 김기진의 감각적인 감상문에서 출발하여 그 기조를 계속 유지했더라면 현실적 자생력은 살아

---

14) 농민문학은 카프파에게는 폐쇄적인 계급의식을 비판하고 하리코프 작가회의에서 결의된, 농민과 노동자의 동반자적 관계에 동조하는 당시의 개방적 담론의 실천이라는 뜻이 있다. 뿐만 아니라 카프와 민족주의 문학 사이의 계급적 동일성이 맞아떨어진 부분이 이 농민문학에서이다. 기존에 염상섭이 프로문학을 비판할 때 농민을 배제하고 있는 관념성을 따진 바 있다.

15) 30년대에 들어 작가들이 비평을 많이 쓰는 것도 이와 무관하지 않다. 이는 지도 비평의 상실을 의미한다.

있었을 것이다. 하지만 프로문학의 논리는 선진 사회주의권 중심으로 나아가고 있었기 때문에 식민지인 당시의 조선으로서는 관념 이상이 아니었으며, 따라서 그 이론에 매달려 있는 카프가 해체된 것은 당연하다. 그러므로 박영희와 김기진의 탈퇴 관련 색깔 논쟁은 담론상으로는 의미가 없으며, 단지 그들 사이에 있었던 내용과 형식 논쟁의 감정에서 비롯한다. 이는 사실주의론에 있어서도 다르지 않다.

다른 한편 민족주의 문학자들은 프로문학이 역사적 임무를 다하자 소리없이 자신의 모습을 감춘다. 왜냐하면 그들은 처음부터 문학론의 자생력을 갖추고 있지 않았기 때문이다. 그들은 카프의 대타의식으로 자아의 목소리를 유지하고 있었을 뿐 자생적이며 현실주의적인 담론을 한 번도 갖지 못하고 있었으므로 카프의 한계와 함께 자아의 목소리를 감춘다. 그러나 그들을 대체할 수 있는 세력이 나타나는바 해외문학파가 그들이다. 해외문학파는 민족주의자들이 갖추지 못한 현실성을 갖추고 있다는 점에서 민족주의를 대체하고 있다. 다시 말하면 해외문학파는 문화주의자들이라는 점에서 민족주의자이며, 신문이나 잡지의 문화면에 읽을거리를 제공할 수 있다는 점에서 현실성을 갖추고 있었다. 그들은 우선 기능적이다. 기능적이기 때문에 당대의 정치적 질곡을 피할 수 있어서 문학적 담론을 유지할 수 있고, 신문이나 잡지의 문화면을 장악하고 있어서 담론의 공동체를 복원할 수 있는 가능성을 지니고 있었다. 뿐만 아니라 그들은 해외에서 정통으로 논리를 습득하고 온 해외문학 전공자들이어서 새로운 담론을 제공해 줄 수 있는 가능성을 지니고 있었다. 정인섭, 이헌구, 이하윤 등은 정통 외국문학 전공자들로서 새로운 시대를 여는 데에 일단 성공하고 있다. 왜냐하면 그들은 백철처럼 프로문학에 물들지 않고 정통 서구 외국문학의 목소리를 통해 우리 문학의 담론 공간에 새로운 목소리를 제공할 수 있었기 때문이다.

그러나 그들이 하나의 가능성으로 자리잡을 수 있었던 데에는 그만한 사회적인 여건이 조성되어 있었다. 즉, 당대는 신문 잡지들의 자본주의적 체질 실험 시기였으며, 더 이상 논리가 대중성을 얻지 못하고 있었으므로 담론의 위기 극복을 위해서는 새로운 담론거리를 찾지 않으면 안 되는 시기였다. 다시 말하면 삼일운동 이후 빼앗긴 저널리즘의 담론을 다시 회복하기 위해서 당대의 새로운 문화 공간을 저널리즘이 형성하려는 시기였다.16) 그러므로 담론의 체질은 저널리즘의 문화 공간을 통해서 살아남을 수 있는 내용과 형식을 갖추지 않으면 안 되었다. 뿐만 아니라 정치적 이슈가 아니라 신문의 문화면을 읽을거리로 채워줄 수 있는 인물과 감각을 지닌 자를 필요로 했다. 이에 해외문학파가 그러한 시대적 조류에 적응한 것이다.

그들은 당대의 문단을 '자살미수범' 혹은 '사형집행유예범'으로 보고 국제정세를 '이포크 메이킹'으로 간주하여 국제감각을 익히고자 한다.17) 그러나 그들의 현실 진단이 옳은 것이냐 아니냐 하는 것보다는 그들이 자본주의적으로 체질화하려는 당시의 신문에 가장 기능적으로 작용할 수 있었다는 점을 우리는

---

16) 삼일운동 이전까지만 해도 담론의 공간은 주로 신문을 중심으로 한 사설이나 사설적 감각으로 이루어졌다. 그러나 삼일운동 이후 담론은 현격히 전문화되고 개성화되면서 저널리즘과 거리를 두었다. 그러나 물론 삼일운동 이전의 저널과 1930년대의 저널 사이에는 엄청난 차이가 있다. 즉, 자본주의적으로 체질화되었느냐 그렇지 않았느냐 하는 것이 그들 사이의 구별이다. 1930년대는 신문 잡지들이 자본주의적 판로 문제를 적극적으로 고려하고 있었기 때문이다. 그 증거로 대중적인 주제의 '문학특집'이 많이 다뤄지고 있으며, 수필이나 작가 중심의 담론이 대거 등장한다는 점이다.

17) 정인섭, 「조선현단에 호소함」, 〈조선일보〉 1931. 1. 2.

간과해서는 안 된다. 다시 말하면 그들이 프로문학이나 민족주의 문학에 대해 비판하면서 자신의 나아갈 길을 제시하는 것은 그렇게 중요하지 않다는 점이다. 그보다는 그들의 지적 체질이 신문 문화면을 채우는 데에 가장 적절했다는 데서 그들의 역사적 의의가 있다. 그렇지 않고 그들이 프로문학에 민감하게 반응하여 프로문학파로부터 민족주의 부르주아 문학파로 치부되는 것은 그들 스스로 자신의 범위를 한정시키는 꼴이 된다.[18] 이런 한계를 제1기 해외문학파는 갖고 있기도 하다. 그들은 국제주의적 감각과 번역의 한계 등에 대한 당대 문단의 문제점을 기능성을 통해 충분히 노정하면서도 스스로 카프와의 논쟁으로 인해 자아의 담론 공간을 좁히고 있다. 그들은 자신의 임무로 모색한 외국문학의 소개와 번역, 연구를 위한 계몽으로 나아갔어야 한다.[19] 그러나 이헌구를 중심으로 민족주의파를 대신하여 프로문학파와 벌인 논쟁은 자신들의 시대적 의의를 제대로 이행하지 못한 경우이다. 왜냐하면 해외문학파의 시대적 의의란 사실상 프로문학과 민족주의 문학 모두를 괄호로 묶고 지식인으로서 자신들의 계급적 위상을 제고할 수 있는 새로운 논리를 세우는 데에 있었다. 그러나 그들은 너무 현실의 구체적 양상에 관심을 가진 듯하다. 그래서 그들은 그 현실의 쇄말성에 빠져 자신의 시대적 임무를 잃고 만다. 그 쇄말성이란 신문이나 잡지의 편집권이라고 할 수 있다. 이 쇄말성에 빠져 그들은 당대 조

---

18) 해외문학파의 자본주의적 체질화에 대해서는 다음 장에서 다루도록 하겠다. 20년대의 문학론과 30년대의 문학론 사이에는 현격한 차이가 있기 때문이다. 20년대에는 해외문학파가 담론을 개방하고 새로운 변화에 적응할 수 있는 담론을 가지고 나타났다는 점에 의의가 있을 것이다.

19) 이헌구, 「해외문학과 조선에 잇서서 해외문학인의 임무」, 〈조선일보〉 1932. 1. 7.

선문학과는 거리를 둔 채 문학적 논리에 함몰되거나 혹은 일회적 읽을거리를 제공하는 데에 그친다. 그렇기 때문에 그들은 당대의 서구 문학을 번역, 소개하지 못하고 폐쇄적인 강단적 논리에 갇히게 된다.[20] 그러나 그들은 분명 새로운 담론 공간의 확보에는 기여한다. 그래서 새로운 논리는 30년대의 새로운 세대를 기다리지 않을 수 없게 된다. 새로운 세대의 의의란 참신성과 문단의 질곡에 대응할 수 있는 현실성에 바탕을 둔 논리를 갖고 나타난 데서 발견하지 않으면 안 되기 때문이다. 20년대와 30년대의 차이가 여기에 있다.

4) 이론의 지배와 리뷰의 가능성

20년대 비평은 이론이 지배적인 위상을 차지하고 있어서 날카로운 논리의 싸움을 통해 논쟁적인 양상을 띤다. 비평이 논쟁에 사로잡혀 있어서 비평가들은 이론을 통해 상대를 제압하거나 설득할 필요가 있었으며 상대의 공격에 방어해야 했다. 그러므로 이론은 시대와 공간을 포용할 수 있는 거대한 논리적 체계와 예리한 공격성을 갖추지 않으면 안 되었다. 특히 외부에서 수입 학습한 이론을 우리의 실정에 적용하려는 과정에서 비평이 나타났기 때문에 이론은 20년대 비평에서 이론 투쟁으로 발전한다. 정치와 문학과 현실을 동시에 수용할 수 있는 논리의 정립 과정에 이론이 머물러 있었기 때문이다. 그래서 20년대 프

---

20) 제1기 해외문학파의 번역 소개는 주로 강단적인 요소가 강했으며, 특집 중심의 문화면 채우기에 불과했다. 이에 제2기 해외문학파에 의해 대체된다.

로문학의 비평은 논리가 칼처럼 섬뜩하게 작용하여 그 논리를 수용하는 비평가에게 현실적 자아를 상실케 했다. 따라서 이론은 소련이나 일본에서 들어온 대로 유연성 없이 이질성을 띤 채로 우리의 문학과 현실에 작용했다. 그러나 그 논리를 수용한 비평가들은 그 논리가 갖는 섬뜩함에도 불구하고 처음에는 그 신선한 충격에 매료되었다가 그 논리가 자신의 계급적 위상이나 문학까지를 위태롭게 했다. 왜냐하면 이론은 유연성을 갖지 못했기 때문이다. 이론이 유연성을 갖지 못하면 그 대상은 경직된다. 특히 마르크시즘 이론은 역사와 현실에 변증법적으로 작용하게 되어 있는데도 그와 같은 변증법적 유연성을 상실하면 그 이론은 현실과 수용자에게 부정적 요인으로 작용한다. 즉, 형식 논리에 대상이나 수용자가 상처를 입는다. 그러므로 20년대 마르크시즘을 중심으로 한 논쟁적 비평은 이론이 대상을 경직되게 만들어가는 과정이었다. 이런 현상은 비평가들이 아직 마르크시즘이라는 이론을 학습하는 과정에 있었을 뿐만 아니라 마르크시즘 원론에서조차도 문학론이 논리적으로 정립되지 못한 상태에 있었기 때문에 나타난다. 그러나 비평가들은 수많은 논쟁 이후에도 현실의 문제가 해결되지 않고 오히려 그들의 방법론이 창작의 활성화에 방해가 될지도 모른다는 의심을 하면서 시사적 리뷰와 논리의 개방적 자세를 갖는다. 따라서 그들은 시사적 리뷰를 시도하기도 한다. 그 시사적 리뷰는 문학에서 논리의 재건과 함께 개화기적인 양상을 다시 보여주고 있다. 20년대 국한문체가 비평의 보편적인 논리적 문체로 자리잡은 것도 이와 무관하지 않다. 하지만 시사적 리뷰가 크게 작용하지는 못한다. 왜냐하면 이론이 이미 너무 큰 힘을 발휘하고 있었기 때문이다. 그러나 리뷰가 부분적으로 형성된 데에는 논쟁 과정과 함께 형해화한 마르크시즘이 부르주아 지식계급의 계급적 불안 심리를 조장하여 부르적 지식인들이 설 자리를 잃어가면서 나타난다. 즉, 프로문학측에서는 비평가의 계급적 자의식의 과정에서 리뷰가 나타난다. 이에 비해 민족주의 문학측은 진즉부터 문학적 리뷰에 몰두해 있었기 때문에 그와 같은 섬뜩한 논리가 없었다. 그러나 날카로운 논리가 없었기 때문에 상식적인 문학론을 펼칠 수밖에는 없었지만 아이러니컬하게도 이론이 전횡적인 당시로서는 그러한 경향이 오히려 문학적이고 현실적이기도 했다. 그러나 그들은 카프와의 논쟁 과정에서 자신의 논리를 세우려 하면서 조선주의를 내세운다. 하지만 그 조선주의는 현실성을 얻지 못하고 있었기 때문에 환상적인 극단적 관념에 머무른다. 따라서 20년대 두 세력의 비평가들은 결국 굳어버린 이론의 노예가 되어 창작을 활성화시키고 독자를 끌어오는 데에 실패하고 만다. 일시적으로 '신간회'를 통해 논리가 유연해지는 듯했지만 곧 다시 자신들의 경화된 이론 속에 묻혀버리고 만다. 그들은 자신의 논리를 양보할 여유가 없었다. 왜냐하면 그들은 자신들이 선택한 이론이나 영혼에 이미 자아를 빼앗기고 있었기 때문이다.

그렇다고 프로문학에 처음부터 관념적 이론만 있었던 것은 아니다. 프로문학이 출발하던 시기에 김기진, 박영희는 감상문을 통해 선명하게 현실이나 현실적 감각을 드러내기도 했다. 그리고 그 감상문은 20년대 초 절망에 빠져 있던 부르주아 지식인에게 희망과 의욕을 갖게 해주기도 했다. 김기진이 감상문을 통해 러시아 허무주의를 소개할 때만 해도 마르크시즘은 신이상주의였다. 감상적 마르크시즘에서는 시적 문장과 함께 문학적인 옷을 입고 조선적 현실과 조선인에게 희망의 사상인 듯 보였다. 그러나 그 감상문은 곧 한계에 부딪힌다. 왜냐하면 감상문은 마르크시즘이 갖는 체질적 논리를 감당하기 어려웠기 때문이다. 하지만 김기진이나 박영희가 그와 같은 감상문의 체질을 통해 마르크스주의의 방법론을 수용했다면 현실감은 살아 있었을 것이며 비평은 관념적 이론에 묻히지 않았을 것이다.

한편 문화주의자인 민족주의자들에 의해 나타난 문학적인 리뷰는 활발하게 진행되면서 프로문학의 이론과 대립한다. 무엇보다도 민족주의자들은 리뷰적 비평에 매달린다. 그렇다고 그들의 비평이 현실을 수용하고 있다는 뜻은 아니다. 그들의 비평은 문학적인 해설에 국한하고 있으므로 논리를 갖추지 못하고 개별적 가십이나 에세이적 성격을 띠고 있다. 그래서 그들의 비평은 감상문이나 교양적 독서의 산물 이상이 아니다. 더욱이 그 평가가 문학적인 데에 함몰해 있었기 때문에 이러한 경향은 더욱 심하게 나타난다. 비록 염상섭이나 양주동이 이런 한계를 극복하려고 하지만 프로문학에 대한 강한 거부감으로 인해 논리를 세우는 데에 역부족이었다. 또한 일부에서 조선주의를 통해 리뷰적 비평이 갖는 한계를 극복하려고 하면서 전통론이 등장한다. 그러나 그들의 전통론은 국수적 민족주의와 혼이라는 신비주의에 함몰되어 있어서 논리적이지 못하다.

프로문학기의 비평은 논리의 대립 속에서 관념성을 띤 채 문학에 대한 실천성을 얻지 못한다. 이는 1920년대 비평에서 이론이 그 시대를 지배했기 때문이다. 이론이 한 시대를 지배할 경우, 그 시대에 활성화될 수 있는 창조적인 힘이나 현실이나 인간의 개별성 및 특수성은 배제되어 버릴 가능성이 높다. 이론이란 늘 자신의 틀 속에 개별성이나 특수성을 강제화하려고 하기 때문이다. 그런 점에서 볼 때 1920년대 비평은 이론이 성행하여 문학의 논리적 체계를 수립하는 계기를 만들기도 했지만 문학의 영역을 그만큼 제한하기도 했다.

5. 부르주아 지식계급의 위기와 자의식적 비평

30년대 비평은 20년대 급진적 부르주아 계급이 보인 위기 극복의 한계로부터 출발한다. 20년대에 부르주아 지식계급은 삼일운동의 실패 이후 절망과 허무에서 헤어나지 못하다가 마르크스주의 사상을 만나 새로운 활로를 모색한다. 그러나 그들은 계급적 지도와 계몽으로 부르주아 계급의 임무를 찾으려 하지만 마르크시즘이 갖는 반부르주아적 계급혁명이라는 날카로운 논리에 맹종하면서 자신의 계급의식과는 다른 프롤레타리아 계급적 관념에 사로잡힌다. 이후 그들은 관념적인 이론투쟁으로 종파적 논쟁에만 급급하여 문학과 사회를 전체적으로 바라보는 시각을 갖지 못한다. 그리고 이러한 종파적 이론의 수용에 급급하다 보니 그들이 펼치는 이론투쟁은 대부분 부르주아 지식계급 공동체를 분열시킨다. 이러한 분열상에 대한 자성과 부르주아 계급의식과 '신간회'를 통해 담론의 통합을 시도한 바 있기는 하지만 그 동안 지속되어 온 분열의 골이 너무 깊어 피상적인 연합에 그치고 만다.[1] 따라서 현실로부터 오는 위기와 그 위기에 근원한 문학의 위기를 비평은 전혀 감당하지 못한 채 새로운 이론과 인물이 요구되었다. 새로운 이론에는 현실의 위기를 극복해 줄 수 있는 논리적 응전력이 있어야 했으며, 작품의 창작을 활성화시켜 줄 수 있는 지성도 있어야 했다. 다시 말하면 20년대적 사고와 논리가 아닌, 즉 비평의 새로운 감각과 방법이 요구됐다. 이 비평은 우선 무엇보다도 우선 20년대적인 논쟁적 지도비평을 극복할 수 있고 새로운 이론을 감당할 수 있는, 지성을 가진 비평가를 요구했다. 30년대 비평이 지도비평의 극복에서부터 출발한 것도 이런 연유에서이다.

그러므로 30년대 비평은 비평 자신뿐만 아니라 창작계의 위기로부터 출발하지 않으면 안 된다. 30년대 들어 파당적 비평에 대한 위기론은 우후죽순처럼 여기저기에서 솟아나와 비평의 헤게모니를 잡고 있었던 20년대 비평가들의 설 자리를 잃게 만들었으며, 그에 따라 신인들이 대거 등장하여 기존의 논리를 비판하면서 비평의 지도성에 대한 도전적 자세를 보인다. 특히 국제적으로 자본주의의 위기론이 대두하고 국내적으로 일제의 강압적 통치가 극에 달하면서 내적인 위기 또한 점증하고 있는 마당에서 비평은 그 지도성의 무용론과 함께 거센 파도에 휩쓸리지 않을 수 없게 된다. 구체적으로는 기존 비평이 갖는 지식이나 태도에 대한 비판과 새로운 외국문학적 감각의 수용 및 비평의 권위에 대한 도전 등이 일면서 '비평의 SOS'가 팽배하고 지식인의 지도적 권위가 땅에 떨어진다. 더욱이 이러한 비평의 위기가 부르주아 지식계급의 위기에 다름 아니어서 지식인 중

---

1) 특히 프로문학자들이 동맹에 훨씬 부정적인데, 그것은 프로문학자들이 다른 파벌에 비해 더 날카로운 논리를 지녔기 때문이다. 프로문학자들은 자신들이 선택한 논리가 자신들의 계급적 위상마저도 저버릴 수 있다는 것을 모른 채 그 논리에 자아를 빼앗긴다. 또한 그렇기 때문에 그들은 다른 파벌에 비해 더욱더 관념적일 수밖에 없다. 그러나 20년대가 파편성이 강했다 할지라도 부르주아적 토론이 전혀 없었던 것은 아니다. 그들 사이의 논쟁이 곧 토론일 수 있기 때문이다.

심의 지도적 위기는 폭발적으로 나타난다. 그러므로 비평의 위기는 지식계급의 지도적 위상의 위기이며, 그들의 담론이 지닌 계몽성의 위기이다. 그들은 그 동안 근대를 계몽한다는 자부심을 갖고 있었으나 대중의 현실적인 삶과 지식인의 담론 사이에 분열이 일어나면서 권위에 위기가 도래한 것이다. 대중은 지식계급과 달리 현실의 생계 자체에 위기를 맞고 있었기 때문에 급속히 지식계급으로부터 이반하여 지식계급의 담론으로부터 일찍 분리된다. 그러므로 30년대 초의 문단은 작품도 거의 생산되지 못했지만 독자층도 제대로 형성되지 못했으며, 그만큼 비평의 권위 또한 상실된 시기로 위기의식이 팽배하게 자리잡아 문단을 혼란으로 몰아넣는다.

이런 와중에서 이 위기의식을 타개하기 위해 외국문학을 전공한 아카데믹한 비평가들이 등장한다. 그들은 프로문학파나 민족주의 문학자들이 지녔던 파당성을 부정하고 공평무사의 비평의식을 심으려고 했으며, 외국문학의 비평이론이나 지식을 수용하여 위기에 둘러싸여 있는 당대 문단에서 부르주아 지식인적 담론의 위상을 회복하려고 한다. 이를 위해 그들은 객관성을 주장하고 국제주의를 표방하며 비평의 세련성을 지향한다. 또한 그들은 비평의 고결성을 신봉하며 문학을 연구할 수 있다는 신념을 갖고 있었기 때문에 비평의 전문화와 학문화에 힘쓴다. 즉, 그들은 20년대 비평가들의 대망에 부응하고 현실에 적응할 수 있는 새로운 이론을 끌어들이고자 한다. 그러기 위해서 그들은 당대 외국문학에 관심을 갖는다.

또한 순수파 시인들은 〈시문학〉〈문예월간〉 등을 중심으로 그 동안 부진했던 시문학의 창작에 적극성을 보이고, 〈카톨릭 문학〉 등 종교문학이나 〈구인회〉 등 모더니즘적 창작이 모습을 보인다. 그리고 색깔을 보이지 않는 작가들은 새롭게 창간된 〈삼천리〉〈대조〉〈형상〉〈신동아〉 등에 착실히 창작을 발표한다. 특히 동반자작가라고 할 수 있는, 20년대 중간파의 후예로서[2] 작가들이 대거 등장하여 비평의 객관화 혹은 반파당화에 일정한 역할을 한다. 뿐만 아니라 이들은 비평의 권위에 도전하여 비평가의 위상을 위태롭게 하기도 한다.

30년대 초 비평의 위축은 비평의 권위 상실을 의미하며, 대부분 카프의 지도비평에 대한 부정을 의미한다. 그러므로 프로문학의 대표적인 비평가들인 박영희, 김기진 등이 현격히 비평의 현장에서 사라져 가면서 프로문학은 새로운 비평가를 배출하지 않으면 안 되었으며, 또한 새로운 이론으로 무장하지 않으면 안 되었다. 이에 임화, 안막, 권환, 백철, 안함광, 한효 등이 등장하여 사회주의 리얼리즘을 통해 폐쇄적이며 관념적인 논리를 극복하고자 한다.

이상과 같은 다기한 현상으로 나타난 30년대 벽두 비평계의 환경에서 신문이나 잡지 또한 저널리즘의 상업성을 통해 비평의 기반에 충격을 준다. 이 저널리즘의 상업성은 30년대 비평의 중심 화두라고 해도 과언이 아니다. 프로문학자들이 이 상업적 저널리즘에 혼신의 힘으로 저항하려고 한 것이나 모더니즘을 지향한 일파들이 상업성에 자신의 혼을 얹어 놓는 데서 보듯 저널리즘의 상업성은 30년대 문학의 문제로 발전하여 비평에 새로운 국면을 제공하고 있다. 파시즘이라는 현실적 위기에서 문학은 어떻게 생존할 수 있는가 하는 큰 화두와 함께 저널리즘의 상업성 혹은 문학의 상업성이라는 화두가 교차하면서 30

---

2) 30년대의 동반자작가는 20년대 양주동의 중간파의 후예라고 할 수 있다. 왜냐하면 30년대 동반자작가들은 작품 행동을 통해서 프로문학의 운동에 동정적이기 때문만이 아니라 객관성을 유지하려 한 문화주의자들이기 때문이며, 파당성에 기울어지지 않으려는 의식이 있기 때문이다.

년대 비평은 흘러간다. 그리고 그 흐름은 부르주아 지식인의 얼굴에 우울한 표정을 짙게 드리운다.

한마디로 30년대의 비평은 비평의 권위 상실 속에서 비평의 위기를 맞으면서 문학 전반에 새로운 가능성과 한계를 제공한다. 그와 함께 비평은 현실을 극복하기 위한 이론과 상업적 저널리즘에 어울리는 리뷰 사이에서 번민한다. 이 과정에서 김동인의 『춘원연구』가 나오고 최재서나 김문집의 가십적 단평이 활발하게 전개된다.

1) 지도 비평의 위기와 저널리즘적 상업성

30년대 비평은 권위 상실에서 오는 위기로부터 출발한다.3) 그렇다면 권위의 상실은 무엇을 의미하는가. 다시 말하면 비평의 권위 상실은 비평의 어떤 권위가 상실했다는 것이며, 비평의 역할이 어떻게 상실되었다는 것인가. 비평이란 문학작품을 통한 사회·정치·경제적 삶의 매개이며, 문학적 담론을 통한 현실의

---

3) 30년대의 위기는 어디에서 오는가. 우선 일제의 파시즘적 억압에서 비롯한다. 일제는 만주사변 이후 모든 활동에 통제를 심각히 행해 자유로운 담론의 공공 토론뿐만 아니라 민중의 삶 자체까지도 불가능하게 한다. 또한 위기는 서구 자본주의의 위기에서 온다. 서구 자본주의는 미국의 공황으로 위기를 맞는다. 이에 조선의 지식계급들은 서구의 경제공황을 자아화하여 위기의식을 수용한다. 또한 문학인들의 실제적인 경제적 위기가 뒤따른다. 신문 잡지 등이 폐간되고, 원고료가 제대로 지불되지 않아 문학인들의 현실적인 생활에 위기가 도래한다. 문학상으로는 주조의 상실을 들 수 있을 것이다. 정치 사회적인 담론이 막히면서 새로운 담론이 준비되지 않은 현실에서 문학적 담론의 주조를 상실하고 만 것이 곧 문학적 위기라고 할 수 있다.

되새김이다. 그러므로 비평의 권위 상실이란 그 시대 삶의 현실적 권위의 상실, 혹은 그 시대 삶에 대한 지식의 가치 상실에 다름 아니다. 비평이 민중의 삶을 지식인적으로 계몽하거나 민중을 선동하는 역할을 하거나 혹은 작품의 해설 역할을 하는 것은 그와 같은 비평이 지니는 매개적 의의, 즉 문학과 사회와의 매개적 의의 때문이다. 그러므로 비평은 때로는 논리를 세우기도 하지만 때로는 감각적인 현실의 삶의 무게를 느끼기도 한다. 비평이란 그만큼 문학을 현실의 가능성의 지평으로 개방되도록 하는 양식이다. 이와 같은 비평의 역할을 생각할 때 30년대 초 비평의 위기는 다름 아닌 정치 사회적 담론으로서의 비평의 위기를 의미하며, 그것은 다시 프로문학의 정치적 파당성이 지닌 방향성의 상실을 의미한다. 따라서 30년대 초 비평의 위기 혹은 비평의 죽음은 프로문학 비평의 죽음을 의미하며, 프로문학을 담당한 급진적이며 정치적인 부르주아 지식인 계급의 몰락을 의미한다. 그러나 그들의 몰락은 파당성을 지녔기 때문에 몰락한 것이라기보다는 그들이 갖는 시대적 의의가 한계에 이르렀기 때문에 몰락했을 뿐이다.4) 이미 세계사적으로 자본주의의 공황이 몰아닥치고 있었고, 독일이나 이탈리아와 마찬가지로 일제는 파시즘적 억압을 자행하고 있는 현실에서 표면적이고 거친 관념적 투쟁으로는 현실로부터 오는 위기, 혹은 공론을 만들어내는 비평적 환경의 위기를 불러일으키지 않을 수 없다.

---

4) 정치주의적인 비평은 어쩔 수 없이 파당성을 띠지 않을 수 없다. 왜냐하면 당시 조선의 현실로 보았을 때 정치주의는 민족주의적이건 계급주의적이건 파당적 정치주의의 산물이기 때문이다. 공평무사한 비평이란, 그 공평무사 자체가 부르주아적 정치주의의 파당성을 지니고 있는 것이다. 미국문학에서 I. A. 리처즈의 공평무사적 해설이나, 영국문학의 아놀드적 비평이 부르주아적 파당성을 띠고 있는 것을 우리는 잘 알고 있다.

이와 같은 새로운 환경에 적응하지 못하는 기존의 프로문학파
들의 이론, 특히 김기진, 박영희의 비평은 그 한계를 드러내고
만다.

  그러나 프로문학의 위기는 부르주아 지식계급의 위기에 다름
아니다. 부정적인 양상이 다소 있었다 할지라도 개화기 이후
1920년대까지만 해도 지식계급은 민중의 현실적 삶에 대한 지
도적 위상을 통해서 사회, 정치, 문화적으로 현실에의 대응력을
보여 주었다. 그만큼 20년대까지 비평은 지도적이며 계몽적인
역할을 했다고 할 수 있다. 그러나 30년대에 들어 자본주의적
의식이 수용되면서 이와 같은 지식인의 계몽성이 더 이상의 의
의를 상실하고 민중이 직접 시장을 통해 작가 혹은 작품과 연
계되거나 참여하면서 지식인의 위기가 도래하게 된 것이다.5)
여기에서 당대 조선이 자본주의의 어떤 단계에 있었느냐 하는
문제는 크게 중요하지 않다. 그보다는 당대 조선의 지식계급을
둘러싸고 있는 문화나 그들의 의식이 자본주의적이냐 아니냐가
더 중요하다. 왜냐하면 당대의 조선은 일제의 변두리로서 일제
자본주의의 희생물이며, 그만큼 그 직접적인 영향권에 있었기
때문이다. 그래서 당시 조선의 문화적 의식은 세계사적 흐름 속
에 있었으며, 지식계급 또한 자본주의적 공황이나 서구 지식계

---

  5) 1920년대까지의 비평은 계몽주의적 의의에서 벗어나지 못하고 있다. 지식
계급이 만들어내는 담론을 계몽 지도함으로써 민중에게 시혜적 자세를 지니
고 있었다. 뿐만 아니라 선구자적 자세를 통해서 선진한 근대적 문화를 배포
하는 데에 그 역할을 다했다. 그러나 30년대의 상황은 전혀 다르다. 그 다른
점은 여러 가지가 있겠으나 우선 가장 중요한 것은 세계사적 의미의 자본주
의 의식이 형성되어 기존의 계몽성이 아닌, 시장 개념 혹은 다성(多聲)성이
지배하게 되었다는 점이다. 이 시장 개념이나 다성성은 지식계급의 계몽을 제
한하고 민중이 직접 시장을 통해서 참여하는 시스템이다. 여기에서 지식계급
의 위기가 내재해 있다.

급의 '지식인대회'의 감각을 자연스럽게 자아화할 수 있게 된다. 그들은 앙드레 지드나 앙드레 말로의 행동선언에 민감하게 반응하며, 서구 지식인 문학자들의 반파시즘 의식을 일제에 대해 자아화했다.[6] 그러므로 지식인들은 위기의식을 온몸으로 느끼고 있었으며, 그렇게 함으로써 조선문학의 세계화에 한발짝 가까이 가고 있었다.

뿐만이 아니다. 당대의 저널들, 신문이나 잡지들도 자본주의적 의식을 통해서 편집 방향에 시장 개념을 도입하고 있었다. 당대 조선의 경제가 일제의 자본주의적 궤적 속에 들어 있어서 착취가 극에 달해 극도의 궁핍함을 면치 못하고 있었기 때문에 신문이나 잡지의 폐간이 줄을 이었고, 작가나 비평가들이 문단을 떠나거나 대중소설을 쓰지 않을 수 없게 된다. 따라서 신문들은 새로운 경영을 위해서 시장 개념을 도입하여 경영과 편집의 방향을 바꾸지 않으면 안 되었다. 신문은 기사와 광고량을 늘리기 위해 면수를 늘렸고, 편집 방향 또한 소설의 경우 대중, 통속소설, 역사소설을 실었으며, 비평 또한 사건 중심, 흥미 위주의 다양한 인물을 동원하여 짧은 논의 혹은 가십이나 회고담을 쓰게 하기도 했고, 인기 문인들에게 감상문이나 비평을 쓰게 하기도 했다.[7] 이와 같은 편집 방향은 당대의 문단에 많은 변

---

6) 일제하에서 우리 지식인 문학자들, 특히 비평가들은 유럽 문학자들에 대해 르네 지라르적 '욕망의 삼각형'을 형성하고 있다. 즉, 유럽 문학자 혹은 서구로서의 일본의 문학자들을 매개로 삼아 자신의 욕망을 달성하려고 한다. 이는 이인직 이후 30년대 이상에 이르기까지 꾸준히 작용한 관계이다.

7) 이에 대해서는 염상섭의 「최근 학예란의 경향」(〈대조〉 1930. 8), 김기림의 「현문단의 부진과 그 전망」(〈동광〉 38호), 김기진의 「신문장편소설시감」(〈삼천리〉 1934. 5), 이무영의 「신문소설에 대한 관견」(〈신동아〉 1934. 5), 이돈화의 「조선신문의 특수성과 그 공과」(〈개벽〉 1935. 3), 김동인의 「상구독고 현민간신문」(상동) 등을 살펴볼 것.

화를 가져온다. 즉, 신문이나 잡지의 편집에서 편집자들은 본격적인 논리보다는 흥미 위주의 기사나 비판을 주로 싣거나, 비평의 경우 창작평 중심의 월평이나 전망이나 결산 등의 비평을 많이 실었다. 뿐만 아니라 소설의 경우 대중, 통속의 연재 장편소설을 선호하였고, 작가 또한 쉽고 길게 쓸 수 있는 장편소설의 연재를 선호하였다. 그러나 그들 역사소설은 김동인의 언급에 의하면 흥미 위주의 이야기인 '물어(物語)'에 지나지 않는다. 미래에 대한 전망이 보이지 않는 현실에서 역사소설은 흥미 위주의 통속소설에 지나지 않을 가능성이 높기 때문이다.[8] 이와 같은 저널리즘 비평 형태로 나타난 것이 작가 비평이나 비평가의 단평이다. 인기작가 혹은 도전적인 신인작가들로 하여금 권위적인 비평에 도전하는 비평을 쓰게 함으로써 저널리즘적 상업성은 소기의 목적을 달성할 수 있기 때문이다. 따라서 '비평의 위기'는 상업적으로 유포되지 않을 수 없게 된다. 또한 30년대 후반에 나타난 단평 또한 이와 같은 상업적 저널리즘이 낳은 산물이다.

인텔리겐치아의 위기, 혹은 프로문학의 위기는 이상과 같은 정황 속에서 형성된다. 지식계급은 논리를 통해서 자아를 형성하고 논리를 통해서 민중에 가까이 감으로써 자신의 존재를 의식하는 인물이다. 그렇기 때문에 그는 쉽게 관념화되고 보편적

---

8) 김동인, Ibid., p. 40.

염상섭, 「역사소설시대」, 〈매일신보〉 1934. 12. 20~24.

어느 시기에 역사소설이 흥행한다는 것은 역사에 대한 전망이 불투명할 때이다. 역사를 어떻게 바라볼 것인가 뿐만 아니라 미래에 대한 전망이 불투명하고, 그렇기 때문에 현재의 삶에 위기가 닥칠 때 역사소설은 흥행한다. 그러나 그 역사소설은 대부분은 흥미거리일 뿐이다. 왜냐하면 역사를 통해서 전망을 얻는다는 것은 쉬운 일이 아니며, 전망 자체의 맑음을 통해서 사실상 그와 같은 것은 얻어지는 아니러니가 있기 때문이다.

고민에 빠진다.9) 그러나 그의 한계인 행동성에 볼모를 잡히고
있기 때문에 그는 영원히 민중으로부터 배척당하면서도 민중의
편에 서지 않으면 안 되는 사르트르적 지식인 개념 속에 있다.
그런데 당대의 위기는 지식인 문학의 위기, 혹은 지식인적 의식
의 위기, 즉 지도비평의 위기, 다시 말하면 정치 사회적 파당성
을 지닌 비평의 위기이며, 관념적이며 이론적인 지식의 위기이
다. 그렇기 때문에 새로운 지식은 반드시 관념성을 떨쳐버릴 수
있는 지식이어야 하며, 현실적이고 행동성을 지닌 지식이어야
한다. 당대의 비평가들은 이것을 쉽게 파당성이 없는 객관성의
문학, 혹은 냉철한 공평성의 문학으로 받아들였으며, 또한 행동
성에 있어서는 쉽게 불란서 행동주의 문학의 수용을 통해 자신
들에게 부족한 행동성을 보상받으려고 했다. 그래서 작품 창작
을 옹호하고 비평가들은 그 작품 창작에 대한 월평에 만족하거
나 해설에 몰두한다.10) 그리하여 새로운 세대의 비평가들은 기
존의 지도비평에 대해 비판하면서 우후죽순처럼 나타난다. 그들

-----

9) 박영희는 이와 같은 지식인의 고뇌에 대해서 〈개벽〉 1935. 1월호에 「조선
지식계급의 고민과 그 방향」을 쓴다. 여기에서 박영희는 지식인의 행동 한계
의 고민과 민중에 대한 이중적 위상으로 나타나는 고민을 든다. 그러고서는
행동을 통해서 자신의 한계를 극복하지 않으면 안 된다는 것을 역설한다. 이
러한 박영희의 논의가 당대 불란서의 말로적 행동주의에서 크게 벗어나지는
못하고 있었다 할지라도 배급주의 속에 있는 당대의 조선의 문인 지식계급의
문제를 다뤘다는 점에서 의의를 갖는다고 할 수 있다. 마찬가지로 김기림도
「'인테리'의 장래」(〈조선일보〉 1931. 5. 17~24)에서 소피스트적 지식계급보다
는 불란서의 말로적 지식계급, 즉 행동성을 강조하고 있다.

10) 브나로드 운동이나 해외문학의 수용 혹은 팔봉에서 나타나는 창작 등은
행동의 일면이라고 할 수 있다. 여기에서 브나로드 운동은 지식인의 행동으로
서 당시 조선에 많은 화제를 남긴 바 있으며, 어느 정도의 성과를 거두기도
했다. 반면 해외문학 소개는 프로문학의 한계로 인한 문단의 위기에 새로운
활기를 불어넣어 주는 요소가 되었다.

의 논지는 대부분 정치주의적 관념성에 대한 비판이며, 비평의 임무를 창작에의 보조로 제한한다. 1934년 작가들이 쓴 문예비평가론이나 김환태, 김기림, 최재서 등이 비평가의 임무를 작품의 해석이나 분석에 두는 것도 모두 지도비평에 대한 비판에서 비롯한다.

오늘의 비평가들의 공통한 심리는 대체로 판단하기에 躁急한 것이다. 판단은 물론 비평의 최후의 職能이지만 판단하기 전에 위선 한번은 대상을 분석 설명하고 최후의 직능을 비평은 니저서는 아니 된다고 생각한다……(중략)……위선 한 작품과 그것을 비저낸 작자의 사고의 전과정을 이해해 주고 손쉽게 판단을 늘 최후에 부치기를 즐거워 하는 비평 - 그리고 그 근저에는 항상 문학의 발전을 위한 강한 의지가 흐르는 그러한 비평을 대망하는 것은 非但 筆者뿐이랴?[11]

위 김기림의 언급에서 보듯 비평을 분석이나 해석에 우선을 두는 경우 지도적인 자세는 점점 그 자리를 잃게 된다. 적어도 30년대에 들어와서 비평 혹은 비평가는 지도적인 위상을 상실하고 있으며, 이러한 현상은 도처에서 나타나고 있었다. 조선일보의 특집으로 꾸며진 「평론 SOS」나 「작가로서 평론가를 평함—문예비평가론」 등은 비평 혹은 비평가의 지도적 위상에 대한 한계를 뚜렷이 하고 있다. 뿐만 아니라 이기영, 채만식, 엄흥섭, 유진오, 이무영, 김기림, 김남천 등 작가들이 비평에 가담함으로써 이러한 현상은 더욱 가중된다. 그래서 30년대 초 비평이나 비평가의 위상은 그 지도적 위치를 이미 상실해 버렸다고

---

11) 김기림, 「비평의 태도와 표정」, 〈조선일보〉 1934. 3. 30.

해도 과언이 아니다. 이미 그들은 공평성을 갖지 못하고 있다고 믿어졌기 때문에 더 이상 지도적 위상을 얻지 못했다. 또한 파시즘이 공평성을 상실한 억압과 강요를 행해 왔기 때문에 지도성이라든가 계몽성 자체가 의심을 받을 수 있었을 뿐만 아니라 권위적 지식으로는 당대의 위축된 현실을 타개할 수 있는 실천성이 부족했기 때문에 지식의 지도성은 더 이상 발을 붙일 수 없었다.12) 그리하여 신인들이 대거 등장하여 새로운 지식과 문학적 방법을 수용하지 않으면 안 되었다. 또한 지식이 민중의 현실을 수용하여 논리화시키려면 민중의 현실 속으로 들어가든지 아니면 파시즘과는 다른 어법을 쓰지 않으면 안 되었다. 그래서 신인들은 공평무사를 지향하며 현장에서의 실천성을 얻으려고 노력한다. 하지만 30년대 초 젊은 비평가들은 함일돈이나 김성근 등에서 볼 수 있는 바처럼 그렇게 뚜렷한 가능성을 제시하지 못하고 있었다. 왜냐하면 아직도 그들의 비평에서는 권위적 자세를 버리지 못하고 작가를 지도하려고 했기 때문이다.13) 따라서 신인들은 비평의 파당성을 거부하면서도 지도성을 그대로 가지려 하면서 당대의 문단에 새로운 혼란을 가중시키고 있었다. 그들은 주로 월평이라는 실천적인 비평을 통해서 관념성을 벗어나려고 하지만 그들의 월평에는 아직도 지도적인 위상을 그대로 유지하려는 자세가 사라지지 않고 있었으며, 그렇다고 기존의 비평가들처럼 거대한 이론을 만들지도 못하면서

---

12) 1931, 1932년 사이에 김기진이나 염상섭이 채만식의 단편 「산동이」에 대해서 지도 비평적 재단을 행하려다 저항을 받는다. 이러한 현상은 함일돈이 유진오의 작품이나 이기영 등의 작품에 대해서 재단하려 하는 경우에도 나타난다.

13) 1930, 1931년을 통하여 함일돈 대 이기영, 채만식의 논전을 보면 알 수 있다. 이 논전에서 함일돈은 작가들의 사상성을 애매하게 재단하려 하다가 결국 이기영, 채만식에 의해 비판받는다.

간섭으로 일관하는 비평을 행하여 당대의 비평계에 혼란을 가중시켰다. 신인들은 20년대 비평가들이 가졌던 위상을 그대로 갖고 싶어했던 것이다. 따라서 그들은 월평을 통해서 재단적인 자세를 버리지 못하고 있었다.

그러나 당대와 같은 파시즘적 억압이 극에 달한 마당에서 그와 같은 비평의 재단성은 사태를 극복할 수 있는 방법이 전혀 아니었다. 그렇다고 작가 비평에 의해서도 새로운 가능성이 열린 것도 아니다. 왜냐하면 작가가 비평에 참여하는 경우 대부분은 작가 자신의 창작적 경향에 대한 변명이나 혹은 기술적인 분석에서 벗어나지 못하기 때문이다. 이런 경우 사태를 분석할 수는 있을지 모르나 극복할 수는 없다. 그러므로 지식인적 권위주의 비평의 문제는 그대로 남았으며, 파시즘적 억압에 의한 공포 또한 그대로 남을 수밖에 없었다. 여기서 동반자작가의 문제는 당대의 문제를 해결하는 하나의 시금석이다. 작가들이 기술 자체보다는 사상성에 매달리려 하는 것은 공평성 자체로는 어떤 해결도 불가능하다는 것을 알기 때문에 나타나는 기현상이 동반자작가의 문제이다. 프로문학에 동조하면서도 카프에 가담하지 않고 사상성을 지니려고 한 그들은 억압적 시대에 대한 문학적 자세에 딜레마에 빠진다. 그리고 그들은 그 딜레마를 통해서 동통과 같은 문제의 심각성을 부각시키고 있다. 여기에 동반자작가의 의의가 있다.

그들은 지식계급이기 때문에, 혹은 당대의 문제가 새로운 논리나 실천의 문제이기 때문에 다시 지식인이나 지식의 문제로 자신의 문제를 극복하지 않으면 안 된다. 정치 사회적인 파당성이 문제라면, 그리고 조선의 식민지적 현실이 문제라면 그것을 극복할 수 있는 것 또한 논리이지 않으면 안 되었다. 일제가 하나의 힘이라는 근대적 논리, 즉 민족주의의 변형인 제국주의라는 힘의 논리를 통해 지배권을 강화하고 있는 현실에서 그 논리와 힘을 부정하거나 그 논리와 힘에 저항하는 방법은 어쩔 수 없이 또 하나의 논리이지 않으면 안 된다. 30년대 초 일부 신인들이 논리도 없이, 전망이나 대안도 없이 기존의 비평에 비판적인 자세를 보이고 있었기 때문에 그들의 행위는 사태를 악화시키는 역할 이상을 못하고 만다. 그것은 프로문학 신인에게 있어서도 마찬가지이다. 백철이나 임화, 홍효민 등이 일시적으로 구카프계 비평가를 대신하는 평론가로 떠오른 듯하지만 고집스럽게 카프를 보호하는 차원 이상의 논리를 펴지 못하고 있었다. 뿐만 아니라 해외문학파에게 있어서도 이러한 경우는 마찬가지로 적용된다. 해외문학파가 침체하는 문단에 새롭게 수혈하기 위해서 저널적 감각을 지니면서 나타나지만 그들의 소개 비평은 말 그대로 저널적 흥미 차원 이상을 넘지 못하고 있었다. 그래서 신인들은 현상에 대한 분석은 끊임없이 행하지만 전망을 갖지 못하고 있었으며, 그만큼 주조를 찾지 못하고 있었다. 그리하여 신인들은 비평을 잡평화하여 비평의 타락을 낳는다. 즉, 수많은 비평들이 쏟아지고 현실의 문제를 수없이 부각시켰다 해도 그것은 하나의 잡문 이상이 아니다. 적어도 20년대 김기진이나 박영희 등이 행한 시대적 역할과 계몽의 지도성이 어디에도 존재하지 않는다. 이에 비평의 저널적 잡평화가 나타나고 비평이 단지 가십이나 독서 감상문 차원에 머무르게 된다. 중진의 회고적 글쓰기나 신인들의 서구문학 소개, 월평 등이 모두 여기에 속한다 할 수 있다. 문학은 단지 일상의 한 읽을거리 정도에 그치고 만 것이다. 그리하여 비평은 타락하지 않을 수 없게 된다. 따라서 비평은 삶에의 문제의식을 상실했고, 삶을 향해 열려 있는 문학 또한 침체의 늪에서 헤어나지 못했다. 그리고 새로운 지식은 전혀 제역할을 하지 못하고 있었다. 여기에

30년대 비평의 위기와 가능성이 있다.

그래서 결국 지식 혹은 지식인의 위기는 다시 지식인의 문제로 남게 된 것이다. 파시즘이 지배하고 있는 현실에서 지도 비평으로는 더 이상 침체의 문단을 극복할 수 없게 된 가운데 비평은 새롭게 지식 혹은 지식인의 문제를 변증법적으로 수용하지 않으면 안 되는 업보를 지니게 된다. 그런데 지식인의 문제는 결국 지식의 문제로 풀지 않으면 안 된다. 새로운 지식의 문제는 무엇보다도 새로운 지식인의 문제로 수렴된다. 지식인이란 지식을 바탕으로 존재하는 인물이며, 지식이 갖고 있는 논리의 한계를 통해서 새로운 지식으로 나아가기 때문에 지식인의 자세란 어떠한 것인가의 물음이 곧 지식의 문제가 된다. 그 둘은 시대적 환경에 대해 같은 관계를 갖고 있기 때문이다. 여기에 몇 가지 길이 놓인다. 하나는 논리의 공평무사를 지향하는 주지주의적 방향이며, 다른 하나는 프로문학자들의 자의식의 문제이며, 그리고 순수에의 길이다. 앞의 경우가 김기림, 이양하, 최재서 등의 길이라면, 두번째의 길이 임화, 김남천, 한효, 안함광, 백철, 이원조 등의 길이며, 세번째가 김환태, 김문집, 박용철, 김동리 등의 길이다. 그들 중 어느 길이 옳으냐의 문제보다는 어떤 세계관을 통해서 지식인적 방향성을 설정하고 있는가 하는 데에 그들의 논리가 놓인다. 결국 각각은 파시즘하에서의 살아남기의 방법론이며, 지식인의 현실에 대한 처방이다.

2) 주지주의자의 풍자적 태도

파시즘하에서 부르주아 지식계급 중에는 비평의 권위를 회복하기 위해서 주로 지식 혹은 지식인에 대한 믿음을 갖고 있는 비평가들이 있다. 그들은 아카데미즘의 지적 풍토와 분석력을 토대로 정서적 안정감과 객관적 논리를 통해 감정적 응전에서 오는 현실의 위기 혹은 문학의 위기를 극복할 수 있다고 믿는다.[1] 따라서 그들은 30년대의 위기를 지식 혹은 지식인의 위기라고 믿지 않는다. 왜냐하면 지식이나 지식인은 논리와 객관성에 의존해 있다고 보기 때문이다. 그러므로 당대의 위기가 대부분 정치적 감정의 파당에서 오는 위기라고 파악하고 있는 그들에게 지식의 위기란 존재하지 않는다. 왜냐하면 지식이란 불편부당한 논리의 세계에 속하는 것이어서 그 자체에는 위기가 존재하지 않기 때문이다. 비평 또한 지식의 한 양식으로서 불편부당의 객관성을 추구한다. 따라서 아카데미스트들은 비평을 분석과 설명에 기초한 논리적 양식으로 이해한다. 김기림이나 최재서, 이양하 등이 헉스리, 루이스, 싱클레어, 체스터튼, 리처즈, 엘리엇 계열의 영문학을 학습하여 아카데믹한 지적 시각을 통해 문학의 위기에 대해 객관적이며 비판적으로 접근하여 감정적 대응에서 오는 위기를 극복하려 한 것도 지식에 대한 믿음에서 온다.

김기림의 초기 비평에서 보이는 객관적 문학주의와 이양하의 리처즈 이론의 소개, 그리고 최재서의 지성론 등은 모두 이들이 학습한 근대 영문학의 전통에서 기인한다. 그들에게는 무엇보다도 지식은 절대 불편부당의 논리와 객관적 인식의 산물이다. 그러므로 그들의 초기 비평은 대부분 해설적이어서 인용이 많고 대상에 대해 분석적이며 객관적인 해설 형태를 취한다. 그들에

---

1) 1920년대 정치문학론에서 오는 비평의 위기는 최재서나 김기림 등 지성론자들에 의하면 현실에 대한 감정적 응전의 성격이 짙다.(최재서, 「풍자문학론—문학 위기의 일 타개책으로서」, 〈조선일보〉 1935. 7. 19)

게 지식이란 과학이며 또한 그렇게 과학적인 인식을 통해 대상
이 이해되는 것이기 때문에 절대 위기란 지성인의 자세에 의해
극복될 수 있는 것이다. 특히 그들의 비평 여기저기에 나타나는
리처즈에 대한 인용에서 볼 수 있는바, 리처즈적인 기술주의는
그와 같은 지적 위기 극복의 자세 중 하나이다. .

  그런데 詩의 批評家는 그의 判斷을 失手없이 하기 위하야 혼연
한 한 개의 시를 分析하려면 위선 그 詩 속에 드러가야 한다. 으
것은 매우 '파라독시칼' 한 말이나 나는 區區한 나의 辨明을 느려
노키 전에 다시 한 번 리촤-드를 引用하는 것이 편하리라고 생
각한다. 그는 조흔 批評家의 資格의 하나로서 "그가 判斷하면서
있는 作品과 關한 마음의 狀態를 個人的인 偏僻없이 經驗하는 일
에 있어서 達人이 아니면 아니 된다"라고 規定하엿다. 그러함에
도 불구하고 엇던 批評은 그것이 取扱하는 對象으로서의 詩의 門
前에서 그 內部의 구밀을 알려고도 하기 전에 先入的으로 公式的
으로 이 집의 內部는 "낫부다" "조타" 하고 判斷해 버리는 지극
히 소박하고 원시적인 것도 있다. 이 種類의 批評을 일삼은 批評
家는 실로 아리스토틀 이래 모-든 藝術批評家가 困難하다고 머
리를 떨던 비평이라는 일을 가장 아모럿지도 안케 손쉽게 해버리
는 놀라운 手腕을 가진 事務家라고 생각한다. 이만치 單純한 일
이라면 將來의 批評은 '로보트'에게 일임하게 될런지도 모른다.
그러니까 그런 批評은 權威가 없는 것도 當然하다.2)

  위 김기림이 인용하고 있는 리처즈의 입론인 불편부당한 지
식의 달인을 지향하는 비평은 곧 30년대 영문학의 학습을 통해
자신의 비평을 추구하는 자들에게 중요한 세계관이었다.3) 그들
은 모두 영문학을 대학에서 정통으로 공부한 아카데믹한 비평

가들이기 때문에 영문학의 전통을 통해서 자신의 문학관을 형성할 수 있었다. 구체적인 영문학 이론으로는 I. A. 리처즈나 T. S. 엘리엇, H. 리드의 문학론이었으며, 그 영문학이 근거하고 있는 철학으로는 T. E. 흄의 불연속적 실재관이다. 김기림의 「과학과 비평과 시」「오전의 시론」이나 이양하의 「리처즈의 문예가치론」, 최재서의 「현대주지주의 문학이론」「비평과 과학」「현대적 지성에 관하야」 등이나 평론집 『문학과 지성』을 둘러싸고 있는 논리 등이 모두 영문학적 전통을 수용하여 자신의 문학적 입론의 출발로 삼고 있는 영문학에서 학습한 이론이다. 따라서 그들은 영문학을 소개함으로써 당대의 프로문학의 위기 혹은 지식의 위기를 극복하려고 한다.

　종래의 비평은 당파 싸홈에 불과하였다. 주관 대 객관, 개인 대 사회, 낭만주의 대 고전주의…… 기타 무수한 대립 개념이 과거 200년 동안 비평 가운데서 끝없이 계속하고 있었다. 그리고 한편 입장을 직히는 사람은 다른 편 입장에 선 사람을 부인하고 배격할 따름이지 그 간에 진정한 진리탐구도 가치 발견도 없었다.[4]

---

2) 김기림, 「시평의 재비평」, 〈신동아〉 19호, 1933. 5, p. 122.
　이 평론은 백철의 딜레탕시슴을 비판하기 위해서 씌어진 글이기는 하나, 다른 한편으로는 파당적인 프로문학 비평에 대한 비판이기도 하다. 여기에서 김기림은 비평을 세 가지로 나눈다. 하나는 시인의 시론, 둘은 비평가적 비평, 셋은 딜레탕시슴 비평이다. 이 중 김기림은 시인에게 가장 보탬이 되는 비평으로 첫번째의 시인의 비평을 꼽는다. 이는 김기림이 철저히 기술주의에 함몰해 있다는 의미이다.
　3) 리처즈의 문학적 세계에 대한 비판은 테리 이글턴의 『문학이론입문』(창작과비평사, 1986)을 참조할 것. 여기에서 이글턴은 리처즈의 비평에 대해 기술주의적 무사상이며 부르주아적 객관성인 '사심없음'에 놓여 있다고 비판한다.(pp. 66~67)

최재서의 위와 같은 언급에서 보듯 주지주의자들은 프로문학이 갖는 당파성을 부정하고 집단성을 부정한다. 그들이 이러한 당파성을 부정한 데에는 여러 가지 이유가 있겠으나, 무엇보다도 당파성이 개성을 부정하고 논리적 지성을 몰각하여 감정적으로 현실에 대응하기 때문이라고 여겨진다. 그들은 개인과 그 개인이 갖는 지성을 당대 지식인의 대안으로 생각하고 있었기 때문에 집단적인 파당적 감정을 부정한다. 저 엘리엇의 유명한 비평인 「전통과 개인의 재능」이나 리처즈의 다양한 개별적 충격의 합일이라는 심리학적 비평에서 보듯 그들은 개인이 갖는 논리적 지식을 우월시했다.

모랄의 문제를 이렇게 해결지키랴는 것은 구시대의 개인주의의 잔해라 할른지는 모르겠다. 그리고 모든 갈등을 사회적으로 취급할 것을 권유할는지도 모르겠다. 그러나 개인의 지성을 불신임하기엔 우리 周圍엔 너무도 무지가 많고 도덕의 집단적 처리를 信仰하기엔 우리는 너무도 개인적 惡意와 不信義에 被害를 받고 있다.[5]

그들은 무엇보다도 개인주의에 입론해 있으며, 구체적으로는 엘리엇이나 리처즈의 이론에 기대고 있다. 특히 리처즈의 심리학적 비평에 기대고 있다. 리처즈의 심리학적 비평은 엘리엇의 전통론과 함께 미국 신비평의 근간을 이루고 있으며, 아카데믹하고 개인주의적이며 기술주의적인 재생산의 이론이다.[6] 작품

---

4) 최재서, 「비평과 과학」, 『문학과 지성』(인문사, 1938), p. 30.
5) 최재서, 「현대적 지성에 관하야」, Ibid., p. 144.
6) 테리 이글턴, op. cit., p. 67.

을 객관적인 위치에 두고 비평가는 그 작품을 분석 설명할 뿐 가치 평가를 유보하는 강단비평이 리처즈나 엘리엇을 중심으로 한 미국의 신비평이다. 그러므로 신비평은 독서과정의 비평이며, 현실의 충동을 조화롭게 완충하는 중립적이고 '사심없음'을 지향한다. 리처즈의 '의사진술'이란 곧 현실의 모순이나 좌절을 최소화하여 조화롭게 완충하는, 느낌으로 나타낼 수 있는 비실재이다. 이와 같은 신비평의 논리를 수용한 지성론자들은 다음과 같은, 이글턴의 리처즈 비판에서 비껴가지 못한다.

> 정신을 양으로 다루는 리처즈의 행동주의적인 모델은 실상 그가 해결책을 제안하고 있는 사회적 문제의 일부분이다. 그는 과학을 순수히 도구적이고 중립적으로 '지식적인' 것으로 보는 소외된 과학관을 문제시하기는커녕 이러한 실증주의적 환상에 동의하고 이 환상을 더욱 기운을 북돋는 어떤 것으로 보완하려는 서투른 시도를 한다.[7]

이는 최재서나 김기림이 프로문학의 정치주의적이고 현실적인 비평에 대해 비판하고 객관적이고 중립적인 지식(혹은 지성)[8]을 옹호하고 지식인의 '비행동적 행동'[9]이라는 애매한 논리를 통해 관념성을 옹호하고 있는 것과 다르지 않다. 다음에서 최재서가 지식인의 비행동적인 태도를 옹호하면서 리처즈의 이론을 자기화시킨 부분을 인용해 보기로 하자.

---

7) Ibid., p. 62.

8) '지식'이라는 개념과 '지성'이라는 개념을 혼용하고 있는데, 약간의 변별성이 있다 하더라도 대체로 같은 뜻으로 쓰이고 있다. 이는 '지식인'이나 '지성인'에 있어서도 마찬가지이다.

9) 최재서, 「현대적 지성에 관하야」, op. cit., p. 138.

원래는 행동의 배후에서 상호 조정되는 충동이 복잡하고 豊富
하면 할수록 그것은 표면화하지 않고 내부에서 충족 상태를 이루
고 만다. 그렇다고 그 效果가 표면화한 때에 비하야 열등하냐 하
면 결코 그렇지 않다. 도리어 衝動의 姿態가 일일히 표면에 나타
나는 것은 그 사람의 '쎈지비리티'가 粗雜하고 幼稚함을 표시하
는 경우가 많다. 衝動의 滿足이 外面化하지 않고 發端的 行動에
끝이고 마는 狀態—이것은 藝術家의 態度며 이런 世界에 提供하
는 것이 藝術의 任務이다.[10]

주지적 태도를 보인 그들은 지식에 대해서도 직접적인 사회
적·현실적·정치적인 태도를 평가절하하고, 그보다는 지식인의
논리적이고 중립적인 태도로 모든 사회적 충동이 소멸되는 환
상적인 시의 세계에 자신들을 함몰시키고 있다. 그들이 영문학
을 전공한 아카데믹한 태도를 갖고 있었기 때문에 혹은 당대의
영문학의 수준이 엘리엇이나 리처즈에 의해 유도되었기 때문에
영어를 외국어로 하고 있는 그들에게는 영문학의 흐름 속에 자
신을 함몰시키는 결과가 나왔으리라고 믿는다. 하지만 그들의
영문학 선택은 곧 그들에게 운명적이기도 하다.
　시적이고 개인적이며 신비적인 데로 모든 충동을 수렴할 수
있는 세계에서 가장 중요하게 드러나는 정신적 세계가 자의식
이다. 그들이 초현실주의에 경도하고 이상(李箱)에 대해 깊은
관심을 갖는 것도 이와 같은 개인주의적 지식을 옹호하기 때문
에 나타난다. 김기림이 초현실주의를 당대 지식인이 나아갈 수
있는 최고의 형태라고 하는 것이나[11], 카톨릭시즘을 하나의 대

---

10) Ibid., pp. 138~139.
11) 김기림, 「문예시평 : '인텔리겐챠' 의 눈」, 〈조선일보〉 1934. 4. 3.

안으로 인식하거나 풍자를 하나의 방법으로 인식하는 것[12], 혹은 최재서가 「풍자문학론」에서 풍자를 하나의 대안으로 삼아 지성적 태도를 통해 당대의 문제를 해결하려는 의지나, 혹은 그들이 함께 이상(李箱)의 자의식을 당대 지식인의 태도라고 보는 것 등은 개인주의적이며 심리적인 데에 지식(혹은 지성)의 근원을 둔 데에서 기인한다. 그러므로 소개 비평을 통해서 근대 영문학을 수용하면서 운명적으로 흄의 불연속적 실재관에 의한 도구적 과학관을 자기화하기 때문에 주지주의자들은 리처즈에 대해 행한 이글턴의 비판에서 벗어나지 못한다. 그들은 개인주의적이며 현실에 대해 환상적인 실증주의에 매달려 있으며, 시의 환각을 믿는다. 비록 그들이 과학을 내세운다 하더라도 그들이 말하는 과학이란 물질적이며 중립적인 무사심의 논리에 불과한 도구성을 띠고 있을 뿐이다. 김기림의 「오전의 시론」에서 가장 중요하게 자리하고 있는 것은 언어이며, 사상과 기술의 중화이다. 또한 최재서가 「풍자문학론」이나 「지성 옹호」에서 지적이고 과학적인 태도를 옹호하는 것도 모두 가치판단 보류의 물질성이나 개인성에서 벗어나지 못한다. 그렇기 때문에 그들의 지식은 수입적인 상태로 그대로 남아 있었을 뿐 당대의 현실을 극복하는 어떤 대안으로 쓰이지 못한다. 따라서 시대적 고민은 그대로 남아 있었고, 민중은 아직도 피폐했으며, 프로문학적 파당성 또한 아직 유효했다.

이에 그들은 지식의 문제를 지식인(혹은 지성인)의 문제로 확대시킨다. 지식인이란 지식을 운용하는 주체로서 당대의 사회적이고 정치적이며 현실적인 삶의 문제를 자아화하여 그에 대결하여 대안을 제시해야 하는 주체이다. 그러므로 당대의 사정

---

12) 김기림, 「문단시평」, 〈신동아〉 23호, 1933. 9, p. 146.

으로 볼 때 지식인의 문제는 그들에게는 필연적이었다. 왜냐하면 당대의 위기는 지식의 문제이기도 했지만 점점 크게 다가오는 파시즘을 어떻게 극복하느냐 하는 문제였기 때문이다. 그러나 그들의 논리는 자신들에게 팔짱을 끼고 불구경하게 하고 있었다. 그래서 그들은 자신들이 선택한 이론과 당대의 지식인으로서의 자세 사이에서 갈등을 느끼지 않을 수 없게 된다. 영문학의 이론 혹은 서구 선진사회 문학의 이론에 자아를 맡기자니 힘에 의해 지배되는 일제의 논리에 순응하게 된다. 하지만 그들은 어쩔 수 없이 영문학 혹은 서구 문학의 이론을 아카데믹한 분위기 속에서 수업하였기 때문에 서구문학에 경도된다. 따라서 그들은 고민한다. 특히 문학이라는 양식이 과학처럼 실재 자체에 얽매여 있지 않고 작가나 시인의 내면이나 사상과의 관계를 통해서 형성되기 때문에 이러한 지식인적인 번민은 필연적일 수밖에 없다. 그래서 그들은 한편으로는 영문학적 논리를 펴면서도 다른 한편으로는 지식인의 현실적 대안에 대해 번민한다.

먼저 김기림의 경우를 보자. 최재서나 이양하가 영문학적 해설 비평을 통해서 문단에 모습을 보인 데에 비해 김기림은 처음부터 문단적 감각을 지녀 당대의 위기를 지식인의 문제를 통해서 풀고자 했다. 그가 현실의 위기를 극복할 수 있는 주체로 지식인을 지목한 것은 지식인만이 당대의 현실을 냉철한 객관적 시각으로 대응할 수 있고 분석할 수 있다고 여겼기 때문이다. 그는 20년대를 통해서 지식인의 분열상을 보아 왔다. 이는 지식이 자신의 임무를 잃고 현실에서 유리된 채 관념에 유폐되어 있었기 때문이라고 나름대로 그 원인을 진단한다. 그래서 그는 「'인텔리'의 장래—그 위기와 분화 과정에 관한 소연구」라든가 「문예시평 : '인텔리'의 눈」 등을 통해서 현실의 위기를 극복하기 위해서 지식인이 실천적 자세를 가져야 한다고 하고 있

다. 따라서 그는 과학적 논리를 실천적 행동을 통해서 전개할
수 있는 전위성을 지식인에게 요구한다.

　眞實로 그 自身의 소 '뿌르' 성에서 完全히 離脫하야 鬪爭을 通
하야 大衆 속에서 自身을 發見할 때만이 '우나로드'의 소리는 그
眞正한 意義를 百 '퍼센트'로 發揚할 것이다.
　그럼으로 淺薄한 '쩌나리스트'가 解消와 같은 問題를 鬪爭하고
는 隔離된 漂白된 安全地帶의 人種인 名士와 有志에게 批判을 求
하며 그러고 世界史의 主流의 滔滔 必然的인 움직임에는 盲目인
이들 觀念主義者가 이러한 問題에 대하야 아모 實踐的 과학적 觀
察의 準備업시 大言壯語하는 것은 '엣펠'의 塔처럼 우습고 또한
危險한 일은 업다. 現實의 實踐을 經驗하고 잇는 xx적 xx의 前衛
分子만이 그것을 말할 資格을 가지고 잇서야 할 것이다.13)

　김기림에 의하면 현실의 위기는 자본주의 사회의 위기로부터
오지만, 그 위기가 극복되지 못한 것은 지식인이 관념 속에서
분열을 보여 현실적 위기에 대응하지 못했기 때문이라고 한다.
따라서 그는 조선의 위기를 극복하기 위해서는 관념적 분열을
넘어 현실을 경험적, 실천적으로 체험하지 않으면 안 된다고 한
다. 이러한 인식은 그가 조선의 위기를 서구자본주의 사회의 위
기와 동일시하는 데서 비롯한다. 그러므로 그는 서구 지식인의
행동선언을 조선의 지식인에게도 요구한다. 그가 안전지대에서
관념적 유희를 농하던 20년대 지식인을 비판한 것이나 현실에
대한 깊은 이해 없이 시대적 위기를 말하는 30년대 해외문학파
저널리스트들을 비판하는 것도 그를 포함한 새로운 지식인의

---

13) 김기림, 「인텔리의 장래」, 〈조선일보〉 1931. 5. 22.

태도를 옹호하는 데서 비롯한다.

 그에 의하면 새로운 지식인의 태도는 과학적 이론과 실천적 경험을 가진 전위적 자세이다. 따라서 전위적 지식인은 20년대의 관념성을 극복하고 피상적인 해외문학파를 극복하여 현실에 냉철하게 직면해 있고 그 현실에서 실천적으로 자신을 던질 수 있는 인물이다. 이런 지식인이란 마르크시즘적 지식인도 아니며, 신비주의적인 데에 빠져 있는 지식인도 아니다. 무엇보다도 초기의 김기림은 리얼리티와 모랄에 관심을 갖는다. 「예술에 잇어서의 '리얼이티'와 '모랄'」에서 그는 리얼리티를 예술의 근원으로 보며, 모랄을 작가의 생의 위치에서 가지는 태도로 본다. 비록 여기에서 리얼리티를 진실이라는 관념으로 파악하고 있기는 하지만 생생함을 강조하고 있으며, 모랄을 개념적으로 해석하고 있기는 하지만 당대의 프로문학과 관련시켜 사용하고 있다는 점에서 그의 번민을 읽을 수 있다. 그는 비록 영문학적 세계관에 있었지만 현실적 감각에 있어서는 30년대의 현실적 감각을 잃지 않았다.14) 따라서 그는 영문학적 기술주의와 현실적 감각을 동시에 갖추려고 한다. 그는 오직 지식인상을 통해서 새로운 문학의 가능성을 제시한 것에 불과하다.

 그 지식인상을 그는 영문학이나 불란서 행동주의에서 가져온다. 그가 카프와 민족주의 문학을 극복하고 지식인 문학으로서 풍자문학을 지향하려 한 것도 이와 같은 그의 지식인의 태도에서 나온다. 그가 말한 풍자문학이란 냉철한 지식인의 태도를 통해 현실의 모순을 비판하는 문학이다. 그가 말하는 풍자문학이란 지식이 현실 모순을 비판적으로 대응하는 문학을 의미한다.

---

 14) 김기림에게 있어서 현실 감각은 언뜻 보기에는 프로문학의 감각과 유사한 듯이 보인다. 그러나 그 현실 감각은 프로문학의 감각과는 전혀 무관한 것으로 지적 행동주의적 개념 이상이 아니다.

따라서 풍자문학은 위기의 시대에 많이 볼 수 있는 패배적이며 도피적인 경향을 극복할 수 있는 문학이다. 그러나 그는 풍자문학에 자신을 던지지는 못한다. 왜냐하면 그는 시의 형식에 갇혀 있었기 때문이다.15)

이와 같은 그의 태도에서 '기교주의 비판'이나 엘리엇 비판이 나오게 된 것이다. 김기림은 감정이 전면적으로 노출되는 시에 대해서 적극적으로 비판한다. 그는 영문학의 지적 명쾌성과 객관성이라는 풍토에서 아카데믹하게 성장하였기 때문에 프로문학의 낭만적 공식주의나 문학청년 취미의 가벼운 감상성을 배제한다. 그러나 당대의 궁핍한 사회적 현실은 그의 영문학적 지식으로는 해결할 수 없는 한계가 있었다. 이에 그는 지식인의 현실에 대한 객관적 태도를 통해 기교주의를 비판한다.

한개의 혼돈한 상태는 물론 그 자체가 야만한 것이다. 그러나

---

15) 김기림, 「문단시평」, 〈신동아〉 23호, p. 146.
그에 의하면 위기적 현실에서 벗어나기 위해서 두 가지 방법이 있다고 한다. 하나는 현실 찬미의 문학이며, 다른 하나는 "비겁하기는 하지만 정직한 '인텔리겐치아'의 문학"이다. 전자는 당대에는 나타날 수 없는 문학이고, 후자는 다시 두 가지 형태로 나타난다. 하나는 현실도피의 문학이며, 다른 하나는 풍자의 문학이다. 현실도피의 문학은 "너무나 진실한 한 개의 비극"으로 감수성이 예민한 시인에게서 잘 나타난다. 그리고 풍자문학은 현실과 대적할 용기는 없으나 현실의 모순과 허위에 조소를 던지는 문학으로 조선에서 많이 나와야 할 문학이라고 한다. 그러면서 자신의 입장에 대해서 다음과 같이 말한다.
"나는 現實逃避와 '쌔타리칼'한 態度의 中間에서 動搖하는 自身을 늣긴다. 어떤 때에는 두 가지의 態度가 竝存헤 잇는 것을 깨닷는다.
나는 詩 그것의 새로운 意義조차 '쌔타이어' 속에서 차즈려고 하얏다. 그러나 詩的態度 그것은 恒常 現實逃避의 態度와 만흔 親和力을 가지는 것 같다. 아프로 잇을 '쌔타이어'의 文學은 아마도 散文의 形式을 만히 取하지 안을가 생각된다."(p. 146.)

음악성이나 외형같은 각각 기술의 일부면에 지나지 않는 것을 추상하여 고조하는 것은 시의 순수화가 아니고 차라리 일면화(편향화)라고 할 밖에 없다.[16]

그가 순수시의 기교주의를 일면화라고 비판하는 것은 지식인의 객관적인 태도에서 비롯한다. 그리고 이는 리처즈의 충동의 통일이라는 객관주의, 혹은 심리주의에서 온 것이다. 그는 문학사상으로 기교주의가 그 역사적 기능을 다했다는 판단을 통해서 일면화라고 비판하고 있다. 뿐만 아니라 그가 지식인의 고민의 극점이라고 칭찬하던 초현실주의에 대해서도 분석이 일면화에 불과하다고 비판하며[17], 또한 모더니즘을 언어의 말초화라 비판한다.[18] 이와 같은 비판에서 출발하여 그는 고전주의나 낭만주의의 일면성에 대해 비판할 뿐만 아니라 포에지와 모더니티를 모두 비판하는 데에까지 이른다. 그렇다고 그가 자신의 영문학적 세계관을 버린 것은 아니다. 그가 기교주의를 비판하고 있다 할지라도 그 비판의 핵심은 리처즈의 '전체 시(All Poetry)' 개념에서 한발짝도 떠나지 않고 있다. 그가 「오전의 시론」에서 내용과 형식의 조화를 지향한다든가, 「시의 모더니티」에서 '새로운 시'의 요목으로 '전체적', '정의와 지성의 종합', '객관적'을 내세우는 것도 모두 리처즈의 영향이다. 그는 리처즈의 심리적 충동의 통일이라는 시의 과학을 맹신하고 있는 것이다.[19] 그러므로 그의 지성인에 대한 고민 또한 그만큼 형식

---

16) 「기교주의 비판」, 『김기림전집』(심설당, 1988), p. 99.
17) Ibid.
18) 「모더니즘의 역사적 위치」, Ibid., p. 57.
19) 리처즈에게 있어서 과학은 심리학이며, 그 심리학은 시적 이미지를 통해서 나타난다.

주의적인 것일 수밖에 없다. 비록 그가 지식인의 고민을 통해서
자신의 영문학적 세계관을 극복하려고 하지만 그것은 쉽게 이
뤄지지 않는다. 왜냐하면 리처즈의 문학론 자체가 그 한계를 안
고 있기 때문이다. 그는 해방 이전에는 「오전의 시론」에서 보여
준 객관적인 자세를 한번도 버리지 않고 있다.[20] 그리하여 처
음에 자신이 지향하고자 했던 지식인의 고민은 형식주의적으로
쉽게 해결되어 버리고 만다. 그만큼 그의 시론 또한 해설에서
크게 벗어나지 못하고 있다.

이러한 현상은 최재서에게서도 마찬가지로 나타난다. 김기림
이 주로 시에서 영문학적 전통을 통해서 우리 시의 위기를 극
복하려 한 것과는 달리 최재서는 영문학의 주지주의를 소설이
나 비평 등 산문을 통해서 우리 문학에 대입하려 한다. 따라서
김기림과 마찬가지로 조선적인 현실의 정신적인 궁핍으로 인해
지성인을 문제삼는다.[21] 그리고 그는 그 지성인이라는 존재 속
에서 비평을 문제삼는다. 그가 비평을 주제로 삼는 이유는 비평
이 지성인의 양식이며, 그것도 지성인의 교양적 양식이면서 취
미이기 때문이다. 그는 지성인을 객관적이며 불편부당의 고매한
정신의 소유자라고 인식한다. 그러므로 그가 말한 지성인은 냉
철한 정신을 소유하고 있으며 어떤 대상에 대해서든지 비교, 판
별, 음미할 수 있는 문화적, 사회적 교양을 지니고 있다.[22] 따라

---

20) 해방 이후에는 「시와 민족」 등의 평론을 통해서 일시적으로 영문학적
전통에서 벗어나 민족의식을 강조하고 있기도 하다.

21) 최재서는 유독 지식인라는 말 대신에 '지성인'이라는 말을 사용한다. 그
러나 두 말 사이의 의미는 일반적으로 크게 차이 없이 쓰이고 있다. 그러나
그 세밀한 변별성을 찾아본다면 지식을 현실에 적용하고 있는 자를 지성인이
라 한다면 지식인은 객관적이며 논리적인 학습에 의해 훈련받은 자라고 할
수 있다.

서 최재서는 「교양의 정신」을 아놀드적 아카데미즘에서 찾는다.[23] 아놀드적 아카데미즘이란 속물성을 배제하는 고고함이며, 조화된 발달을 통해서 인간의 완전한 존재를 지향하는 개인성을 목표로 한다. 이 아놀드적 교양론이 문학과 관련할 때 「취미론」으로 나타난다. 「취미론」에서 최재서는 비평가의 요목으로 교양의 정신을 꼽고 있으면서, 그 교양의 정신을 통일적 정신이며 취미라고 하고 있다. 최재서가 말하는 취미란 사회적 문화적 교양을 지닌 교양인의 판단 능력이다. 다시 말하면 독서 취미를 통해서 예술의 미에 대한 판단 능력을 그는 비평가의 요목으로 삼고 있다. 이는 그가 비평을 교양과 취미의 소산으로 본다는 것을 뜻한다. 여기에서 우리는 그의 비평적 세계관을 짐작할 수 있다. 즉, 최재서에게 있어서 비평은 고고한 지성인의 교양이며 취미이며 감각이다. 이는 그가 아카데미스트로서 한손에는 영문학이라는 학문의 세계를 두고 다른 한손에는 취미로서의 비평을 두고 있음을 뜻한다. 그렇기 때문에 그가 고발문학론을 말하고[24] 서사시의 연속으로서의 소설을 말하였다고 할지라도[25] 그것은 세태에 대한 영문학자의 취미적 관심에 불과하다. 그 속에는 비평정신이란 존재하지 않는다. 그에게서 비평정신을 만일 찾는다면 그것은 풍자정신으로서의 지성인의 자세일 것이며 교양정신으로서의 최소한의 자의식일 것이다. 그러나 적어도 이 풍자정신만큼은 그의 득의의 주제이며, 한국문학사상 어느 정도 그 가능성과 현실성을 확보한 개념이기도 하다.

---

22) 「취미론」, 『문학과 지성』(인문사, 1938), p. 225.

23) 최재서, 「교양의 정신」, 〈인문평론〉 1939. 11, p. 26.

24) 이에 대해서는 「작가와 모랄」 「고발문학의 정체」 등 월평이 있다. 그러나 이들 평론은 저널적 관심 이상을 넘지 못하고 있다.

25) 이에 대해서는 「성격탐구」 「서사시, 로맨스, 소설」 등이 있다.

풍자정신에 대한 비평으로는 「풍자문학론―문학 위기의 일타개책으로서」「빈곤과 문학」「센티멘탈론」 등이 있으며, 이들은 취미론의 조선문학적 감각이다. 최재서는 헉슬리의 풍자정신을 조선문학에 대입하고 있는데, 다른 주지주의 문학의 수용에 비해 헉슬리의 수용은 당대 조선문학의 가능성을 제시하고 조선문학의 현장에 어느 정도 맞아떨어진다는 점에서 의의를 던져준 그의 득의의 주제이다. 그는 「풍자문학론」에서, 조선의 궁핍한 현실에 대해서 취할 수 있는 태도로 세 가지를 들고 있다. 수용적 태도, 거부적 태도, 비판적 태도가 그것이다. 이 중에서 그는 비판적 태도를 당대 조선의 궁핍한 정신세계를 살릴 수 있는 지성인의 자세라고 한다. 이 비판적 태도란 풍자문학에서 지성인의 현실 의식을 가장 합리적으로 해결할 수 있는 지적 태도를 뜻한다. 따라서 비판적 태도를 함유한 풍자문학은 자기 풍자를 통해서 현대의 자기 분열적인 정신적 궁핍을 극복할 수 있게 해준다. 즉, 맹목적인 자아에 대해서 또 하나의 자아가 비판, 조롱함으로써 분열의 모순을 극복하고 비극을 올바로 표현할 수 있다.[26] 그는 지성인으로서 득의의 양식으로 풍자문학을 찾은 것 같다. 그래서 그는 「센티멘탈론」에서도 풍자문학이 센티멘털리즘을 극복할 수 있다고 보며, 「빈곤과 문학」에서도 천박한 '비속성'의 통속적 '앉은뱅이 문학'을 극복할 수 있는 대안으로 풍자문학을 제시한다.

최재서의 풍자문학론이 당대의 조선문학에 하나의 가능성으로 자리잡을 수 있었던 것은 김유정이나 채만식, 이상의 소설이 있었기 때문이며, 당대 조선의 궁핍한 시대의 정신적 질곡을 지성적으로 해결해 줄 수 있는 가능성을 제시한 주제였기 때문이

---

26) 최재서, 「풍자문학론」, 〈조선일보〉 1935. 7. 20~21.

다. 풍자정신이야말로 지식인으로서 최재서의 세계관에 합치될 뿐만 아니라 외적 억압과 내적 분열 사이에서 조선문학의 한 방향성을 제시해 줄 수 있는 한 양식으로서 의의를 띤다는 점에서 30년대 모더니스트의 열린 공간이라고 할 수 있다.[27] 채만식이 「명일」「레디메이드 인생」「태평천하」 등에서, 그리고 김유정이 「따라지」「봄봄」「동백꽃」 등에서, 그리고 이상이 「날개」「지주회시」 등에서 지적 풍자정신을 통해 당대 조선의 내외적 궁핍한 현실에 대한 지적 분석을 행한 것은 한국문학사상에서 모더니즘의 의의 혹은 지성론의 의의를 남기고 있다고 할 수 있다.

하지만 앞에서도 언급한 바와 마찬가지로 전체적으로 보았을 때 최재서는 영문학적 세계관을 한치도 버리지 않고 있다. 아카데믹하면서도 형식주의적인 세계 인식이 그것이다. 그는 「리아리즘의 확대와 심화」에서 박태원의 「천변풍경」과 이상의 「날개」를 리얼리즘의 확대와 심화로 평가하고 있으나, 그가 쓰고 있는 리얼리즘이란 다름 아닌 형식주의적인 묘사의 범위를 의미하고 있다. 그는 전체론과 통일론에 너무 경도되어 있으며, 전체론과 통일론 속에는 한국사로서의 전체나 변증법으로서의 통일이 아닌 단순한 개념들 사이의 결합만이 유용하게 드러나 있다. 그러므로 그는 민족의식이나 역사의식을 감상으로 치부할 수 있으며, 또한 거기에는 오직 세계주의 혹은 우주성에 대한 믿음과 과학자적 분석의 냉철성만이 존재하는 것이다. 이는 그가 아카데미즘을 우선시하고 비평을 취미, 혹은 저널적 감각으로 인식하는 데서 오는, 강단 비평의 한계라고 할 수 있다.

---

27) 여기에서 열린 공간이라는 의미는 모더니즘의 폐쇄성에 대한 안티적 개념이다.

위에서 필자는 김기림과 최재서를 통해서 주지주의 비평을 살펴보았다. 그들은 주로 수입 문학론을 소개하는 이론, 즉 논리에 너무 가까이 있었다. 따라서 그들이 월평이나 현실의 질곡에 대한 대안을 제시하려고 했다 하더라도 그것은 어디까지나 저널적 감각 이상을 넘지 못한다. 예를 들어 최재서가 〈조선일보〉에 '단평'을 발표하여 그때그때의 관심사를 에세이적으로 쓰고는 있지만 그것들은 저널의 세태적 감각 이상이 아니다. 단평이나 월평은 취미의 상식에서 나온다. 다음에서 김기림의 월평에 대한 비판을 보기로 하자.

비평의 가장 비속한 형식으로 月評이라는 것이 있다. 그것은 흔히 '저널리즘'의 수요에 의하여 되는 급조품이며 또는 기술비평이나 부분비평에 그치는 일이 많다. 그러한 것이 비평의 전부인 것처럼 통용되는 곳에서는 그 무용론을 주장하는 작가들의 편에도 당연한 논거가 있는 것이 된다.[28]

비평의 저널적 감각을 부정하고 있기 때문에 김기림은 늘 개론적이고 해설적인 비평의 태도를 취하고 있는지는 몰라도 김기림을 포함한 최재서 등 주지주지자들의 비평 속에는 이러한 저널적 감각의 월평이나 단평이 많다. 그리고 이에 대한 비판은 그들의 비평 전체에 대한 것과 다르지 않다. '기술비평', 이것이 그들의 비평정신이다.

이들에 비해 이원조의 비평은 주지주의의 또 다른 측면을 보여준다. 이원조는 김기림이나 최재서와는 달리 불란서적 문학의 주지성에 의존하고 있다. 당대 불란서의 지드나 말로가 지식인

---

28) 김기림, 「새인간성과 비평정신」, 『김기림전집』, p. 91.

의 현실 응전력에 대한 논리를 제공한 데서 보듯 이원조는 김기림이나 최재서의 주지주의와는 아주 다른 양상으로 지식의 현실 대응력을 키운다. 이원조는 적어도 지드나 말로적 행동주의를 통해서 30년대 위기에 자기 논리를 얻으나 결코 불란서적 행동주의에 함몰되지는 않는다. 그가 행동주의보다 포즈론으로 나아간 이유도 여기에 있다. 즉, 그는 부르주아 계급의 자기 모순에 대한 인식을 통해서 당대의 불안을 이해하려고 했기 때문에 불란서적 행동주의에 머무르지 않고 포즈론으로 나아간다. 그는 당대의 불안을 부르주아 계급의 불안으로 보고, 부르주아 계급이 현대의 객관적 모순을 객관적으로 이해하지 못하고 주관적으로 파악한 데서 불안이 비롯한다고 본다.[29] 따라서 그는 이와 같은 부르주아 계급의 자기 모순을 비판하고 계급적 불안에 대해 프롤레타리아적 세계관을 통해 변증법적 대응이 필요하다고 역설한다.[30] 여기에서 주객관의 변증법적 통일이란 부르주아 계급의 현실의식의 객관화를 의미하며, 또한 객관화란 문학을 현실 정치와의 변증법으로 바라봄을 뜻한다. 그러므로 그는 행동보다는 '포즈'를 중시한다. 부르주아 계급이 코페르니쿠스적 진실에 서 있으려는 포즈만이 위기 시대의 불안을 극복할 수 있기 때문이다.[31] 그는 프로문학이 갖는 진실을 코페르니쿠스적 진실로 본다. 따라서 문학에서 정치주의를 배제하고는

---

29) 이원조, 「불안의 문학과 고민의 문학」, 〈조선일보〉 1933. 12. 13.

30) 물론 이원조는 지식인 중간층을 둘로 나눈다. 부르주아적 중간층과 프롤레타리아적 중간층이 그것이다. 여기에서 프롤레타리아적 중간층이란 분명한 설명이 없기는 하지만 프롤레타리아적 세계관을 소유한 부르주아 계급을 의미한다. 왜냐하면 그는 부르주아 지식계급의 임무에 대한 믿음을 갖고 있었기 때문이다.

31) 이원조, 「현단계의 문학과 우리의 '포즈'에 대한 성찰」, 〈조선일보〉 1936. 7. 14.

식민지적 현실에 대해 응전력을 획득할 수 없다는 인식을 그는 갖는다. 그리하여 그는 부르주아 계급의 모랄로 나아간다. 자신의 계급에 대한 객관적 이해와 식민지적 현실을 동시에 끌어안을 수 있는 조건으로서 모랄은 필연적인 조건이기 때문이다.

이원조는 부르주아 계급의 역할에 대한 믿음을 갖고 있다. 그러므로 그는 부르주아 계급의 도덕성을 요구하며, 그리고 그 도덕성을 정치주의에서 찾는다. 적어도 그는 도덕성을 통해서 부르주아 계급의 시대적 역할을 제시하고 있다. 그가 포즈론이나 모랄론을 펼 때만 해도 박영희나 백철 등의 전향론이 쏟아질 시기이다. 그는 박영희나 백철의 전향론이 진정한 고민이나 포즈의 흔적 없는 패배적 절망에서 비롯한 개인주의적 양상이라는 점을 이해한 것이다. 그렇기 때문에 그의 포즈론은 전향론에 대한 문제 제기적 성격을 지니고 있다.

이원조는 해외문학파이면서 현실에 대한 지식인의 패배적 개인주의적 경향에 대해 고민과 모랄을 권고하고 있다. 그는 김남천과는 달리 자기 반성보다는 전향하는 타인들에 대해 충고하고 있다. 여기에 그의 한계가 있다. 그 한계로 인해 그의 논리들이 작품 행동과 관련을 맺지 못하고 있는 아쉬움이 따른다. 그래서 그는 논리를 현실 속으로 끌어내리려는 노력을 끊임없이 보이지만 실제로 그와 같은 노력이 그의 의지만큼 이뤄지지는 못하고 있는 것 같다. 이는 30년대 다른 비평가들이 갖춘 창작의 병행이 안 되어서인지도 모른다. 그러므로 그는 30년대 말 「비평정신의 상실과 논리의 획득」에서 비평정신의 상실을 인식하지만 새로운 논리를 획득하지는 못하고 애매한 '제삼의 입장'만을 제시하며 제자리에 주저앉고 만다.

3) 30년대 리얼리스트들의 선택

30년대 문학의 위기가 주로 20년대 프로문학론의 위기로부터 오기 때문에 프로문학자들은 다른 어느 계파보다도 위기의식을 직접적으로 체험했다. 그들의 위기의식은 주로 현실과 관념 사이의 모순에서 온다. 그리고 이 모순은 소부르주아 지식계급의 계급모순에서 발생한다. 다시 말하면 자신의 출신계급과 세계관의 차이에서 일어나는 모순이 외적 억압에 의해 확대되고 틈이 벌어지면서 위기의식이 보편화된다. 따라서 그들은 현실에 순응하여 세계관을 버릴 것인가, 아니면 지식인적 도덕성으로 세계관을 유지할 것인가를 선택하지 않으면 안 되는 기로에 놓이게 된다.[1] 이와 같은 선택의 기로에서 그들은 전향과 함께 세계관을 버리고 부르주아 계급의식으로 돌아가기도 하고, 자신이 선택한 세계관을 안간힘으로 유지하려고 하기도 한다. 더구나 조직의 붕괴 이후 그들은 개별적으로 현실에 적응할 수 있는 문학론을 쓰지 않을 수 없게 된다. 따라서 비평가들에게는 이미 세계관의 문제보다 현실에 대한 태도가 비평의 바로미터였다. 전향론을 통해서 생존에의 위기의식으로 20년대적 세계관을 비판하고 부르주아 계급의식으로 전향하는 경우가 있다. 이 전향자들은 부르주아 문학으로 회귀한다. 김기진이 박영희의 전향에 대해 〈백조〉의 분홍빛 문학으로 돌아갔다는 비판에서 보듯 박

---

1) 이러한 선택에의 기로는 당시 문단 내적으로도 프로문학에 대한 억압이 계속 가중되고 있는 현실에서 다가오는 위협이었다. 당시의 저널리즘의 상업성으로 인해 카프의 맹원들의 청탁이 제한을 받았다. 백철은 당시의 신문들이 카프파들에 대해 제대로 대접하지 않았다고 하고 있다. 즉, 1933년 신년 〈동아일보〉의 문학 대담에 카프파는 유일하게 자신밖에 초청되지 못했다고 다시 저널리즘의 부르주아성을 비판하고 있다.(「신춘문단의 신동향」, 〈제일선〉 1933. 2)

영희나 백철, 이갑기 등의 전향론은 겉으로는 문학적 원인에 의해서 이루어진 전향이기는 하지만 본질적으로는 외부의 현실에 자아가 방어할 논리를 갖지 못한 한계를 갖는 계급적 귀향이라고 할 수 있다. 따라서 그들이 정치—문학 이원론을 통해 전향의 논리를 찾지만 그 이원론은 이미 20년대 비평에서도 논의된 바 있는 주제였기 때문에 전향의 진정한 이유가 되지 못한다. 그러므로 김기진의 비판에 박영희는 문학적 동질성을 강조하는 데에 그치고 만다. 다른 한편 백철의 전향은 임화가 세계관을 선택하지 못했다고 비판한 것처럼 자유주의적 성향에 의한 프로문학의 선택이기 때문에 사상적 전향이라고 할 수 없다.

박영희의 전향선언문인 「최근 문예이론의 신전개와 그 경향—사회사적 급 문학사적 고찰」이라는 평론의 의의는 구호적 문장인 "얻은 것은 이데올로기요, 잃은 것은 예술 그 자신"이라는 표어적 문구에 있지 않고, 그가 창작가를 질식하게 하고 있는 이유의 하나로 든, 인테리겐치아의 생활 문학이 불가능하다는 데에 있다.[2] 물론 박영희는 20년대의 대중화론이나 양식 탐구의 감각으로 카프를 비판하고 있기도 하지만 무엇보다도 지식인의 자의식 혹은 지식인의 생활의식을 중요시하는 데서 그 비판의 시각을 잡고 있다. 이 지식인의 생활의식이란 다름 아닌 지식인의 자의식이다. 다시 말하면 지식인이 지도적 자세를 견

---

2) 박영희의 전향 선언은 일면적으로는 구카프계의 최후의 모습이다. 다시 말하면 김기진, 박영희를 중심으로 한 구카프계의 논리적 패배이며 한계이다. 그것은 곧 그들이 사이비 프롤레타리아적 세계관을 소유하고 있었던 데에서 오는 한계이며, 문학주의자들의 한계이기도 하다. 이는 김기진에게 있어서도 마찬가지이다. 왜냐하면 김기진이 「변증법적 사실주의」를 썼을 때 그는 이미 부르주아 문학에 대한 긍정적 검토에 들어갔으며, 이후 많은 부르주아 문학주의자들의 호응을 받았기 때문이다.

지할 수 없는 현실에서 논리를 개별화 혹은 생활화하면서 조직 문예론이 더 이상 발을 붙일 수 없는 현실을 전향론이 대변하고 있다. 그러므로 박영희의 카프 탈퇴 선언문은 조직 문예론에의 비판에서 온 개인주의 문학의 선언이며, 동시에 지식인의 계급적 자의식의 표명이다. 그렇기 때문에 그는 이후 「조선 지식계급의 고민과 그 방향」 「문학과 고뇌의 향연」 등에서 개별적 지식인 문제나 「문학의 이론과 실제」 등 문학의 본질 논의를 통해 이론으로 나아간다. 30년대 이후 카프가 조직을 통해 새로운 대안을 제시하거나 혹은 이론투쟁을 통해 조직 문예를 이루지 못하고 있었기 때문에3) 이런 경향은 박영희에게서만 나타나지 않는다. 정세의 악화로 현실적 삶이 위기를 맞자 부르주아 지식계급은 뿔뿔이 흩어져 자신의 개별적이고 현실적인 안위에 몰두한다. 생존의 위기에 봉착한 그들에게 사상이니 세계관이니 하는 것보다 생존에의 욕구가 훨씬 강하고 직접적으로 다가왔다. 그러므로 카프라는 조직이 명목상으로는 1935년에 해체된 것으로 되어 있지만 실질적으로는 임화가 서기장을 맡은 1931년 이후라고 보아야 할 것이다.

위와 같은 생존적 전향론보다 훨씬 양심적이고 도덕적인 경우가 세계관에 대한 도덕적 접근이다. 현실의 위기에 대해 도덕적으로 접근하려는 예로 임화의 경우와 김남천의 경우를 들 수 있다. 임화의 경우가 고집스럽게 20년대의 헤게모니를 유지하려 한다면 김남천의 경우는 자신의 계급적 한계를 인식하는 데서부터 출발하려고 한다. 그러므로 임화가 철저한 지도성을 유지

---

3) 30년대 이후 카프의 조직 문예를 걸머지고 나간 인물은 사실상 임화와 김남천이다. 이 둘은 서로 친하게 지내면서 간신히 조직 문예를 지키려 하고 있다. 그외 백철이나 홍효민은 근본적으로 조직 문예에 가담했다기보다는 당시의 유행 문예에 발을 들여놓은 경우에 불과하다.

하려고 한다면 김남천은 풍토적 리얼리즘을 추구한다. 새로운 세대로서 카프의 헤게모니를 장악한 임화는 공론이 상실된 현실에서 새로운 대안을 제시하기 위해서 「우리 옵바와 火爐」 「비내리는 품천역」 등의 시를 창작하고 「탁류에 항하야」 「당면 정세의 특질과 예술운동의 일반적 방향」 등의 평론을 발표한다. 하지만 그는 몇 번의 취체와 검거로 영어의 몸이 되면서 급변하는 문단의 흐름에 발빠르고 적절하게 대처해 나가지 못한다. 이는 위기를 극복할 만한 적절한 자체의 논리를 갖지 못했던 카프 자체 내에서도 마찬가지였다. 카프의 맹원들은 카프의 논리가 바뀌어져야 한다는 생각을 갖고 있었지만 어느 누구도 새로운 대안을 제시하지는 못했다. 이에 카프 맹원들은 조직에서 이탈하여 개별적인 의식에서 당대의 문학 현실에 대응한다. 그러므로 카프는 사실상 30년대 초에 이미 그 영향력을 상실하고 있었다고 할 수 있으며, 따라서 조직보다는 비평가들 개개인으로 하여금 개별적으로 현실이나 문학과의 관련을 맺도록 했다. 이는 사회주의 리얼리즘의 수용에서 잘 나타난다.

사회주의 리얼리즘론은 카프 최후의 수입 이론이면서 조직적 문예론의 시험대에 오른 이론이기도 하다. 그만큼 사회주의 리얼리즘은 카프 맹원들 사이에서 20년대적 지도 비평의 회복을 노릴 수 있는 최후의 담론이었으며, 새로운 문학 환경에 대응할 수 있는 대안으로서의 논리였다. 따라서 사회주의 리얼리즘은 1934년에서부터 1936년에 이르기까지 지속적으로 논의된다. 그러나 이미 사회주의 리얼리즘은 조직의 문예도 아니었으며 조선의 현실에 적절하게 작용할 수 있는 논리도 아니었다. 왜냐하면 당시 조선의 현실은 선진 사회주의에 적용된 사회주의 리얼리즘으로는 해결할 수 없을 만큼 삶 자체가 피폐해질 대로 피폐해진 상태에 있었으며, 카프는 현실적으로 해체된 상태에 있었기 때문이다. 즉, 30년대 조선의 현실이 겉으로는 개방화되고 국제화되고 있기는 했지만 본질적으로는 그 개방화를 통해 억압이 확대 재생산되었다. 그러므로 당대 조선의 사회는 국제화와 의식의 내면화라는 이중성을 지니고 있었다. 즉, 조선 사회는 선진사회의 논리를 수용하여 조선의 현실을 극복할 수 있는 길을 모색하면서도, 그 선진사회의 논리가 지닌 자기 동일성 때문에 경계의 눈초리를 버릴 수 없게 된다. 다시 말해서 선진사회의 논리는 늘 선진사회 자체의 논리로서 생산된 이론이었기 때문에 일제의 변두리에 속해 있는 조선으로서는 그 논리가 갖는 억압적이고 침략적인 성격에 경계의 눈초리를 갖지 않으면 안 되었다. 그러므로 그들은 사회주의 리얼리즘을 쉽게 수용할 수 없었다. 그렇지 않을 경우 그 이론은 주지주의자들의 논리와 크게 다르지 않을 것이기 때문이다.4) 그렇다고 프롤레타리아적 세계관을 지니고 있었던 그들이 프로문학적 방법론을 버릴 수도 없었다. 그것은 프로문학이 당대의 문제에 대해 가장 리얼리스틱하게 대응할 수 있는 논리를 지니고 있었기 때문이다. 30년대의 와중에서 신인들 중의 많은 수가 동반자작가가 된 것은 이런 연유에서이다. 따라서 당대 프로문학은 진보적 지식인에게는 양심의 문학이었다.5) 그러나 사회주의 리얼리즘은 조직의 문예론으로서도 역할을 하지 못하고 조선적 현실에 적용되지도

---

4) 사회주의 리얼리즘의 수용과 관련하여, 한효가 적극적 수용론자인 데에 비해 김남천, 안함광, 김두용 등은 부정적이다. 수용론자들은 주로 사회주의 리얼리즘이 새로운 대안으로서 작용할 수 있다는 주장을 펼치며, 반대론자들은 조선의 현실에 적용하기에는 부적절하다는 논리를 편다. 그러나 이 둘 사이에는 접점이 만들어지지 못하고 해방 후 혹은 분단 이후로 연결된다. 한효, 한설야, 이기영 등이 사회주의 리얼리즘의 신봉을 통해 월북하여 북한 정권에 봉사한 반면 김남천, 임화 등은 박헌영 일파에 들게 되어 북한 정권에 의해 숙청된다.

못하여 결국 조선문학사에서 수입 이론으로만 남게 된다. 하지만 다른 한편 사회주의 리얼리즘은 지식인의 자의식을 확대하는 역할을 하기도 한다.[6]

이에 지식인으로서, 더욱이 진보적인 지식인으로서 당대 조선의 프로문학자들 혹은 동조자들은 사회주의 리얼리즘을 전후하여 계급적 자의식 속에 빠져든다. 그들의 계급적 자의식은 지식인으로서 당대의 질곡에 대한 문학적 대응이며, 파시즘하에서의 삶에 대한 태도이다. 다시 말하면 그들은 파시즘이 점점 극한으로 치닫고 있는 현실에서 지식인적 자의식으로 어떻게 살아남을 수 있을 것인가를 문제삼고 있다. 그러므로 그 속에는 관념성이란 존재하지 않으며, 비록 겉으로 보기에는 그 자의식적 반응이 관념적인 주제라 할지라도 내면에 생존의 문제를 담고 있는 주제이다. 그러므로 그들에게 문학이란 생존의 도구이며 생존의 방식이다. 생존의 도구이기 때문에 문학을 말하고 생존의 방식이기 때문에 문학 비평을 문제삼지 않을 수 없다. 그러나 이 생존 방식이 의의를 띠고 있는 것은 자아의 개별적 생존 방식으로서의 문학적 담론이 전체와의 통일적 관계를 통해서 나타나는 개별적 생존방식이기 때문이다. 다시 말하면 개별적 생존 방식으로서의 비평은 전체 민족의 개별적 생존 방식에 다름 아니다. 주지주의자와는 달리 이들이 생존 방식의 문제를 제기

----

5) 동반자작가들도 프로문학이 당위의 문학이라고 보았기 때문에 프로문학에 동조한다. 이에 대해서 백철은 「인테리의 명예」에서 동반자작가는 프로문학에 이용당하여 창백한 인테리의 모습을 벗고자 한다고 하고 있다.

6) 물론 창작방법론을 끌어온 계기가 되기도 했지만 사회주의 리얼리즘은 그 자체로서는 어떤 역할도 하지 못하고 만다. 단지 사회주의 리얼리즘론을 통해 소시민 지식인의 현실감각이 보다 유연해지고 자의식이 강해졌다는 아이러니를 낳는다.

하고 있는 것도 이와 무관하지 않다. 지식인으로서 어떻게 시대의 억압을 이겨낼 것인가는 시대의 중압에 대한 개인의 문제를 어떻게 자아화할 것인가 하는 문제이다. 그러므로 진보적 지식인의 비평은 생존의 몇 가지 방식으로 30년대 우리 문학사의 의미로 놓인다.

그 생존 방식은 몇 가지의 길이 있으나, 여기에서는 백철, 임화, 김남천의 경우를 살펴보기로 하겠다. 백철은 생존 자체에 강박당한 인물로서, 그리고 임화는 카프의 서기장으로서, 그리고 김남천은 소설론을 생존의 문제로 제출한 경우로서 의의를 가지며, 또한 그들은 30년대 프로문학 비평의 대응 방식을 살펴볼 수 있는 대표적 인물이기도 하다. 따라서 백철에게서는 한 인간과 사상을 통해서 비평의 죽음을 살펴볼 수 있고, 김남천에게서는 소시민적 지식인의 자의식을 소설론으로 발전시킴으로써 지식인의 자의식과 소설의 양식 문제를 통해 삶의 위기를 극복하려는 양상을 살펴볼 수 있을 것이며, 임화에게서는 신념으로서의 사상과 시민문학론을 통해 나타나는 생존 방식의 한 양상을 살펴볼 수 있을 것이다.

먼저 백철을 살펴보기로 하자. 여기서 백철이 김기진이나 안함광, 한효, 이기영 등에 비해 문제를 안고 있는 것은 그가 신인으로서 프로문학측에 가담했기 때문이거나 그가 전향을 했기 때문이 아니다. 또한 박영희나 이갑기에 비해 그가 중요하게 다뤄져야 하는 것도 그가 생존에 대한 강한 욕구를 내비쳤기 때문이라기보다는 30년대적 감각으로 강하게 지식인 의식을 드러내고 있기 때문이다. 다시 말하면 그는 지식인 의식을 강하게 가지고서 프로문학에 가담했기 때문에 30년대 부르주아 지식계급의 한 축으로서 의의를 갖는다. 따라서 그를 통해서 우리는 박영희나 이갑기의 전향까지도 알 수 있을 것이며, 부르주아 지식계급의 본질을 파악해 볼 수 있을 것이다. 그것은 결론적으로 자유주의적 성향에서 찾을 수 있는바, 이 자유주의적 성향을 가장 잘 보여주고 있는 인물이 백철이다. 따라서 자유주의자와 지식인 사이의 관계, 혹은 자유주의와 문학과의 관계를 백철의 30년대 전향론을 통해 살필 수 있을 것이다.

그는 「인테리의 명예」에서 다음과 같이 언급하고 있다.

나는 正當한 말 그대로 프로 文學의 利用을 當하고나 잇는 그것을 千번萬번 是認하고 잇다. 그러나 그것을 조곰이나마의 보잘 것업는 存在에 羞恥의 條件이 될 것인가, 그와 反對로 나는 이 蒼白한 얼골과 거긔에 同伴하는 小市民的 根性에 멧번이고 自滅感을 늣기면서 프로文學에 좀더 有效하게 利用이 되기를 希望하여 왓으며 또 希望하고 잇음일까?7)

그는 카프 맹원으로서의 의식보다는 지식인으로서의 자의식이 처음부터 강했다. 위의 인용문에서 볼 수 있는 바와 같이 그는 지식인으로서 프로문학에 이용되고 있음을 밝히고 있으며, 그것도 이용당하는 것을 영광으로 알고 있다.8) 그러나 그는 어디까지나 창백한 얼굴의 소시민임을 강조하고 있기도 하다. 이는 그가 카프의 맹원이기는 하지만 프롤레타리아적 세계관을

---

7) 백철, 「인테리의 명예」, 〈조선일보〉 1933. 3. 3.

8) 백철은 일본 프롤레타리아 동맹에서 활동하다 귀국하는데, 귀국할 때 나프에서 카프에 연락하여 자동으로 맹원이 되었다고 회고하고 있다.(전집 3권, 469) 그렇다면 그는 자발적으로 맹원이 되었다기보다는 시대적 추세에 따라 카프 맹원이 되었다고 볼 수 있다. 당시 젊은층의 의식은 반항적이고 프롤레타리아적이었기 때문에 그도 자연스럽게 지식인의 양심으로서 프로문학에 가담한 것이다.

갖지 못하고 소시민으로 남아 있음을 의미한다. 이와 같은 그의 소시민 의식은 프로문학에 대해서 동반자적 자세를 갖게 한다. 그는 카프 맹원이면서 동반자적 의식 속에 있었다. 그래서 그는 조직원으로서 카프에서 활동하였다기보다는 양심적인 지식인 문학자로서 카프 맹원으로 활동한 데에 불과하며, 문학자적 관심으로 조직활동을 했다. 이에 대해서 상당히 명확하게 밝혀주고 있는 임화의 백철론을 인용해 보기로 하자.

그가 아즉까지 規律잇는 組織生活과 비록 조그만 규모에서 남어도 實踐的 XX에 烈火를 通하야 한사람의 XX적 마르크스主義者로서의 調練을 밧을 機會를 그다지 갖지 못하고 단지 한 사람의 文學者로서 혹은 詩人으로서의 폭은폭은한 溫床 가운데서 자라난 不幸이다. 이는 作品 우에 뿐만아니라 그가 組織活動의 分野에 잇어서 行動할 때 특히 文藝政策 諸課題를 議論하는 實踐的 마당에서 한 층 더 똑똑히 그 弱한 不幸의 一面이 그 얼골을 내미는 것으로 白君에게 잇서는 이것이 詩人으로서 혹은 批判家로서의 政治的 無關心이란 性質로 特質化되어 잇다.9)

임화의 위의 지적에서도 알 수 있는 바와 같이 백철은 조직원으로서의 단련을 받지 못했을 뿐만 아니라 마르크스주의의 철학적 이론에 대한 학습 또한 받지 못했기 때문에 오직 시인적인 감각으로 문학론을 쓰고 있다. 따라서 그의 「농민문학론」이란 나프의 경향을 수용한 데 불과하며, 「농민문학론」 이후 조선 문단에서의 그의 활동이란 몇몇의 월평을 통해서 양심적 지

---

9) 임화, 「동지 백철 군을 논함―그의 시작과 평론에 대하야」, 〈조선일보〉 1933. 6. 17.

식인으로서의 카프에 대한 동반자적 의식을 드러낸 데에 불과
하다. 그리고 이러한 동반자적 의식은 1933년 「인간묘사시대」를
통해 극명하게 나타난다.10) 더욱이 「인간묘사시대」 이후는 전
향을 전후하여 꾸준히 인간론, 혹은 휴머니즘론을 펼치는바, 이
주제에서 그는 득의의 방향성을 확보한다. 다시 말하면 그는
「인간묘사시대」 이후 휴머니즘론을 문단의 흐름과는 상관없이
전가의 보도처럼 아무 때나 끄집어내어 휘두르고 있다. '고민
론'이 나타날 때는 고민과 인간론과의 관계를, 고전론이 나타날
때는 고전 속의 인간 문제를, 그리고 프로문학에서는 프로문학
의 인간 문제를 거론한다. 그렇다면 그는 왜 이렇게 인간에 집
착하는가, 혹은 왜 프로문학에서 쉽게 인간 문제로 전환하였는
가. 그의 언급을 직접 들어 보기로 하자.

近年에 와서 내가 自身의 조고마한 批評體系의 獨立을 爲하야
努力해 온 것은 그 批評態度에 잇어 될 수 잇는 대로 心情的이고
感性的이려는 것이엇다. 그것은 過去에 주로 人間描寫論 以前에
잇서 批評에 對하야 取해온 態度 될 수잇는대로 理性的이고 科學
的이고 分析的이려는 그것과는 反對되는 것으로 그때까지 내가
그 所謂 辨證法的 理解에 衣하야 나의 貧弱한 批評을 求하려고
努力한 것이 얼마나 내 自身의 性格과 才能에 反逆的이엇는가를
기피 反省한 곳에서 決定한 態度이엇다!11)

---

10) 백철은 「인간묘사시대」라는 연재 평론에서 개성적 인물 묘사를 주제로
하여 부르주아 문학론과 프로문학론을 적절히 혼합하는 해괴한 논리를 펴고
있다. 주된 내용은 프로문학의 도식성을 버리고 살아 있는 참 인간을 그리라
고 하여 부르주아 문학론을 펴고 있지만 핵심적인 부분에서는 사회주의 리얼
리즘을 주장하고 있다.(「인간탐구의 도정」, 〈동아일보〉 1934. 5. 26) 따라서 그
는 이중적인 양상을 보이고 있다.

위의 언급에서 우리는 그가 프로문학의 과학적이고 이성적인 태도와는 얼마나 어울리지 못하고 있었는가를 알 수 있으며, 또한 그의 내면이 감상적이고 심정적이어서 날카로운 프롤레타리아 비평과는 어울리지 못하고 있었는가를 알 수 있다. 다시 말하면 그의 성격은 심정적이며 감상적이다.[12] 그리고 심정적이고 감상적인 그의 성격으로 인해 그는 프로문학에서 쉽게 인간론으로 전환할 수 있었으며, 더욱이 당시의 정세가 프로문학자들에게는 그 활동이 점점 어려워지고 있었기 때문에 그의 이와 같이 약한 성격이 크게 대두하게 된 것이다. 즉, 그는 어디까지나 소시민 지식인으로서 자의식을 표출하는 시인적인 기질을 갖고 있었을 뿐 날카롭고 분석적인 논객은 아니었다.

그리고 그가 인간론에서 쓰고 있는 인간의 뜻은 '생명'과 '묘사'라는 데에 집중되어 있다. 여기에서 생명은 살아남기의 하나이며, 묘사란 문학적 표현, 즉 기술성을 의미한다. 생명이 살아남기이기 때문에 현실적인 인간, 즉 개인적인 생명의 안위에 대한 고뇌가 있을 수 있고, 그것을 감상적으로 표현한 것이 문학이다. 그러므로 인간묘사론이란 파시즘에서의 동물적이고 생리적인 생존욕이다. 그리고 그와 같은 생물학적 생존의 문제를 표현한 것이 그에게는 문학이다.

지금에 있어 人間은 前進해서 政治를 論하고 문화를 논하는 것보다 몬저 어떻거면 생명과 이 人間性을 維持할 수 있을가, 어떻거면 사를 수 있을까 하는 生의 可能性을 찾으려는 곳에 머무러 있다, 말하면 人間은 本來에 있어 人間으로서 살고 人間답게 살

---

11) 백철, 「과학적 태도와 결별하는 나의 비평체계」, 〈조선일보〉 1936. 6. 28.
12) Ibid.

어보고 싶다는 本能的 意慾이 있다면 첫재로 今日의 휴머니즘은
그 本能的인 意慾, 元素的인 性格으로 되어 있다.13)

위에서 보듯 백철은 생명에의 안위, 본능적인 생명 욕구에서
인간론을 추구한다. 그리고 문학은 이러한 인간의 동물적이고
생물학적인 생존 욕구를 지식인적 감각으로 표현한 양식이다.
그만큼 이와 같은 문학적인 인간 표현은 기술적일 수밖에 없으
며, 기술적인 인간 표현은 우선 생명욕에 대한 지식인적 고뇌와
피안에의 감각성을 갖는다. 그러므로 그는 문학자, 곧 지식인의
등식을 만들며, 작품에서의 종교적 피안을 꿈꾼다.

이러한 백철의 의식은 비평론에 있어서도 그대로 적용된다.
백철은 비평정신을 시정신 혹은 창작정신으로 파악한다. 비평은
따로 객관적이고 과학적인 분석과 세계관이라는 정신을 통해
이성적으로 정열해 놓은 것이 아니라 "시는 시에 의하여 비판
된다"는 감성적이고 심정적인 예술주의적 비평관에 의해 씌어
진다.14) 즉, 비평은 비평가의 창조적 정신이 작품을 매개로 하
여 나타나는 시적이며 문학적인 성격을 갖는다. 백철의 이와 같
은 비평관에서 볼 때 정세적 위기에서 프로문학자의 일면을 엿
볼 수 있는바 프로문학의 비평이 지식인의 세계관과는 상관없
이 시류성을 벗어나지 못하고 있음을 백철의 비평을 통해서 우
리는 살필 수 있다. 다시 말하면 30년대의 프로문학 비평이란
프롤레타리아적 세계관과는 무관한 지식인의 개성적 성격을 강
하게 나타내고 있다. 특히 파시즘의 강압이 문학뿐만이 아니라
생물적인 생존의 문제에까지 미치면서 프로문학 비평가의 일부
는 이러한 생물적 생존의 문제를 세계관으로 내보이고 있기도

---

13) 백철, 「웰컴! 휴먼이즘」, 〈조광〉 1937. 1, p. 292.
14) 백철, 「과학적 태도와 결별하는 나의 비평 표준」, op. cit.

하다. 문학 이전에 살아남을 수 있어야 한다는 의식이 이들을 깊게 감싸고 있었기 때문에 세계관이란 그와 같은 위기에서는 무용지물임을 나타내 주고 있다. 이는 30년대 카프에 가담했다가 1934년 옥고를 치른 비평가들 모두에게 부분적으로나마 해당하는 것이다. 그러므로 백철과 같은 경우에서 비평은 죽음이며, 비평적 감각 또한 죽음이다. 비평이란 그와 같은 생물학적 죽음이라는 정세적 극한과 방법론적 과학 사이의 바로미터이다. 그 사이를 눈금이 움직이면서 시대와 논리를 동시에 포용하려고 하는 것이 비평인데, 논리를 포기하고 생물학적 생존 자체에만 매달릴 경우 비평은 그 존재 가치를 상실하는 것이다. 그러므로 백철은 과학적 태도와 정치사회적 태도를 버림과 동시에 그의 비평 또한 죽음으로 몰고가게 된다. 비평은 결코 인간의 묘사도 아니고 순수과학도 아니며, 오히려 그들 사이에서 고뇌의 얼룩을 묻히고 흔들리는 지식인의 시대적 자의식의 산물이다. 이런 비평 속에 파시즘하에서 생존으로서의 논리가 존재할 리 만무하다. 백철이 비록 비평을 자신의 성정에 따른 감성에 그 기준을 두고 있다 할지라도 그 비평은 이미 객관적 논리로서의 생존 방식이 아니라 자신의 개인적인 생존 방식에 다름 아니다. 그러므로 그 생존 방식 속에는 논리는 말할 것도 없고 비평으로서의 최소한 도덕성도 존재하지 않는다. 이와 같은 비평의 죽음으로 비평은 기술서의 기능적 도구로 떨어진다. 인간론 이후 그의 월평의 대부분이 기술적인 해설 비평에서 한 발짝도 떠나지 않고 있는 것도 이와 무관치 않다.

다음으로 30년대 정세의 어둠 속에서 뿔뿔이 흩어져 개인적인 활동 속에 유폐되어 변절하고 해석이나 감상이 비평의 태반을 이루고 있었던 계절에 정론적이고 사회적인 비평의 논리를 세우기 위해서 안간힘을 쓴 인물이 있다. 30년대 흔들리는 카프의 권위를 찾기 위해 카프의 헤게모니를 장악한 임화가 바로 그다. 임화는 30년대 비평이 조선적 현실의 요구인 정론성이 사라지고 관조적 객관주의에 빠져 있거나 최재서 일파의 해석에 매몰되고 있는 현실에서 카프의 지도자로서 조선적 현실의 정론성을 회복하려고 온 힘을 기울인다. 이와 같이 지도자적 위상을 버리지 않으려고 했기 때문에 임화는 비평을 작품과 현실 사이를 관계시키려고 좌충우돌적 비판을 행하지 않으면 안 된다.

  이와 같이 정론적 지도비평을 안간힘으로 잡으려 한 데에는 그가 각광받은 시인으로서 프로문학에 입문했으며, 1931년 이후 카프의 서기장을 맡았다는 점을 간과해서는 안 된다. 즉, 임화의 시인적 기질과 서기장으로서의 책임의식이 복합하여 그의 비평을 낳았다고 할 수 있을 것이다. 다시 말하면 그의 시인으로서의 역량과 카프 서기장으로서의 책임의식이 30년대 임화 비평의 골격을 형성하고 있다. 그리고 그 둘은 서로 모순되지 않는 요소이기도 하다. 왜냐하면 시인의 기질로 인해 그는 대상에 대한 객관적 판단보다도 감상적이고 낭만적인 태도를 갖기 때문이며, 또한 서기장으로서의 책임의식으로 인해 그는 카프의 권위가 땅에 떨어진 마당에서 외롭게 싸워나가지 않으면 안 되기 때문이다. 정세의 불리함 속에서 대부분 맹원들이 지식인적 자의식에 유폐되어 카프의 테두리를 이탈하고 부르주아적 논리들이 속속 유입되고 있는 현실에서 목소리를 높이며 시적 열정으로 나아가지 않으면 안 되었던 시기에, 안간힘으로 비평의 권위와 지도성을 회복하려는 노력을 펼친 비평가가 30년대 임화였다. 이런 임화의 처지를 보며 곁에서 함께 카프라는 짐을 짊어지고서 갔기 때문에 누구보다도 임화를 가장 잘 이해했던 김남천은 이런 임화의 모습에서 그의 비평이 지니는 시적 열정을 읽는다.

　林和의 創作評은 수만흔 조흔 點을 가지고 잇슴에도 不拘하고 또한 當然히 가져야 할 冷靜을 일헛다는 點에 잇서서 그리고 創作評을 작가의 實踐과 遊離하애 施行하엿다는 점에 잇서서 우리가 닷투어야 할 여러 가지 方面을 가지고 잇는 것도 事實이다.

　事實 同志 임화는 그가 쓰는 아름다운 哲學的 내지는 文學的 述語의 系列 속에 분馬와 가튼 熱情을 숨기고 잇스며, 이것은 그의 程度를 넘처서 批評家로서 삼가야 할 惡한 興奮에까지 이르고 잇다.15)

　위는 「물」에 대해 임화가 '생물학적 심리주의'라고 비판한 데 대한 김남천의 반응이다.16) 이 인용문에서 우리가 간과할 수 없는 것은 임화의 비평적 자세이다. 김남천에 의하면 임화는 비평가로서의 객관성을 상실하고 냉정을 잃은 채 흥분하고 있다는 것이다. 이 사실은 김남천이 임화를 잘 알고 있었기 때문에 중요한 것이 아니며, 임화가 시인으로서의 비평가라는 점을 가장 극명하게 드러내 보여주고 있기 때문에 의의가 있다.17) 김

---

15) 김남천, 「임화적 창작평과 자기 비판」, 〈조선일보〉 1933. 7. 29.

16) 김남천이 실천성을 중시하여 임화의 이원론을 비판하면서 열정으로 객관성을 잃고 있음을 지적한다.〔이에 대해서는 김윤식의 『임화연구』(문학사상사, 1989), p. 338)을 볼 것〕 임화는 '물 담당'이 물을 제한하는 것에 대해 이해하지 못하고 그의 계급성만을 서둘러 따지지만, 김남천은 물 담당의 사실성에 대해 언급하고 있다. 다시 말하면 감옥에서의 물 담당이란 필연적으로 사실적인 생존의 문제와 관련하기 때문이라고 김남천은 반론을 제기한다.(김남천, 「임화에게 주는 나의 항의」, 〈조선일보〉 1933. 8. 2) 그리고 이에 대해 임화는 「비평에 잇어 작가와 그 실천의 문제―N에게 주는 편지를 대신하야」에서 김남천의 실천과 세계관의 일치라는 명제를 받아들이며, 그 실천과 세계관과의 일치에 대해 김남천이 단순화시키고 있다고 반박한다. 즉, 실천이란 객관적인 현실의 작가적 반영이지 않으면 안 된다는 입장이다.(임화, 「비평에 잇어 작가와 그 실천의 문제」, 〈동아일보〉 1933. 12. 20)

남천이 명징한 객관성을 통해서 임화의 낭만성을 지적하고 있
는 데에 비해 임화는 카프의 지도자로서 시적 감각으로 김남천
의 주체 상실을 비판한다. 그런데 여기서 중요한 것은 이런 지
적을 받은 이후 임화는 자신의 면모를 드러내 보이고 있다는
데에 있다.

　　그러므로 藝術批評 가운데의 絶對的인 客觀性을 要求하는 理論
은 裁判官이 證人에게 對하야 親族인가 아닌가를 물은 다음 非親
族인 경우에 要求하는 眞實한 공술과 같이 虛僞의 形式的 客觀性
인 것이다. 被告에게 對하야 親族이 아닌 境遇에도 證人 自身의
利害 또는 被告와의 關係에 의하야 얼마든지 非眞의 眞을 言語할
수 잇는 것과 같이 批評家 自身의 믿는 바의 客觀的 眞－그것은
歷史的 階級으로 制約된다－의 如何에 따라 藝術品은 正當히 혹
은 不正當히 評價될 수 잇는 것이다.[18]

　임화는 비평의 객관성을 비평가 개인의 신념에 두고 있다. 즉
신념으로서의 비평이 임화가 지향하는 길이다. 이러한 신념으로
서의 비평이라는 말 속에는 그의 시인적 기질과 서기장으로서
의 지도성이 동시에 들어 있다. 이런 지도성과 시인적 기질에서
비롯한 평론이 「낭만정신의 현실적 구조」나 「위대한 낭만정신」
이다.

---

　17) 김남천은 「임화에 관하야」(〈조선일보〉 1933. 7. 22~23)에서 임화의 시에
대해 극구 칭찬을 아끼지 않고 있다. 이는 김남천의 의도적인 지적이라고 할
수 있다. 김남천으로서는 임화의 시인적 기질을 통해서 임화의 비평 양상을
지적하고 싶었으리라 믿는다.
　18) 임화, 「비평의 객관성의 문제」, 〈동아일보〉 1933. 11. 9.

그러므로 文學上의 一方向으로서의 浪漫主義는 꿈꾸는 것을 알고 또 그 夢想을 文學의 現實을 가지고 構造한 文學우에 씨워지는 性格的 稱號다.

그러나 나는 浪漫精神을 모든 꿈을 意味하는 것이라고 解釋하는 대신 創造하는 夢想이라고 생각한다.

웨 그러냐 하면 創造한다는 것은 回想하는 것도 아니고, 肯定하는 것도 아니며, 정히 꿈꾸는 것이라고 믿기 때문에······

이러한 꿈은 때로 문학이 생활의 현실로부터 뒤떠러졌을 때 생활의 수준으로 登步할랴고 꿈꾼 것이다.[19]

위에서 보았을 때 낭만정신은 창조적인 정신이며 꿈꾸는 정신이다. 그만큼 주관적이며 시적이다. 그렇다면 임화는 왜 사회주의적 사실주의가 대두한 시기에 이러한 시적인 낭만정신을 주장하고 있는가. 그는 당대를 사실주의와 낭만주의가 적절하게 어울리지 못하고 혼돈에 빠져 있는 시대라고 평가한다. 그리하여 일부에서는 사실주의라는 이름으로 관조적인 사실주의를 주장하거나 트리비알리즘을 사실주의로 착각하고 있다는 것이다. 그가 「사실주의의 재인식」에서 사실주의를 실천성으로 파악하여 트리비알리즘이나 관조적 사실주의와 구분하려 한 것도 모두 이와 무관하지 않다. 카프가 정세의 위기로 정론성을 잃고 점점 사회주의 리얼리즘이라는 명목으로 관조적 자세로 흐르거나 최재서 일파의 표피 분석적인 트리비알리즘이 판치고 있고, 박영희, 김기진 등 구카프계가 변절하거나 새로운 현실에 대한 이해 부족을 느끼고 있을 때 정론적 비평으로서의 카프의 지도성을 재건하려는 과정에서 그는 낭만정신을 끌어온다. 그는 시

---

19) 임화, 『문학과 논리』(학예사, 1940), p. 24.

인으로서 카프의 서기장으로서 이러한 조선적 시대정신이 추락하는 모습을 참지 못하여 카프적 지도성을 회복하기 위해 안간힘을 쓴다. 그러나 그의 낭만정신은 자신이 인정하는 것과 같이 시적이고 창조적이다. 그가 낭만정신이 시적이며 창조적이라는 점을 모른 바는 아니었다. 그는 추락하는 시대정신을 붙들기 위해서 의도적으로 낭만정신을 주창한 것이다. 당시 사회주의적 사실주의가 세계관 중심의 사실주의에 부정적이다 보니 너무 객관적 현실 묘사에 치중하고 있었고, 카프적 지도비평의 위상이 추락하고 있었기 때문에 그는 이런 경향을 비판하고 조선적 현실에서의 정론성을 확보하기 위해서 의도적으로 주체를 강조한 시적 사실주의를 주장한 것이다. 이러한 점은 「사실주의의 재인식」을 통해서 잘 나타나고 있다. 그는 정말 이곳저곳을 통해서 좌충우돌식으로 조선 현실에 대한 비평의 정론성을 확보하고 유지하기 위해서 혼신을 다한다.

그렇다고 그가 현실 조선과의 교섭을 도외시하지는 않았다. 오히려 그는 현실에 집착했다.

그러나 文藝批評은 文學의 創作 그것보다도 더 많이 現實 朝鮮의 一般的인 要求를 文學藝術 아페 提示했든 것입니다. 다시 말하면 批評은 文學이 文學으로써 必要로 하는 現實上의 要求나, 문학 固有의 美學的인 需要를 代辯한다느니보다 오히려 文學이 自身의 土臺로 하고 있는 現實 朝鮮의 보다 一般的인 廣範한 欲求와 意慾을 代辯한 것이라고 보아 대체로 無關할 것입니다. 다시 말하면 오늘날까지의 朝鮮의 文藝批評은 作家, 作品과 審美學的으로 關係하는 대신에 더 많이 社會學的 또는 정론적으로 交涉한 것입니다. 이것이 朝鮮的 批評이 다른 諸外國의 文藝批評과 本質的으로 그 性質을 달리하는 主要點일 것입니다. 즉 政論的

性質을 다분히 가진 社會的 批評 그것입니다.[20]

그는 조선적 현실의 요구에 따른 조선적 비평의 임무를 제시
한다. 이 조선적 현실의 요구를 수용한 것이 처음에는 낭만정신
이었으며, 당파성이었다. 낭만정신은 자신의 시적 사실주의이기
도 하지만 다른 한편으로는 현실의 정론적 요구, 즉 당파성에
다름 아니었기 때문이다.

그러므로 創作方法이란 作家에게 創作하는 方法뿐만 아니라 生
活하는 方法까지를 暗示할 수 있지 않으면 아니 된다.
이곳에 文藝理論의 指導的 任務란 것이 發揮된다고 나는 믿고
싶다.[21]

변절과 추락의 계절에서 비평이 혼신의 정력으로 시대를 끌
어안고 조선적 현실의 당파성을 지키려고 하는 모습을 우리는
그의 비평 어디에서나 엿볼 수 있다. 문학비평이 창작의 방법론
으로서만이 아니라 생활의 방법까지 지도할 수 있다고 본 것이
그 사정을 잘 말해 준다고 할 수 있다. 비록 그가 자신의 낭만
정신을 부정하고 사실주의를 끌어안는다 해도 그에게서 낭만주
의는 탈색되지 않으며, 사실주의는 낭만주의의 객관화 이상이
아니다. 그가 낭만정신을 부정하고 사실주의로 나아간 것도 실
천성을 보강하기 위한 것일 뿐 낭만정신 자체를 부정하기 위한
것은 결코 아니다. 다시 말하면 그는 낭만정신이 주관주의로 오
해되는 데에 대한 부정적 요소를 제거하기 위해서 사실주의로

---

20) 「조선적 비평의 정신」, Ibid., pp. 686~687.
21) 「주체의 재건과 문학의 세계」, Ibid., p. 46.

나아간 것이다. 왜냐하면 그의 사실주의론은 대부분 엥겔스의 발자크론에 입각하여 세계관의 위대성을 부각하고 있기 때문이다. 그는 사실주의론에서 실천성이나 세계관을 강조하여 기존 낭만주의론을 통해 자신의 세계관이 시적으로 제한될 수 있는 공간을 최소화하고 있다. 이것이 그의 사실주의로의 전환이며, 소설론으로의 전환의 계기이다.

사실주의론 이후 그는 소설론으로 나아가 작품과 현실의 관계를 통해서 비평을 정립시키려고 하면서 추락하고 있는 시대 정신 속에서 리얼리즘이라는 이름으로 비평의 사회적이며 현실적인 기능을 유지시키려고 한다. 그는 사실주의를 통해 소설 양식의 문제를 시대 정신과 관련하여 언급하고 있다. 그는 「세태소설론」「본격소설론」「통속소설론」 등을 통해 작가의 시대정신의 죽음을 밝혀 현실의 어둠과 함께 소설 양식의 죽음을 강조한다. 그는 소설이란 작가의 내면과 외부 현실 사이의 균형으로 이루어진다고 본다. 그러나 당대에 유행하고 있는 세태소설은 정세의 어둠으로 인해 이러한 균형이 깨어지고 오직 현실의 생활상만이 만화경처럼 나열되었다고 비판한다. 그가 이렇게 세태소설을 소설이 와해된 시대, 문학이 궤멸된 시대의 산물이라는 비판은 당대 조선의 현실에 대한 전망의 불투명을 소설 양식의 와해를 통해 표현하기 위한 절박함의 표출이다. 그는 시대에 대한 절박감을 작가정신의 죽음으로 보고 있다. 이는 그가 시적 사실주의로 언급한 낭만적 정신의 소설적 표현이며 시대정신에 대한 강한 욕구의 표현이다. 그런 점에서 그가 인물이나 세태의 '묘사'가 아니라 '창조'를 강조한 것도 작가정신에 대한 강한 의지를 드러내는 것이라고 볼 수 있다.

그러나 그는 당대를 '무력의 시대'라고 규정하는 데서 보듯 현실에 절망하여 전망을 갖지 못한 채 시민문학론으로 나아간다. 따라서 어둠과 절망의 시대에 나온 그의 시민문학론은 균형감각이 과도하게 나타나 모든 것을 균형감 속에서 찾으려 한다. 그 균형감각은 어둠의 시대에 있어서는 허위적인 의식일 수 있기 때문에 그의 비평정신은 객관성이라는 데에 유폐되고 만다. 즉, 비평가가 작품과 현실 사이에서 균형감각을 찾는다는, 그렇게도 그가 비판해 왔던 관조적 객관주의를 낳는다. 엥겔스의 발자크 단상을 중심으로 시작하는 그의 시민문학론의 함정이 여기에 있다. 그가 비록 현실을 놓지 않고는 있다 하더라도 그에게 있어서 현실은 시민문학론 이후 사물성으로서의 현실 이상이 아니다. 그가 세태소설을 필연적으로 본 것이나 세태소설과 내성소설의 균형 감각을 통해 본격소설론을 펼친 것도 이와 무관하지 않다. 하지만 임화는 30년대의 어둠과 위기 속에서 비평이 현실감을 갖고 정론성을 지니지 않으면 안 됨을 어느 누구보다 철저하게 그리고 유일하게 지도해 온 인물이다.

그만큼 그의 문체는 명쾌한 논리를 지닌다. 그러나 그 명쾌한 논리는 사물에 대한 판단력에서 올 뿐 사물 자체의 정확한 관찰에서 오지 않는다. 여기에 임화의 문제점이 있다. 그는 비평을 재단적이며 논리적으로 이끌어가고 있기는 하지만 그 논리는 연역적으로 이미 만들어진 데서 나온다. 그러므로 그의 문체가 논리정연하다 할지라도 그것은 자신이 이미 설정한 논리의 과정 속에 있을 뿐 현실의 제사실을 바탕으로 하고 있지는 못하다. 그는 30년대라고 하는 당대에 대한 세밀한 관찰과 그 시대의 어둠의 내면을 똑바로 그리고 정확하게 관찰하지 못하고 20년대적 비평의 향수 속에서 자의식만을 강하게 가졌을 뿐이다. 그리고 이러한 향수에서 해석의 시대이며 묘사의 시대인 30년대에 대한 비판의식으로 비평을 행하려고 한다.

그러므로 評論이나 批評活動에 있어 우리는 明晳한 判斷을 구경할 수 없게 되었다. 언제인가 말한 바와 같이 現代의 批評은 批評이나 評論이라기보다 單純한 解釋의 時代가 된 感이 있다.

이곳에서 다시 評論이나 批評이 社會現象이나 政治의 領域에까지 活動力을 움직였든 時代의 그것을 다분히 作品과 理論이 遊離되었든 대로의 誤謬를 그대로 한데껴서 즉 事態를 있는 그대로 다시한번 反省할 興味가 必要치 않는가 한다.

먼저도 말한 것과 같이 그 時代에는 事實 作品과 理論이 充分히 結合되어 있지 못하였었으나, 그러나 그때의 批評精神은 作品뿐만이 아니라, 一般의 現實에 대하여서도 只今보다는 훨씬 높다란 高度를 維持하고 있었다 할 수 있지 않을가?

요컨대 判斷의 可能性만 아니라 實로 展望의 能力이 賦與되어 있었고, 그런 때문에 指導的인 權威가 潛在해 있었다.

어느 의미에서 그때는 判斷의 橫行 時代, 指導性이 敎權처럼 君臨했든 時代라 할 수가 있다.

그럼에 不拘하고 오늘날의 評論과 批評이 가지고 있지 못하고 있는 決定的인 것의 萌芽가 그때에 있지 않았을가? 例하면 一貫한 理論, 體系性, 여기에 따르는 權威, 現實 生活과 文學과를 交涉시키는 機能, 判斷과 斷定의 勇氣, 그러고 重要한 것은 먼저도 말했지만 行動을 가능케 하는 展望의 高度! [22]

지도비평에 대한 향수에서 출발한 그의 비평은 그 향수를 통해서 당대의 수준을 측정하고 자신의 비평정신을 껴안는다. 그렇기 때문에 그의 비평적 담론은 대부분 당대의 현실성을 구체적으로 껴안지 못하고 있다는 비판을 면하기 힘들다. 카프 서기

---

22) 임화, 「비평의 고도」, Ibid., pp. 702~703.

장으로서의 지도성과 20년대 카프 비평에의 향수를 안고 있는 비평이 당대의 위기를 올바로 인식하거나 그 위기에서 어떤 전망도 갖지 못하리라는 것은 물을 것도 없으며, 그의 비평이 공적 담론으로 작용하기도 힘들다. 그러므로 그가 현실 운운하는 그 현실이란 객관으로서의 현실이라기보다는 관념으로서의 현실이며, 공허한 현실이다. 그러므로 그는 비평을 자신의 주관적인 의식-그것은 대부분 20년대적 비평의 지도성-으로 감싼다. 그 비평은 정론성이나 현실감을 중시한다 하더라도 구체성으로의 현실감이 없는 관념론이기 쉽다. 그렇게 보았을 때 그의 문학사 탐구라는 것도 따지고 보면 방법론 자체-토대와 상부구조 사이의 관계-라는 데에 집중해 있을 수밖에 없게 된다. 그러므로 임화 비평의 성격은 강한 논리를 바탕으로 한 비평이라고 할 수 있다. 선험적으로 가진 논리를 현실의 시사점에 부여하는 형태가 그의 비평이다.

임화의 현실에 대한 위와 같은 자의식적 관념성과는 달리 김남천은 현실 자체의 구체성과 당대의 문학적 현실에 대한 계급적 한계를 통한 도덕적 양심으로 위기에 대응하려 한다.[23] 그는 임화와 마찬가지로 카프 해산 이후 문단의 흐름에 대한 자성과 비판적 의식으로부터 출발한다. 다시 말하면 카프가 해산되고 리얼리즘의 창작방법이 당대 조선 작가들의 주된 창작방법론으로 나아가지 못하고 있는 반면, 저널리즘을 중심으로 한 신문소설이나 월평의 상업성에 문학자들이 혼을 빼앗기고 있는 현실에서 당대의 문학자, 특히 소시민 지식인 출신의 문학자들

---

23) 임화와 김남천은 그 논리적 과정이나 처방은 다르다 해도 카프 붕괴를 전후하여 당대의 주지주의나 예술주의에 맞서 리얼리즘을 지키려 한 비평가들이다. 임화가 시적 리얼리즘으로부터 출발했다면 김남천은 소설적 리얼리즘으로 출발하고 있다. 이에 대해서는 김윤식의 『임화연구』를 참조할 것.

에 대한 비판을 통해서 자신의 세계관을 재점검하려고 한다. 그는 임화와 같이 리얼리즘에 대한 강한 신념을 갖고 있었다.[24) 그 신념은 카프 해산에 대한 자의식을 표현하고 있는 것으로 창작방법론으로서 리얼리즘이 당대의 문학뿐만 아니라 시대적 위기까지를 구원할 수 있다는 믿음에서 비롯한다. 그 말은 과학적 인식에 대한 믿음이 자신의 세계관으로 자리잡고 있다는 것을 의미한 것으로, 실천을 통해 리얼리즘이 자아화되었음을 나타내기도 한다.[25) 이 신념을 통해서 자아화한 리얼리즘에 대한 믿음을 통해서 카프 해산 이후 당대의 현실을 바라보는 시각에서 나온 비평이 고발문학론이다. 그러므로 고발문학론은 당대 상업문학에 대한 비판이며 부르주아 자본주의 문학에 대한 비판이다. 그리고 이 비판이 가장 실천적으로 나타난 논리가 자기고발이다. 그에게 있어서 자기고발은 경고이면서 리얼리즘 작가, 즉 과거 카프 맹원에 대한 각성 촉구의 의미를 지니고 있다. 그는 「고발의 정신과 작가─신창작이론의 구체화를 위하야」에서 기존 카프 맹원들이 정세의 억압과 문학의 위기 국면에서 새로운 창작을 내놓지 못하고 있거나 새로운 창작이론을 표출하지 못하고 있거나, 혹은 저널리즘의 유혹에 자신을 팔아버리거나 서구 불안문학 사조에 영혼을 빼앗기는 과거 동료 맹원들의 지리멸렬한 모습에 각성을 촉구하기 위해서 자기고발을 경고의 의미로 혹은 창작의 출발로서 시작하기를 권한다.[26) 즉,

---

24) 김남천은 리얼리즘의 추구를 '신념'이라는 용어를 사용하여 강조하고 있다.(「유다적인 것과 문학」, 〈조선일보〉 1937. 12. 17)

25) 김남천은 33년 이후 두 번이나 감옥 생활을 한다. 그 두 번의 감옥 생활은 그에게 카프가 지향해 온 세계관에 대한 믿음을 확고히 갖게 하는 계기가 된다. 이 계기를 통해서 그는 실천으로서의 리얼리즘을 신념으로 갖는다. 김남천이 「임화에 대한 항의」에서 이 감옥 생활을 강조하면서 실천을 강조하고 있는 것도 이와 무관하지 않다.

그는 고민을 향락할 것이 아니라 그 고민을 창작으로 전화하는 실천을 통해서 당대의 고민을 구체화하여 자기 자신의 모랄로 삼을 수 있다고 본다.

그런데 그의 시각에서 보면 30년대의 문학이 위기와 개인주의로 치닫고 있는 원인은 자신을 포함한 카프의 맹원이나 지식인 문학자들의 계급의식에서 온다. 여기서 계급의식이란 지식인들의 소시민성을 가리키며, 그는 이 계급적 소시민성을 주체적 현실 인식의 원초적인 문제로 제기한다. 그리고 그 원초적인 소시민성을 유다적인 요소로 규정한다. 성경의 요한복음 13장에서 유다가 예수를 파는 부분을 당대의 문학적 문제로 끌어와 성경에 없는 부분을 다음과 같이 복원한다. 즉, 유다가 예수를 은화 삼십 냥에 팔았으나 곧 후회하고 목을 맸다. 그런데 유다는 다른 제자들과는 달리 수양도 적고 인간적으로 약한 면이 많아 예수를 판 것이며, 그 죄의 고통을 못 이겨 죽었다.[27] 이와 같은 유다를 김남천은 소시민 작가로 대체한다. 그는 그 유사성을 수양이 적고 약한 인간성 및 은화에 대한 욕심에서 찾는다. 유다의 고사에서 중요한 점은 두 가지이다. 하나는 지식인 작가들의 계급적 원초성으로 인해 상업성에 쉽게 물들 수 있으며, 또한 원초적으로 약한 성격으로 인해 쉽게 과학적 세계관을 버릴 수 있으므로 과학적 세계관을 추스르기 위해서 '신체검사의 과정'으로 자기고발로서의 모랄을 제기한 것이라는 데에 있으며, 다른 하나는 그의 모랄론이 내면성에 집중해 있다는 점이다. 그러나 자기고발 혹은 모랄론이 당대 리얼리스트의 자기 고백이며

---

26) 김남천, 「고발의 정신과 작가—신창작이론의 구체화를 위하야」, 〈조선일보〉 1937. 6. 5.

27) 김남천, 「유다적인 것과 문학—소시민 출신 작가의 최초의 모랄」, 〈조선일보〉 1937. 12. 15.

모랄이기는 하지만 그 성과에 있어서는 김남천 개인의 자기 창작방법론으로서의 역할에 머무른 느낌이 없지 않다. 그가 모랄론이나 자기고발론을 30년대 카프의 방향성으로 삼기 위해 내어놓기는 하지만 그것은 김남천 개인의 창작방법론으로서의 가치 이상의 역할을 하지 못하고 있다. 그는 모랄론의 과정을 통해서 「남매」 「남생이」 등 단편소설들을 여러 편 발표한다. 그러나 그 단편들은 임화가 지적하고 있고 김남천 자신도 인정하고 있는 바와 같이 내성적인 묘사에 몰두하고 있는 소설이다. 그런 점에서 그는 비평적 실천을 이룩했다.

이는 장편소설론에서도 마찬가지이다. 모랄론이 내성적인 데에 치우쳐 있고, 창작 또한 단편의 내성적 묘사에 몰두해 있는 데에 대해 임화에 의해 비판받으면서 김남천은 자기 비판자답게 장편소설로 나아가며, 다른 한편 비평에 있어서는 장편소설론인 풍속론으로 나아간다. 즉, 『사랑의 수족관』 『대하』라는 전작장편소설을 내어놓는 시기에 그는 풍속론, 장편소설 개조론 등을 발표하여 실천적으로 비평과 창작의 관계를 정립하고 있다. 그러나 그 실천성이 공동 담론으로 확대되기보다는 자신의 개인적 창작방법론으로 활용되는 데에 그친 듯하다. 이는 1930년대의 문학 담론이 자기 고백적이었기 때문이다. 그렇기 때문에 그의 장편소설론은 모랄론의 자기 반성적 과정에서 출발한 비평이기는 하지만 그 반대로 현실 자체를 너무 강조하여 풍속관찰론으로 나아갔다. 상업적인 신문장편소설에 대한 부정적인 담론으로 형성되었기 때문에 장편소설론에는 모랄보다는 현실의 풍속 혹은 세태에 대한 집착이 보인다. 그래서 풍속이라는 의미를 세태와 달리 쓰기 위해 '관찰'이라는 말을 사용하지만 '관찰'이라는 말 속에는 풍속 개념이 확연하게 나타나지 못하고 '디테일의 진실성'이라는 데서 머무르고 있다.[28] 그리고 디테일의 진실성을 전형성과 관련시켜 시대적 전망을 가지려고 한다. 그러나 시대적 절망이 극한에 이르자 조급한 나머지 리얼리즘이라는 관념적 논리를 외치는 선에서 자신의 역할을 멈춘다. 즉, 그는 실천성을 더 이상 앞으로 진전시키지 못하고 '소설의 운명'에 이르게 된다.

그러나 우리는 김남천이 신념으로서 리얼리즘의 세계관을 갖고, 그 리얼리즘론을 작품적 실천을 통해서 구체화하고자 하는 것을 보게 된다. 그의 비평은 임화의 비평과 마찬가지로 당대 저널리즘으로 펼쳐지는 상업주의적 실태에 대항하여 리얼리즘적 창작방법을 지키려는 전사적 입장에서 씌어졌다. 그러나 그는 임화와는 달리 실천성을 중시하여 자아비판을 통해 관념성을 최소화하고자 한다. 그러한 그의 비평적 태도는 그가 소설가로서 비평에서 창작적 논리를 찾는 데서 비롯한다. 그는 비평가와 작가 사이에 괴리가 있어서는 안 되며 상호 보완적으로 논리와 실천의 변증법적 관계에 있어야 한다고 생각했다. 따라서 비평가는 비평에서 논리를 관념적으로 끌어내서는 안 되며 반드시 작품론을 통해 그 논리를 세워야 한다.[29] 뿐만 아니라 창작가는 비평가와 창작 논쟁을 통해서 비평가에게 올바른 비평 정신을 갖도록 요구해야 한다. 그러므로 그가 실천이라고 말한 것은 비평의 창작적 실천뿐만 아니라 비평의 현실적 대응력을 의미하며, 이는 과학적 태도와 관련하여 작가가 작품적 실천에서 현실적 세계관으로 전화하는 변증법적 발전 속에 있음을 뜻한다.

비평에의 이와 같은 시각 때문에 그는 비평에 대한 과소평가

---

28) 김남천, 「세태와 풍속―장편소설 개조론에 기함」, 〈동아일보〉 1938. 10. 25.
29) 김남천, 「대담 : 비평가와 작가의 괴리」, 〈조선일보〉 1939. 1. 3.

나 비평의 잡담화를 비판한다. 그는 비평이 과소평가되고 잡담화된 데에는 비평가들이 과학적인 기준 비평에 대한 권위를 상실하고 자신의 소시민성에 의존하여 주관적 인상주의로 흘러 비평과 문학사를 구분하여 비평을 임의적인 것으로 치부해 버리거나 박영희처럼, 비평을 '학구적 향훈'이라 하여 무이론화함으로써 비평을 신비화시키려는 태도에 있다고 비판한다. 따라서 그는 비평가에게 과학적 기준을 갖도록 요구한다.

科學的 批評이라는 것은 단 한 개의 作品을 보더라도 그것을 時代의 거울로서 본다는 뜻이다. 다기 말하면 歷史的 立場에서 作品을 보는 것이다. 그러므로 그 作品이나 혹은 同時代의 作品 傾向을 歷史的 흐름 위에서 評價하는 것이다. 그는 恒常 그러니까 이러한 文藝批評은 恒常 文學史的 觀點을 取하게 된다.[30]

이와 같은 과학적 비평은 생활의 현장과 관련한 리얼리스트의 모랄을 통해서 나타난다.[31] 리얼리즘이라는 창작방법론을 창작이라는 실천으로 발전시키기 위해서는 비평가와 작가가 서로 논쟁을 통해서 역사와 현실에 대한 냉철한 논쟁을 하지 않으면 안 된다는 것이 김남천의 견해이다. 김남천의 이런 창작가와 비평가의 합작에 의한 창작방법론의 공동 개발 요구는 당대 비평이 갖는 개인주의적이고 상업적인 양상에 대응하여 공동 담론으로서 시대적 위기를 극복할 수 있는 토론을 유도하기 위한 것이라 할 수 있다. 김남천은 비평을 이론과 감각적 에세이가 적절히 변증법적으로 상호 침투하여 창작을 발전시키지 않

---

30) 김남천, 「최근 평단에서 느낀 바 몇 가지」, 〈조선일보〉 1937. 9. 11.
31) 김남천, 「문학과 모랄」, 〈조선일보〉 1939. 4. 27.

으면 안 된다고 보며, 이렇게 함으로써 과학적 실천이라는 현실로 전화하여 시대의 위기를 극복할 수 있다고 본다.

여기에 그의 「소설의 운명」이라는 평론이 놓인다. 「소설의 운명」은 논리와 시대의식을 동시에 문제삼고 있는 평론이다. 다시 말하면 이 평론은 소설에 대한 헤겔과 루카치의 이론을 수용하여 시민사회의 몰락과 소설의 운명 문제를 다룬다. 다시 말해서 소설의 양식론을 시대적 발전 단계와의 상동성으로 파악한 데는 논리와 현실을 동시에 끌어안아 소설의 시대적 운명성에 대한 문제를 제기와 자아의 몸부림을 동시에 표현하고자 하는 의도에서 비롯한다. 그가 「소설의 운명」이라는 평론에서 주로 '운명' 개념을 특별하게 밝히고자 한 다음과 같은 부분을 읽어보면 그 점을 더 잘 알 수 있을 것이다.

小說의 將來를 말할려고 하면서 내가 이곳에 運命이란 말을 使用한 것은, 小說의 當面한 問題가 主體를 超越하여 外部的으로 '賦與'된 問題이면서, 同時에 內在的 欲求에 依하여 主體에 '賦與'된 問題인 것을 眞心으로 自覺하고저 생각한 때문이었다. 小說의 將來를 自己自身의 問題로서, 運命으로서 超克할려는 데 依하여서만 文學은 그의 精神을 維持, 伸張할 수 있으리라고 생각한 때문이었다.[32]

위의 언급 속에는 소설의 운명만을 말하고 있지 않다. 이 평론 자체가 그와 같은 형식을 취하고 있는 데에서도 알 수 있는 바와 같이 비평이라는 문학적 담론의 운명까지를 언급하고 있다고 할 수 있다. 이는 김남천이 비평이 창작과 함께 존재할 수

---

32) 김남천, 「소설의 운명」, 〈인문평론〉 1940. 10, p. 8.

있다는 입장을 견지하고 있는 데서 나온다. 그러므로 소설의 운명을 비평의 운명으로 바꿔 읽어보면, 논리가 관념을 통해서 허황되거나 개인주의적이며 상업적이며 흥미 위주로 흘러갈 경우, 그 논리는 죽음의 위기를 맞지 않을 수 없으며, 이 위기를 극복하기 위해서는 그 논리가 시대의 위기를 극복해 줄 수 있는 현실에 대한, 혹은 작품에 대한 면밀한 검토 없이는 불가능하다는 데에 이른다. 다시 말하면 비평이란 작품의 실천과 만나지 않고는 실천으로서의 작품에 대한 전망을 가질 수 없다. 그러나 그는 심각하게 운명을 감지한 데서 보듯 원론적 논리 중심으로 떨어져 버리고 있다. 다시 말하면 「소설의 운명」은 그의 지론인 작품으로서의 실천성, 즉 비평에서는 작품론을 통한 문제의 소재 파악과 문제 제기 및 방향성을 얻지 못하고 오직 원론적 논리로 일관하고 있다. 그 원론성은 리얼리즘의 길이다. 하지만 그 리얼리즘은 시민문학으로서의 원론적 현실주의*이상이 아니다. 그는 운명 속에서 리얼리즘의 구체적인 길을 보지 못하고 리얼리즘이라는 방법론만을 짊어지고 감람산으로 향하고 있는 것이다. 자신이 고발문학에서 관찰문학론으로 나아간 것에 대해 다음과 같이 언급하고 있는 데에서 우리는, 그가 30년대에 비평을 시작하면서 리얼리즘의 선택을 '신념'이라는 말로 표현하여 삶과 문학에 대한 한계를 동시에 느끼며 의지적인 신념 이외에는 아무것도 보지 못하고 있음을 알 수 있다.

小說의 運命을 지니고 橄欖山으로 向할려는 것임에 다름은 없었던 것이다. 小說은 리얼리즘을 거쳐서만 自己의 危機를 克服할 수 있고, 나아가 轉換期의 超克에도 貢獻할 수 있을 것이다. 새로운 長篇小說의 樣式의 獲得도 이 길을 허술히 하고는 이루어지지 않을 것이다.[33]

위에서 우리는 삼십년대 프로문학계의 흐름을 통해서 저널리
즘의 상업성과 개인주의가 팽배하게 대두하고 정세에 의해 위
기에 빠진 문단 현실 속에서 상업성과 개인주의적인 담론을 부
정하고 어떻게 논리를 복원할 것인가를 고민하는 몇 사람의 비
평가들의 의식을 살펴보았다. 백철의 경우 저널리즘의 상업성이
나 개인주의, 혹은 정세적 위기론에 함몰되어 자아의 혼을 온통
그 속에 빼앗겼다면, 임화의 경우는 지도적 비평의 복원을 통해
당대의 반동적 자본주의에 저항하려고 했다. 따라서 그는 낭만
적 정신에 빠지다가 리얼리즘으로 되돌아오지만 관조적 객관주
의에 절망하고 만다. 그리고 김남천은 이와 같은 당대의 흐름에
대해 실천적 논리를 얻으려고 하지만 시대적 한계에 부딪쳐 결
국 리얼리즘을 통한 문제 제기 자체에 그치고 만다. 그 문제 제
기는 각각 자신의 창작이나 논리의 방향성 확보에 매달린 데서
제출된 것들이다. 이러한 경우들에서 우리는 30년대 리얼리즘계
에서 생존에의 절박한 현실로부터 시민적 리얼리즘을 통해 자
아를 지키려는 흔적을 엿볼 수 있다. 그 리얼리즘은 양심으로
껴안을 수 있는 최소한의 논리이다. 그들이 유독 시민적 리얼리
즘을 드러내는 것도 이와 무관하지 않다. 그 시민적 리얼리즘은
그들의 계급적 세계관을 통해서 드러낼 수 있는 가능성의 지평
이다. 그들은 시민의식을 단말마적으로 지키려는 의지에서 시민
문학론적 리얼리즘을 주장한다. 루카치의 시민문학론을 수용하
여 당대의 위기를 극복하려는 것도 모두 부르주아 계급의 자의
식에서 비롯한다. 하지만 그들의 자의식이 의미를 갖는 것은 당
대의 위기에서 더 이상 나아갈 수 있는 길이 보이지 않기 때문
이다. 그러나 그것이 실천적 논리로서 발전하지 못한 것은 시민

---

33) Ibid., p. 15.

문학론이 너무 원론적이어서 관념적이었기 때문이다.

4) 순수의 감옥과 공감의 미학

30년대 들어 문단이 현격하게 개별화되고 시장의 원리에 의해 지배되어 비평은 더 이상 정론성을 띨 수 없자 개별화되고 주변화된다. 여기에서 개별화나 주변화란 공동의 주제를 집단적으로 토론하는 공간을 마련할 수 없다는 의미이기도 하지만 다른 한편 부르주아 지식인들이 개별자로서 활동했다는 의미를 포함하고 있기도 하다. 정세적 억압 속에서 생존해 보려는 자본주의적 시장성의 원리에 의한 저널리즘에 지배되고 있었던 비평가들은 주지주의자와 같이 현상에 적응할 수 있는 논리를 갖든지, 혹은 리얼리스트처럼 그 현상을 거부하고 현실주의적인 모랄리스트가 되든가를 고민하지 않으면 안 되었다. 그러나 그들은 현실의 궁핍에 자아의 혼을 빼앗긴 느낌이 없지 않다. 다시 말하면 현실의 궁핍에 대한 의식이 너무 강하게 자리잡고 있어서 그들을 수용하든지 부정하든지 하는 논리적 대응은 자아의 본래적인 혼을 상실하게 할 수도 있다. 왜냐하면 그들은 이미 개별자로서 부르주아 계급의 자의식을 통해 현실의 위기를 극복하려고 하기 때문이다. 이와 같이 개별자로서 위기에 대응하는 자세로는 그들이 수용한 논리에 자신의 혼을 빼앗기든지 아니면 현실의 힘과 논리에 굴복하든지 하여 자아를 상실할 수밖에 없다. 그만큼 이 두 길은 궁핍한 현실의 악화 국면에서는 얼마든지 자의식을 변형할 수 있었다. 주지주의가 기법을 통해 당대의 궁핍을 교묘하게 벗어나려는 논리를 위주로 하고 있어서 변절을 쉽게 합리화할 수 있는 방법적 전환이 쉬운 데에 비해 리얼리스트들은 혼이 없는 객관적 현실이라는 관조적 객관주의에 쉽게 영합할 수 있는 논리를 지니고 있었다. 그러므로 그들은 일제 말의 국민문학에 논리를 제공하여 자아의 혼을 빼앗기기도 한다. 그만큼 극단의 논리들은 양날의 칼을 지니고 있다고 할 수 있다. 논리란 늘 현실에 적응할 수 있는 합리를 제공하는 역할을 하기 때문이다. 따라서 그들의 비평 속에는 자아를 유지할 만한 혼이 없다.

이와 같은 혼의 결핍에 비해서 순수론자들은 혼을 통해 자아를 지키고자 한다. 그들은 현실에 대해 어떤 논리도 갖고 있지 않다. 뿐만 아니라 현실의 위기에 대한 투철한 분석력도 없으며 현실 자체에 대해 문외한이기까지 하다. 그럼에도 그들에게는 간직하고 싶은 것이 있으니 그것이 바로 영혼이다. 그들은 궁핍한 현실에 대한 느낌을 통해 자신의 영혼을 지키고 싶어한다. 왜냐하면 현실이 궁핍할 때는 견딤만이 새로운 세계를 기다리는 자아를 지킬 수 있기 때문이다.

伐木丁丁이랬거니 아람도리 큰솔이 베허짐즉도 하이 골이 울어 맹아리 소리 쩌르렁 돌아옴즉도 하이 다람쥐도 좇지 않고 멧새도 울지 않아 깊은 산 고요가 차라리 뼈를 저리우는데 눈과 밤이 종이보다 희고녀! 달도 보름을 기달려 흰 뜻은 한 밤 이 골을 걸음이란다? 웃절 중이 여섯 판에 여섯 번 지고 웃고 올라간 뒤 조찰히 늙은 사나이의 남긴 내음새를 줍는다? 시름은 바람도 일지 않는 고요에 심히 흔들리우노니 오오 견디란다 차고 兀然히 슬픔도 꿈도 없이 長壽山 속 겨울 한밤내—

—정지용의 「長壽山 1」 전문

슬픔도 꿈도 없는 차가운 현실에서는 견딤으로서만 자아를 유지할 수 있는 것이다. 당대의 현실에 대한 정지용의 「장수산」과 같은 대응 방식은 순수론자들에게 하나의 푯대와 같은 것이다. 논리는 또 다른 논리, 즉 논리의 근원인 힘이나 합리에 의해 얼마든지 부숴질 수 있는 상대성을 지니고 있다. 또한 당대의 문제는 그와 같은 논리에 의해 파악되고 극복될 수 없다. 따라서 정세의 궁핍 문제는 단순한 논리의 문제가 아닌, 일제의 억압에 의한 정신 혹은 혼의 문제이다. 왜냐하면 논리가 힘을 동반하는 것이라면 그 논리에 대응하는 방식은 신채호와 같이 무정부주의적 논리를 통해 적과 싸우지 않으면 안 된다는 결론이 나오기 때문이다. 논리가 상대의 논리를 부정하고 비판할 수 있으려면 그 논리에는 힘이 있어야 한다. 그러나 30년대 주지주의나 리얼리즘의 논리는 일제의 억압 논리에 적절히 대응할 수 있는 힘으로서는 역부족이었다. 왜냐하면 그 논리가 개별화되었고 식민지적 현실에서 검증되지 못하였기 때문이다. 그러므로 그들은 현실의 위기에서 조급하게 논리의 수용에 급급하였을 뿐 자아의 내면을 그 논리에 실어 힘을 얻지 못한다. 이에 혼을 잃어버릴 수 있다. 혼을 잃은 논리는 쉽게 힘의 논리에 자아를 빼앗길 수 있다.

이러한 논리의 부정적인 면을 비판하고 나타난 것이 순수론이다. 순수론자들은 자신의 혼 혹은 문학의 혼을 통해서 현실의 위기에서 자아를 지키려고 한다. 그들은 현실의 강한 논리와 힘에 대적하기보다는 자아를 온전히 지키거나 자아의 내면을 탐구함으로써 논리에 대응할 수 있다고 믿는다. 그들은 현실의 위기를 논리의 위기로 보기 때문에 논리로써 현실을 분석하거나 논리로써 현실에 대응하려 하지 않는다. 그보다는 순수로서의 자아의 내면의 감정을 순수 그 자체로 지킴으로써 오히려 자아가 그대로 보존될 수 있을 것으로 본다. 적어도 순수론자들이 도피적이라는 비판을 받는다 하더라도 이와 같은 순수로서의 자아를 지키려는 자세는 극히 문학적이라는 점에서 의의가 있다. 문학이란 상상력의 소산이다. 상상력이란 감각이나 비현실을 통해서 현실을 극복하려는 문학적 장치이다. 그러므로 상상력은 문학의 기반이며 문학 양식의 특수성이다. 이 상상력이 순수론자들의 현실 대응론이라고 할 수 있다. 현실의 자아를 버림으로써 자아를 지킬 수 있다는 인식이 여기에서 생기기 때문이다. 그러므로 순수론자들은 철저히 문학주의자이며 창작주의자들이다. 그래서 문학적 상상력 속에 자아의 내면을 담아 놓음으로써 부정적이고 타락한 현실을 괄호로 쳐버릴 수 있다는 사고를 그들은 갖는다. 뿐만 아니라 감정의 유통을 통해서 상호 연대를 가질 수 있다는 인식을 갖는다. 따라서 그들은 부르주아적 순수 내면을 소유하여 비평의 창작성을 중요시하고 논리를 배제한다. 또한 비평가는 작품에서 작가의 영혼을 읽어야 하고 비평가 자신의 순수성을 발견해야 한다. 왜냐하면 문학이란 그 자체가 순수한 상상력으로 이뤄져 있기 때문이다. 30년대 순수론자들의 의의가 여기에 있다.

순수론자들은 자신이 부르주아 계급임을 숨기려 하지 않는다. 따라서 그들은 부르주아 계급의식을 갖고 부르주아 문학론을 활성화시키는 데에 적극적이다. 그들은 문학의 터전이 부르주아 의식 속에 있다고 보고 부르주아 의식을 철저히 자아화함으로써 조선문학의 질곡이 극복될 수 있다고 본다. 그 문학은 그들에 의하면 정치나 현실의 협잡물을 제거한 순수의 상상력에 의해 창조된 세계이다. 이와 같은 믿음을 갖고 있기 때문에 그들은 개인주의자이며 상상력에 의존해 있는 신비주의자이기도 하다.

　위의 정지용 시에서와 마찬가지로 견딤으로서의 순수를 비평의 주제로 삼은 비평가로 우리는 김환태, 김문집, 박용철, 김동리 등을 들 수 있다. 그들 사이에는 약간의 편차가 있기는 하지만 전체적으로는 견딤의 차원에서 살필 수 있을 것이다. 김환태나 박용철이 감동이나 영혼에 치우쳐 있다면 김문집은 기교, 즉 재주에 치우쳐 있고, 김동리는 인간성 옹호로 나아간다. 그러나 그들의 편차는 전체적인 방향에서 볼 때 순수의 지향이라고 해도 무방하다. 왜냐하면 그들은 하나같이 현실의 궁핍보다는 문학 자체에 내재해 있는 혼이라든가 창조적 정신 등에 보다 깊은 이해를 갖고 있었기 때문이다. 그러므로 그들은 리얼리스트에게 대항하고 주지주의를 비판한다. 왜냐하면 그들의 입장에서 보면 주지주의자나 리얼리스트들은 비평가의 비평적 정신 혹은 창조적 영혼이 없고 오직 날카로운 합리에 머물러 있어서 작품을 왜곡 평가하거나 작품의 창조성을 부정할 수 있기 때문이다. 그러므로 김환태가 리얼리스트에 대해 강한 저항감을 갖고 있다면 김문집은 주지주의자에 대해 저항감을 보인다. 그러면 다음에서 그들 사이 각각의 편차를 확인하면서 문학적 담론에 대한 내용과 문제점을 살펴보기로 하자.

　먼저 김환태의 경우를 살펴보기로 하자. 김환태는 자칭 예술지상주의자이며 순수론자이며 낭만주의자이다. 따라서 그는 작가를 천재로 보며 작가의 창조적 산물인 작품을 무목적적인 자유의 산물이라고 한다. 다시 말하면 작가는 현실을 모방하고 저항하는 존재가 아니라 현실 너머에 있는 근원을 바라보는 존재로서 진정한 자유인이며 생명을 탄생시키는 존재이다. 그러므로 작가는 동경과 신비와 경이 속에서 살며 보통 사람은 갈 수 없는 환상의 세계에 사는 사람으로서 어린애처럼 청신한 감각으로 상상하고 직관하며 무목적적으로 살아가는 창조자이다.

그것은 사상(寫像)에 있어서의 관념적 내용을 직관하고 구상화하는 감각적 상상이다. 그러므로, 정밀하고 청신한 감각적 상상을 가지기 위하여 예술가는 그의 생활태도에 있어서도 어린애와 같이, 생활을 어떤 외적 목적에 봉사시키는 것이 아니라 생활 그것을 위한 생활을 하지 않으면 안 된다.[1]

이와 같은 어린애의 무목적적, 감상적 상상이 예술가의 창조정신이라고 보기 때문에 그는 예술에서 가장 중요한 요체로 감정을 든다. 그는 예술이란 예술가의 천재적인 상상력을 통해 진정한 아름다움과 자유 정신을 표현하며, 그리하여 사람들에게 감동을 통해 사랑과 동정을 가르치며 이상적 열정과 인생에 대한 새로운 희망을 고취시켜 준다고 한다. 즉, 그는 예술이란 감정의 표현이요, 감정이입을 통해 사람들에게 상호 이해를 도모하는 사랑과 동정의 매개체라고 본다. 그러므로 만일 예술이 사회에서 어떠한 기능을 할 수 있다면, 그것은 반목과 질시를 감소시켜 사람들에게 지속적 감정의 일치를 초래하는 것이라고 한다.

김환태는 자칭 예술지상주의자이다.[2] 예술지상주의자로서 그는 자신의 문학관에 철저하다. 그러므로 그는 예술의 세계를 신비의 세계 혹은 환상의 화원으로 보며, 그 환상과 신비의 화원은 예술가의 초월적이고 천재적인 감각이 살아 숨쉬는 곳이며, 그곳에서 예술가는 자신의 천재적인 능력으로 사람들에게 기쁨과 희망을 주어 삶을 충만하게 하고 서로 교통할 수 있는 아름다움을 준다고 한다.

---

1) 『김환태전집』(문학사상사, 1988), p. 24.
2) 「여는 예술지상주의자-남도 그렇게 부르고 나도 자처한다」, Ibid., p. 103.

위와 같은 예술관이 그대로 비평관으로 옮겨진다. 예술지상주의자답게 그는 비평과 작품 사이에서 작품 제일주의로 나아간다. 작품은 아무도 침범할 수도 없고 어느 누구도 비판할 수 없는 완벽한 세계를 이루고 있다는 게 그의 생각이다. 그러므로 그는 재단 비평이나 주지주의적인 논리적 해석의 비평에 대해 비판한다. 작품 자체가 이미 완벽한 세계로 구성되어 있는데 그 작품에 대해 재판관적인 자세에서 그 작품을 비판하는 것은 예술가의 창조적인 정신을 해치는 것이며, 지적이거나 논리적으로 작품을 분해하는 것 또한 예술의 기본 요건인 감정을 이해하는 데에 방해가 된다는 것이다. 그렇다고 비평을 부정하는 것도 아니다. 그에 따르면 비평가는 작품이라고 하는 예술의 화원을 순례하는 순례자로서 작가의 특이 체험을 따라가는 존재이며, 작가의 내적 체험을 이해하는 협동자이며 변호사이며 초상화가이다. 그는 문학을 비현실의 높은 경지에 올려놓고 보기 때문에 아무도 거기에 다가갈 수 없다고 본다. 이와 같은 문학에 대한 예술지상주의적인 시각으로 인해 그는 리얼리즘적인 재단 비평이나 작품의 수준을 평가하는 주지주의 비평을 부정한다. 왜냐하면 그는 문학을 예술로 보아 아무도 그 경지에 접근할 수 없는, 작가의 지고지순한 감정의 산물이라고 보기 때문이다. 그렇기 때문에 비평에 대해서도 제한을 둘 수밖에 없으며 협력자, 이해자, 변호사, 초상화가로서 비평가의 위상을 제한할 수밖에 없게 된다.

　문예비평가는 먼저 자기를 말하여야 한다. 한 작품에서 어떤 감동과 기쁨을 받았는가를, 그리고 그로 인하여 자기가 얼마만큼 변모되었는가를 고백하여야 한다. 정연한 논리를 세우기는 쉽다. 그러나 자기를 표현하기는 어렵다. 문예비평가가 창작가와 함께

자기 표현의 고통을 맛보는 것은 오직 이 길을 통해서인 것 같
다.3)

　창작에 비하여 비평의 위상을 좁히는 이러한 시각은 1930년대
문단의 경향으로서는 있을 수 있다. 왜냐하면 30년대는 프로문
학의 폐해로 인해 창작이 왜소해지고 비평이 우월하던 시기를
거쳐 왔기 때문이다. 특히 프로문학의 정론적인 비평이 가져온
재판관적인 자세가 비평무용론으로까지 몰고오는 사태를 빚은
현실에서 그는 비평의 몸을 낮춤으로써 비평을 통한 문학적 담
론을 복원하려는 듯이 보인다. 그가 주지주의에 비해 리얼리즘
을 더욱 비판하여 리얼리스트들을 문단정치꾼으로까지 비난하
고 있는 것도 당대의 자기합리적인 정론적 비평에 대한 반발
때문이다.4) 비평에 대한 위와 같은 논리 속에는 당대의 정세적
위협과 비평무용론 속에서 창작이 활성화되고 당대 식민지 민
중의 고통을 감소시킬 수 있어 행복과 희열을 찾아줄 수 있다
는 의식이 들어 있다. 다시 말하면 문단적으로는 창작의 열기를
부여하여 문단을 활성화시킬 수 있을 뿐만 아니라 정세적 위협
에서 벗어날 수 있고, 민중의 고통을 위무하여 희망과 기쁨을
주어 궁극적으로는 감정적 연대까지를 이룰 수 있다는 의식이
김환태의 예술지상주의적인 비평관이라고 할 수 있다.

　또한 예술은 감동을 통하여 동일한 감정에 유화케 하여 권세욕
이나, 명예욕이나, 황금욕 때문에 서로 반목질시하는 사람들을 결
합시킨다. 동일한 감정을 끊임없이 환기함으로써 예술은 사람에

---

3) 「비평문학의 확립을 위하야」, Ibid., p. 80.
4) Ibid., p. 84.

게 지속적 감정을 끊임없이 환기함으로써 예술은 사람에게 지속적 감정의 일치를 초래한다. 그리고 이 지속적 감정의 일치를 통하여 우리에게 동족애를 부어 주며, 인류애에 눈뜨게 하여 준다. 이리하여 에술은 톨스토이가 말한, 사람과 사람과의 '내면적 일치'를 초래할 수 있으며, 귀이요가 말한 '사회적 결합성'을 가질 수 있는 것이다.5)

위와 같은 심리적 연대론이 옳으냐 그르냐를 떠나서 우리는 그가 문학적 담론의 사회적 역할에 대해서 간과하지 않고 있다는 것을 알 필요가 있다. 그는 결코 비평의 사회적 기능에 대해서 무시하지는 않는다. 오히려 당대의 창작계나 문단의 현상을 살펴보면 김환태의 창작 제일주의적 문학론이 지향하고 있는 바가 무엇인지를 대강 이해할 수 있을 것이다. 즉, 심리적 연대론은 곧 당대의 문단이나 작단 혹은 민중의 감정적 피폐에 대한 비평적 처방에서 비롯한 것이다. 저널적 상업주의와 흉흉한 전쟁이 엄습하고 있는 현실에서 프로문학적인 리얼리즘이나 주지주의가 문단정치의 하나로 이해될 때 순수론으로서의 창작을 통한 감정적 연대론은 하나의 길을 제시하고 있는 것이라고 하지 않을 수 없다. 감정이란 무형의 흐름이다. 그러므로 감정은 공동의 대상에 대한 공동의 의식을 담고 있지 않을 경우 연대가 불가능하다. 뿐만 아니라 신비한 감정을 창조하기 위해서는 현실 부정을 통한 새로운 세계의 염원을 강하게 표현하지 않고는 불가능하다. 이런 사정으로 볼 때 다음과 같이 독자, 작가, 비평가의 연대를 넘어 창작적 비평의 길로 나아가는 김환태의 역정을 이해할 수 있을 것이다.

---

5) Ibid., pp. 26~27.

그리고 감상의 측면으로 볼 때 진정한 비평가는 일반 독자보다도 높은 문학적 교양과 심미적 훈련이 있는 사람이요 따라서 감상력이 발달된 부류의 사람이므로, 가장 아량 있고 편견과 고집 없는 진실한 독자가 비평을 읽음으로써 자기의 어떤 인상과 작품상을 평가의 그것에 비함으로써, 자기의 감상력의 배양에 많은 도움을 얻을 수 있는 것이다. 그리고 그뿐 아니라 가장 중요한 것은, 비평이란 일종의 창작이라는 그 일면에 있어서 독자는 비평 그것을 일종의 창작품으로서 감상할 수가 있는 것이다. 이리하여 우리는 생트 뵈브나 콜리지나 매슈 아놀드나, 아나톨 프랑스나 월터 페이터의 비평문을 그곳에 나타난 그들의 창조적 활동과 개성을 감상함으로써 충분히 행복과 유열을 느낄 수 있는 것이다.[6]

그는 작가와 비평가와 독자의 연대를 바라고 있었던 것 같다. 비평가를 작가의 협력자로 보면서도 독자에게는 창작가로 인식되도록 한다는 것은 작가의 천재적인 작품을 보호하고 변호하는 글인 비평을 창작의 개성적인 활동으로 이해하여 독자로 하여금 감정적인 연대에 참여할 수 있도록 하기 위함이다. 비평가가 사상을 논하거나 논리적 분석에 그친다면 그 비평 속에서 작품의 핵심인 감정이 온존하지 못하여 행복과 희열을 느끼지 못하게 할 뿐만 아니라 작가—비평가—독자의 연대라는 감정의 교환이 저해된다. 그러므로 그는 비평의 창작적 상상력을 높이 평가하며, 정지용이나 이태준과 같이 순문학적이고 감각적인 작가나 시인에 대해 점수를 후하게 준다.

김환태는 열정을 높이 평가하고 있다. 그 열정의 사회적 근원

---

6) 「작가·평가·독자」, Ibid., pp. 54~55.

이나 기능에 대해서는 말한 바 없으나 낭만주의 시론을 주장한 박용철과 함께 문학의 고고함이나 심혼의 불꽃을 중시하고 있다. 그 불꽃을 예술지상주의나 낭만주의적으로 처리하고 있기는 하나 1930년대 비참의 극으로 나아가는 현실에서 감정을 살아 숨쉬게 했다는 점에서 김환태나 박용철의 문학적 담론이 갖는 의의가 있을 것이며, 절대의 벽에서 논리를 넘어선 감정의 힘이 갖는 의의가 있을 것이다.

하지만 감정의 근원이나 사회적 역할 등에 대해서는 전혀 언급함이 없이 오직 문학 자체의 환상적이고 신비한 세계를 추구하는 것은 현실도피적이고 개인주의적인 문학관이라고 하지 않을 수 없다. 다시 말하면 논리를 부정하고 분석을 부정하고 오직 느낌을 통해서 긍정할 수밖에 없다는 것은 현실에 눈감는 것 이상이 아니며, 문학을 왜소화시켜 버리는 것 이상이 아니다. 비록 그가 감정의 사회적 연대화를 지향했다 하지만 현실에 대응하지 않는 감정이란 악일 수 있으며, 현실에 대해 느낌만으로 대응하는 것 또한 유아적 자세 이상이 아니다. 그가 작가를 어린애로 비유한 데에서 알 수 있는 바와 같이 몽롱한 유아적 순진함으로 현실을 보려는 것이 김환태의 문학적 담론이라고 할 수 있다. 직감과 열정과 혼을 통해서 문학적 담론을 만들어 간다면 그 담론에서는 느낌을 통해서만 상호 교통적 담론을 형성할 수 있을 것이다. 그러므로 그의 담론은 극히 개인주의적인 심리학에 의존할 수밖에 없다. 김환태는 작품에 갇혀 있었으며 환상이라는 늪에 갇혀 헤어나지를 못하고 있었다. 비록 그가 세대 논쟁에서 신인의 편에 서서 작품 행동을 언급하였다 하더라도 그가 갇힌 순수의 감옥에는 현실이 없다.

다음으로 김환태의 감정론과는 달리 기교를 통해서, 김환태가 지향하려고 했던 창조적 비평을 주장한 김문집의 경우를 보기

로 하자. 김환태가 리얼리즘에 대응하여 정감의 순문학론을 폈
다면 김문집은 주지주의에 대응하여 기교주의적 순문학론을 편
다.[7] 김문집도 김환태와 마찬가지로 예술지상주의자로서 예술
의 절대 순수를 지향하며, 예술의 완전 자유를 주장한다. 그 절
대 순수나 완전 자유는 현실이나 사상의 백치성을 의미한 것으
로 절대의 신의 경지이며[8] 혼의 세계이며, 여성적인 세계이다.
따라서 예술의 세계는 기호나 언어로써 보이지 않는 세계이며,
호흡을 통해서 느끼는 영역이며, 생물로서의 존재이다. 이 생명
체로서의 예술은 그 나름의 독립한 절대의 세계이므로 감각과
호흡을 통해서 이해될 수 있으며, 작가는 "글자로서 보이지 않
는 그 호흡을 독자에게 호흡시키는 재주"를 갖지 않으면 안 된
다.[9] 그는 미를 절대의 세계라고 보며 작가는 그 절대의 세계
를 감수성을 통해 스스로 체득한 자로서 디오니소스적 도취성
을 통해 순수 경험을 표현하는 자라고 한다. 그러나 이와 같은
절대로서의 작품이란 작가의 기교에 의해서 작품으로 완성될
수 있는 계기를 갖게 된다고 하여 기교를 중요시한다. 그는 기
교를 재주로 본다. 즉, 감수성으로 순수 경험을 재구성하여 미를
완성하는 것을 작가가 생명체로서의 순수의 혼을 독자에게 호
흡하게 하는 기술이라고 한다. 따라서 그의 재주론은 혼의 재현
이라는 기교론이며 작가의 개성론이며, 과학적 논리가 아니라
낭만주의적 표현론이며 에세이적 감각이다. 여기에 그의 기교론

---

7) 김환태가 임화에 대응한 데에 비해 김문집은 주지주의자 중에서도 최재
서에 대응하여 기교론을 펼친다. 김문집이 기교를 중요시한다는 점에서 주지
주의적인 기교론과 겹치기 때문이기도 하지만 아카데미즘적인 최재서에 대한
비판이기도 하다.
8) 김문집, 『비평문학』(천색지사, 1938), p. 341.
9) 「전통과 기교문제」, Ibid., p. 174.

이 과학적이고 논리적인 기법의 문제라기보다는 감각적이며 낭만주의적임을 우리는 알 수 있다.

그의 순수 예술론으로서의 기교론 혹은 재주론은 무엇보다도 절대로서의 미의 세계와 창조적 정신의 추구로 나아간다. 이 창조적 정신과 미의 세계는 다시 혼의 상호 교통이라는 유기성을 통해 전체로 발전하는 과정에서 완성된다. 혼을 호흡시키는 호흡이 예술이라는 데서 그러한 의미를 잘 살펴볼 수 있을 것이다. 그러나 혼의 상호 교통이 백치미적 혼을 통해서만이 가능하며 디오니소스적이며 절대적이면서 무로서의 신의 경지를 통해서만이 가능하다고 하여 과학적이며 논리적인 모든 틀을 거부한다. 즉, 그는 작가의 창조적 정신이나 감수성으로서의 혼을 중요시한다. 특히 이런 예술관은 비평론을 통해서 더욱 확연히 드러난다. 그는 비평을 과학이나 논리의 세계와 구분하기 위해서 '비평문학', '비평예술'이라는 말을 사용하여 비평의 창조적이고 예술적인 면을 강조한다. 따라서 그는 비평이 그 어떤 문학작품 못지않은 예술이라고 본다. 그가 비평을 예술이라고 보는 데에는 비평이 창작의 요체를 지니고 있는 정제품이라고 보기 때문이다.

예술은 물론 과학과는 대립하는 하나의 재주다. 개성의식인 이 재주를 그렇지 않은 과학의 척도로써 평가할 때 그때의 그 비평은 예술 또는 문학과는 별개의 사물인 한 편의 과학적 재료에 지나지 못한다. 오직 대상(작품)의 그것보다 더 높은 미적 가치를 추구하는 다른 어떤 재주의 소선일 적에 한해서 그 비평은 대상과는 별개의 가치체로서의 제이의 創作이 되는 것이다. 이 경우의 批評은 創作의 副産物이 아니고 창작을 원료로 하는 精製品이다.[10)]

　　김문집은 문학을 재주로 보기 때문에 과학적 분석을 거부하며, 비평을 그 재주에 의한 창작이기 때문에 창작문학으로 본다. 따라서 그는 비평에도 작품에서 요구되는 모든 창작적인 요인을 그대로 요구하여, 개성이나 재주나 감수성 등을 비평가의 필수적인 요건으로 여긴다. 따라서 그는 「비평방법론」에서 비평을 창작할 때는 비유를 사용하고 유머를 쓰라고 하거나 논박에 말려들지 말라고 한다. 이와 같이 비평에까지도 재주론을 내세워 과학적이고 논리적인 분석을 부정하고 감수성과 재주를 요구하는 데는 그의 순수 문학론이 감각성을 중심으로 형성되었기 때문이다. 그는 문학을 논리로 설명할 수 없는 재주로 보기 때문에 디오니소스적인 도취성을 요구하며 백치의 순수성을 요구한다. 그러나 우리가 김문집의 비평론에서 간과할 수 없는 바는 작가와 비평가, 독자의 관계를 혼을 통한 연결로 본다는 데에 있다. 그는 문학의 기능을 김환태와 마찬가지로 인간의 감정적 연대에 두고 있는 것 같다. 다시 말하면 백치적인 순수 경험의 연대를 통해 감각의 통일성을 요구하는 것 같다. 이는 그가 작가를 아내로 보고 비평가를 남편으로 보는 데에서 더욱 확연히 드러난다.[11] 그러나 그는 점점 비평예술론에 함몰되어 그와 같은 연대의식을 상실해 가면서 비평이 작품과는 별개라는 데까지 이른다.

　　일즉 나는 어떤 論文에서 批評은 再批評의 藝術이라는 論理를 展開했다. 이 말은 創造된 價値體(作品)를 材料삼아 새로운 作品(批評)을 다시 하나 創造한다는 뜻만은 아니다. 그런 뜻도 물론

---

10) 「비평예술론」, Ibid., p. 61.
11) 「비평예술론」, op. cit., p. 61

含蓄되어 있으나 批評 對象인 作品이 없어도 生成할 수 있는 一
種 高次的인 價值創造의 藝術이란 듯이 더 重했다.[12]

이와 같이 작품을 대상으로 하지 않는 비평예술론엔 독자가
설 공간이 없다. 비록 비평의 창조성을 통해 비평의 새로운 영
역을 확보하기는 했다 할지라도 비평의 공간을 축소시키고 있
음에는 틀림없다. 혼을 통해서 작가—비평가—독자 사이에 만들
어졌던 공간을 배제하여 창작—독자의 공간으로 단순화시키고
있어 비평에서 있을 수 있는 논리나 분석을 배제하여 버리고
있다. 따라서 그의 비평은 에세이로 흘러가거나 미학으로 나아
가는 길을 택할 수밖에 없게 된다. 그가 「조선문학의 미학적 수
립론」을 통해 조선문학의 미학을 추구하는 것이나, 언어 탐구를
비평의 주제로 삼는 것이나, 촌평을 통해 비평의 가십화를 지향
하는 것 등은 사회적이고 현실적인 공간을 최대로 억제하려는
그의 미학적 편견에서 비롯한다. 이러한 미학적 편견은 병적 허
무나 미학에 대한 극단적 추구을 남긴다.

價值—그것이야말로 根源을 '虛無'에 두고 發生을 '피'에 감직
하는 것으로써 이것의 造成은 오로지 '抱擁'으로써 그의 全過程
을 삼는 것이 아니면 아닌 것이다. 虛無는 (虛構와는 冰炭之間
인) 創造의 바탕이요 피는 (悲慘과는 形而上과 形而下와의 相違
인) 歡喜의 實呼吸이요 抱擁은 (無限滿足에의 非主觀的이요 非客
觀的인) 造物意識이니 가치의 張本主인 藝術의 風貌 또한 이에
방불하다 할까.[13]

---

12) 「비평방법론」, Ibid., p. 202.
13) 「비평예술론」, Ibid., p. 77.

김환태가 텍스트에 갇혔다면 김문집은 감각적 혼에 갇혀 있다. 이 혼은 현실적 바탕이 없이 환상 속으로만 질주하여 비평가로 하여금 자아의 내면에 갇히게 한다. 그의 내면은 창조성이라는 감각의 혼에 의해 현실이 대체되고 논리가 부정된다. 따라서 김문집의 비평에는 공동체 의식이란 존재하지 않으며 오직 병적 개인의 상상력만이 자리잡는다. 그리고 이 개인의 병적 상상력에서는 언어의 기교를 통해서 나타나는 디오니소스적 도취성의 허무만이 있다. 이 허무 속에는 조선어의 미학이 있기는 하지만 그 조선어는 육욕적 기교로서의 언어일 뿐 삶의 현장에서 얻어진 매체는 아니다. 백치미가 낳을 수 있는 것은 디오니소스적인 마취적 신이 지배하는 세계일 뿐이기 때문이다. 그래서 김문집에 대한 비판은 김환태에 대한 비판을 그대로 적용해도 될 줄 안다. 즉, 그들은 예술지상주의자의 병적 감정에 함몰되어 있다.

김환태나 김문집의 예술지상주의가 문학정신을 부정하는 자리에서 비롯한다면, 이 예술지상주의적인 정신없음을 극복하고 새롭게 시대에 대응할 수 있는 예술혼을 찾으려 한 경우가 김동리의 신세대론적 작품 행동론이다. 김동리는 유진오와의 세대논쟁을 통해서 순수의 시대적 의의와 가능성을 내보인다. 그것을 그는 문학정신이라고 한다.

이 '純粹'야말로 이미 眞實한 新人 作家들이 획연히 獲得한 自己들의 世界요, 三十代 作家들의 모든 非文學的인 野心과 政治主義에 획연히 對立하는 精神이며 그에 挑戰하는 精神이다.[14]

---

14) 김동리, 「'순수' 이의—유씨의 왜곡된 견해에 대하야」, 〈문장〉 1939. 8, p. 144.

위와 같은 반정치주의적이며 세대론적 현실 감각을 통해서 순수는 새로운 가능성을 찾는다. 그것은 문학정신으로서의 현실 감각일 뿐만 아니라 현실에 대한 도전이기도 하다. 이렇게 순수가 새로운 가능성으로 자리잡을 수 있게 된 것은 그 순수의 의미가 40년대 문학의 가능성으로 자리잡을 수 있다는 데에 있다. 더욱이 전망 부재의 30년대 말 신인으로서의 김동리의 인간 탐구적 작품 행동의 의의가 여기에 있을 것이다. 특히 김동리에 와서 순수의 의미가 도전의 정신이며 대립의 정신으로서의 문학사적 의미가 부여된 것은 40년대에 가질 수 있는 전망으로서의 순수와 연결된다는 점에서 의의가 있다. 이 전망으로서의 순수는 말할 것도 없이 새로운 시대의 인간상에서 찾아진다. 구세대가 문학의 정세론적 담론을 통해서 당대의 위기를 극복하려고는 하지만 그 극복 방법이 문학적 담론의 왜소화를 가져왔을 뿐이라는 점을 감안할 때, 신인으로서의 김동리의 신인간 탐구의 순수 정신은 문학적 전망으로서의 의의를 갖는다고 할 수 있다. 그러므로 유진오의 신인 비판이 구세대적이며 30년대적 의미를 띠고 있다면, 그리고 그것이 전망의 부재와 연결된다면 김동리의 순수론은 전망을 껴안으려는, 그리하여 해방 후로 연결될 수 있는 가능성을 안고 있다.

그러나 비록 김동리의 신인 옹호론이 전망을 보이려는 정신으로서의 순수를 말하고는 있지만 아직 그 순수의 구체적인 의미는 인간 탐구 이상을 발견하지 못하고 있다. 왜냐하면 아직 신인간 탐구의 구체성이 없기 때문이다. 즉, 절망 속에서 새롭게 살아 숨쉬는 인간형이나 전형으로서의 인간형을 그들의 작품이나 논리에서는 아직 찾아지지 않는다. 그러므로 30년대 김동리의 순수론에는 '문학적 표현'이라는 의미가 중심을 이루고 있지만 그 문학적 표현이라는 말에는 작품화라는 의미 이상이

들어 있지 않다.

5) 비평의 개별성과 시사성

1930년대 비평은 1920년대적 논쟁이 많이 줄어든 대신 다양한 비평이 나타나 논쟁이나 시평, 월평, 총평 등이 계속 씌어지면서 작가론이나 작품론, 단평 등이 20년대에 비해 제역할을 찾거나 새롭게 전개된다. 따라서 이론과 에세이적 감각은 자신의 영역을 넓혀 가며 세분화해 가는 경향을 보인다. 먼저 이론은 비평의 위기를 극복해 줄 만한 새로운 논리를 요구하면서 영미 주지주의 문학이나 불란서 행동주의 문학의 수용과 프로문학의 한계를 극복하기 위한 사회주의 리얼리즘의 수용 등에 따라 활발하게 전개된다. 따라서 이론은 문단의 새로운 환경에 필요한 논리를 제공해 주는 성격을 지니고 있다. 당대가 범자본주의적 현상으로 나타나고 있는 파시즘적 위기에 봉착해 있었으므로 식민지에서도 제국주의의 변두리에서 그와 같은 국제적 변화를 감당하지 않을 수 없었다. 그러므로 세계 중심의 논리를 수용하지 않을 수 없게 된다. 그러나 식민지는 식민지 나름의 특수성을 지니고 있었기 때문에 제국주의적 논리를 무조건적으로 수용하기란 어려웠다. 따라서 세계 중심 사회의 논리를 그대로 수용하기 위해서는 그 논리가 우리 실정에 맞는지 맞지 않는지를 검증하지 않으면 안 된다. 논리는 주로 이와 같은 갈등을 통해 발전하고 있다. 물론 30년대 비평의 이론은 20년대적 비평에서 볼 수 있는 정론적 논리가 갖는 한계를 극복하기 위해서 새롭게 받아들인 논리이다. 그러나 30년대에는 자의식이 강하게 대두되어 서구 중심의 이론을 쉽게 자아화할 수 없게 된다. 이에 수입 이론은 자의식을 통해 끊임없이 검증되는 과정을 거치지 않으면 안 되게 된다. 이는 에세이적 비평에 있어서도 마찬가지이다. 30년대에서 에세이적 감각은 주로 비평가의 개별적 작업으로 나타나거나 저널리즘의 영향을 입어 저널 편집자의 요구에 의해 씌어지는 경향을 보이고 있다.

그러므로 30년대 비평의 성격을 한 마디로 말하면 개별성과 시사성을 띠고 있다고 할 수 있다. 다시 말하면 30년대 비평은 20년대 비평에서 보듯 집단적이거나 논쟁적인 성격을 띠지 않고 개별적이며 시대적 특수성의 성격이 강하게 자리잡고 있다. 개별성이란 30년대의 비평이 20년대와는 달리 부르주아 지식인 개개인의 자유로운 감각을 통해서 시대적 감각을 읽고 그 시대적 감각을 통해서 나타나는 논리이며 감각이다. 따라서 이론이나 에세이적 비평은 계급동맹의 공동 작업이라기보다는 계급의 내적 본질적 의식에 따른 자유로운 성격을 띤다. 이 자유로운 계급적 표현에 의한 이론이나 에세이적 비평은 비평가 개개인의 역할이나 시대적 감각 혹은 세계관에 의해 좌우된다. 이미 부르주아 지식계급이 뿔뿔히 흩어진 현실에서 그들의 이론이나 에세이 또한 개별적으로 나타날 수밖에 없었다. 또한 저널리즘의 영향으로 나타난 시사성도 무시할 수 없다. 저널리즘이 20년대적 비평의 환경을 배제하고 상업적으로 흐르면서 시사적이며 일상적인 산물로 비평의 위상은 떨어진다. 이론이나 에세이가 모두 감각적이고 시사적인 양상을 띠지 않을 수 없게 된다.

먼저 이론을 보면 문학 일반론적 성격의 논리뿐만 아니라, 문학 내적인 작가론이나 작품론이 활발하게 전개되면서 문학 내적 논리가 확대된다. 그 동안 이론은 작가나 작품의 내재적인 논리를 펼치지 못하고 정론성에 함몰되어 있었다. 그러나 30년대에 이르러 작가, 작품론은 20년대에 비해 정론성이 배제된 채 시사성과 객관적 논리성이 주로 나타나고 있다. 그리하여 김동인의 「춘원연구」라는 본격적 작가론을 낳는다. 「춘원연구」는 평전의 성격을 띠고 있을 뿐만 아니라 논리성을 강하게 띠고 있다.[1] 이와 같은 문학 내재적인 논리는 부분적으로 시사성과 저널적 감각과 혼합하고 있는 현상도 나타나고 있기는 하지만 작가, 작품론으로의 전개는 한 대세인 듯하다. 이러한 대세로서의 작가, 작품론은 저널적 영향과 개별적 작업으로 인한 현상이기도 하지만 다른 한편 정세적 특수성으로 인한 논리의 내면화 때문이다. 그렇다고 논리 속에 시사성이 전혀 없었던 것도 아니다. 오히려 시사성이 훨씬 강했다고 할 수 있다. 왜냐하면 당시 비평가들은 저널리즘적 상업성과 개별적 감각으로만 현실에 대응할 수밖에 없었기 때문이다. 그러므로 논리는 에세이와 강하게 접착하지 않으면 안 되게 된다.

이런 현상은 주지주의 비평이나 행동주의 비평, 혹은 사회주의 리얼리즘에서도 잘 나타난다. 이들이 비록 강한 논리성을 동반하고는 있지만 그 논리성은 저널적 감각과 함께 유지되고 있는 경우가 대부분이다. 그러므로 이론은 늘 에세이와의 관계를 통해서 나타나며 에세이적 감각 속에서 자의식으로 나타난다. 비록 이론이 집중 연구, 토론되지는 못했다 할지라도 에세이와의 관계를 통해서 끊임없이 자의식을 통과한 점은 높이 살 만하다. 따라서 30년대 비평은 이론과 에세이가 적절한 견제 관계를 형성하고 있다고 할 수 있다. 논리는 시대적 특수성과 저널리즘적 상업성으로 개성적이며 시대적인 에세이적 감각의 영향

---

1) 김윤식 교수는 『한국근대문예비평사연구』에서 작가론이나 작품론이 저널리즘의 시사성을 띠고 있다고 비판하면서도 김동인의 『춘원연구』에 대해서는 리뷰화를 넘어서 본격적 작가론으로 자리잡고 있다고 평가한다.(p. 530)

을 입는다. 그러나 30년대 말, 1938년을 전후하여 미학적인 관심과 작가 연구 등이 나타나면서 문학 내적 논리는 확장되어 간다. 물론 이 시기에 조선문학의 위기가 극에 달하고 있었기 때문에 나타난 비정상적인 현상으로 비롯하기는 하지만 30년대는 문학 내적 논리를 발전시킨 시기이다. 30년대 이론의 특징은 20년대와 마찬가지로 외국문학의 논리에 의존하고 있으며 작가론, 작품론에 있어서는 아직도 본격적 이론으로서의 성격보다는 개인적이고 감상적인 인상적 감각이 대부분을 차지하고 있어서 이론으로서의 자립성이 낮다. 그러나 비평 자체의 논리를 획득하기 위해 비평론을 본격적으로 시도하거나 비평가론을 펼친 점은 30년대 이론이 지닌 자의식이라고 할 수 있을 것이며, 단평이나 월평 등 시사적 비평들이 단순하게 보고적이거나 가십적이어서 비평의 비속화를 초래하고 있는 데에2) 비해 30년대의 논리들은 에세이의 비속화를 막았다고 할 수 있다. 이는 에세이적 감각이 끊임없이 이론에 대한 욕구를 보이면서 30년대 비평의 내면이 형성되었기 때문에 나타난 현상이다. 그러므로 이론은 에세이로 기울 수밖에 없게 된다. 이는 에세이적 비평이 비속화되었기 때문이기도 하지만 시대에 대한 갈등을 이론이 담지 않으면 안 되었기 때문이기도 하다.

이에 비해 30년대의 평은 개성적이면서 저널리즘적 경향을 띠고 있다. 문예시평, 월평, 총평, 단평, 대담, 좌담회, 설문, 특집 등 다양하게 나타나는 30년대의 에세이적 비평은 정론성이 거의 사라지고 시사성을 강하게 띤다. 이 시사성은 신문의 지면 확대와 〈신동아〉 〈조광〉 〈중앙〉 등과 같은 종합 교양지의 성장과 함께 흥미 위주의 읽을거리로서 혹은 시류적 관심거리로서

---

2) Ibid., p.537

나타나는 상업적인 성격을 지니고 있다. 따라서 다양한 인물과 작가나 언론인 등 비전문적 비평가들이 대거 등장하여 리뷰적 비평을 보이며, 각 언론의 편집자들은 이에 걸맞게 다양한 형태의 비평을 편집한다. 특히 경쟁적으로 각 언론사들이 학예, 문화면을 시사적 관심거리로 채우거나 작품의 인상적 읽기로서의 월평, 문단적 관심사에 대한 단평을 실음으로써 이러한 에세이적 비평의 확대는 필연적으로 저널적 감각을 타고 성장하지 않을 수 없게 된다.

비록 30년대의 비평이 20년대와 같이 정론성을 띠지는 못했다 할지라도 시사성을 잃지 않았던 것도 이러한 저널리즘적 감각이 발달했기 때문이다. 1935년에서부터 나타나기 시작한 단평의 발달이라든가 작가, 시인들이 직접 쓴 월평, 총평, 좌담회 등은 문단 내외적인 관심사에 대한 시사적 바로미터이다. 그러나 이러한 비평들은 논리가 떨어지고 시사 자체에 얽매이는 경우 잡문화한다. 이런 경향은 '구인회' 이후 비평의 지도성이 불신되면서 가속도적으로 나타나는 현상이기도 하다.[3]

여기서 우리는 에세이적 비평의 의식을 문제삼지 않을 수 없다. 20년대와 마찬가지로 30년대 비평에서 에세이적 의식, 즉 개성과 시사성을 포함하는 비평의 의식이 지배적이다. 이 에세이적 의식이 30년대 비평의 글쓰기에서는 저널적 시사성으로 매워지기는 했지만 모두 그러한 것은 아니다. '고발문학론'이나 '포즈론', '인간탐구론', '리얼리즘론' 등은 겉으로는 이론의 형태를 띠고 있지만 본질적으로는 에세이적 의식으로 씌어진 비평이다. 이러한 비평은 문학정신으로서 고정화하려는 이론과 비속화하려는 에세이 사이에서 건강한 비평의 가능성을 보여준

---

3) Ibid.

좋은 예라고 하지 않을 수 없다.[4] 이는 어디까지나 저널리즘이
나 당대의 정신 현상 혹은 현실에 대한 평가의 자의식으로부터
비롯한다. 다시 말하면 에세이는 늘 이론을 향한 욕구와 시대와
자신을 향한 욕구를 동시에 수렴하고자 하는 의식 속에서 건강
성을 찾는다. 이 건강성은 에세이의 타락을 막을 수 있는 혼이
며 이론의 관조주의를 거부하는 정신이다. 그렇기 때문에 30년
대 비평은 다양한 형태를 띠고 나타나며 다양한 주조 모색을
띠고 나타나지만 비평의 방향성에 대한 자기 반성을 통해 건강
성을 잃지 않고 있다. 그러나 30년대의 비평은 대부분 저널리즘
에 의한 비속화나 가십화에서 크게 벗어나지 못하고 있는 것도
사실이다. 또한 30년대의 에세이적 비평에는 월평에서 잘 나타
나고 있는 바와 같이 문학 내재적 이론의 경향을 띠려고 노력
한다. 따라서 월평에는 순수 작품론적 성격이 다소 나타나고 있
기도 하다.

또한 30년대의 비평은 자의식을 강하게 나타내 보여주고 있
는 양상을 띠고 있기도 하다. 다시 말하면 이론과 실천이 절절
하게 조화된 고민문학론이나 리얼리즘론, 소설론, 인간탐구론
등이 논리성 못지않게 시사성과 자의식을 강하게 드러내 주고
있다. 이 자의식은 정론성이 제한받는 현실에서 비평의 자기 반
성에서 비롯하는바 현실에 대한 자아의 갈등을 표현해 주는 비
평적 존재의식이라고 할 수 있다. 이 비평적 자의식은 현실에
너무 왜소화한 논리적 자아의 허무함에서 비롯한 것으로 논리
가 더 이상 현실을 그림으로 그릴 수 없을 때 나타나는 현상이
다. 다시 말하면 30년대 지식인의 현실에 대한 폐쇄적 자의식의

---

4) 이에 대해 김윤식 교수는 문예시평이나 단평이 "응고하려는 도식에 항
거하는 한 가닥 光芒"이라고 표현하고 있다.(Ibid.)

한 형태가 이 시대 비평의 에세이적 성격이라고 할 수 있다. 그렇게 볼 때 감각적 비평의 건강성은 그 비평을 시도하는 비평가의 병적 자의식이라는 아이러니에서 비롯한다. 이러한 자의식은 순수론자들에 의해서 강하게 나타난다. 김문집, 김환태 등 순수론자들은 문학 내재적인 논리를 중시하면서도 실재에 있어서는 개성적이고 시사적인 에세이의 세계에 자아를 내놓고 있다. 〈시문학〉 이후 한 줄기를 형성하는 순수론자들은 그러므로 논리를 지향하지만 에세이적 감각을 통해서 자아를 드러내는 경향을 보인다. 그리하여 논리가 없이 감각에서 개성을 강하게 드러내 병적 자의식이 보이는 경우도 있다. 특히 이들에서는 자의식으로부터 드러나는 감정이나 상상력이 비평의 주제가 된다. 하지만 앞에서도 살핀 바와 같이 이들로부터 문학 내재적 비평이 발달하기도 한다.

　무엇보다도 30년대의 비평은 이론과 에세이 사이에서 진자처럼 흔들리고 있는 양상을 띠고 있다. 여기에서 진자는 저널적 감각과 시대적 자의식과 새로운 논리에의 요구로 인한 외국문학적 객관성이나 시대의식이 차단된 이후에 나타난 미학적 이론, 혹은 비평가의 논리성 사이를 움직이며 갈등한다. 그러나 저널적 감각에 많이 기울어져 있는 것도 사실이다. 그렇다고 그 진자가 저널적 비속 자체로 완전히 기울어져 있는 것도 아니다. 여기에 30년대 비평의 정신이 있다. 30년대 말 비평정신이 문제된 것도 이러한 비평의 자의식에서 비롯한 시대적 감각이며 비평가의 내면에 다름 아니다. 이 비평의 자의식이 일제 말의 국민문학에 어떻게 대응하고 있는가 하는 문제는 비평의 형태 못지않게 비평의 양식론에 중요한 바로미터가 아닐 수 없다. 이 문제를 해결할 때에만 해방 후 우리 비평의 양식 문제를 논의할 수 있을 것이다. 여기에서 우리는 김남천이나 임화, 최재서 등의 30년대 말, 40년대 초의 비평 양식을 문제삼을 수 있을 것이다. 김남천의 「소설의 운명」이나 임화의 「신문학사」 「본격문학론」, 최재서의 「서사시, 로만스, 소설」 등의 비평이 그 문제를 안고 있다. 이 평론들은 에세이의 감각이 관념으로 숨고 논리가 전면으로 나타나면서 자신의 범위를 좁히면서 나타난다. 따라서 임화가 「신문학사」로 나아가 역사적 유물 속에 숨고, 최재서가 서구 소설사적 논리로 회귀하며, 김남천이 서구적 시민문학론상에서 소설의 운명이라는 논리를 축으로 리얼리즘을 보편의 역사로 취급한다. 다시 말하면 임화, 최재서, 김남천 등은 한국문학의 논리를 당대적 감각으로 발전시키는 데에 한계를 느끼자 시민사회 보편의 역사로 나아간다. 그러나 그 역사적 소설론은 단말마적으로 한 시대를 마감하는 듯한 최후의 진술과 같은 성격을 지니고 있다. 그러므로 김남천의 운명 의식은 죽음에 직면한 비평정신의 최후를 논리화하고 있는 시대 감각을 지니고 있어 아이러니컬하게도 빛을 발하고 있기도 하다.

6. 친일문학론과 해방 후의 자아비판
-결론을 대신하여

필자는 그 동안 개화기에서부터 30년대 말까지 발표된 비평을 중심으로 비평의 기능을 살펴보았다. 특히 한국의 근대 비평을 담당해 온 부르주아 지식계급의 논리와 현실의식, 그리고 내면을 통해서 비평이 당대 사회의 이데올로기와 어떤 관련을 맺고 있는가를 살펴보았다. 따라서 필자는 비평을 문학적 담론으로서 뿐만 아니라 사회적 담론으로서도 인식하였다. 사회적 담론으로서 역할을 할 경우 비평은 문학이라는 재료를 통해서 부르주아 지식계급이 근대적 주체세력으로서의 이데올로기를 나타내는 한 양식이다. 그들은 때로는 감각적 어법으로 문학 내재적인 데에서 자아를 찾기도 하고, 혹은 논리적 어법으로 현실의 리얼리티를 찾아나서기도 한다. 그리하여 비평가는 자아의 내적 개성과 객관적 논리성 사이에서 시계추처럼 움직인다. 그들은 우선적으로는 서구적인 시민혁명을 지향한다. 그러나 그 시민혁명은 식민지라는 궁핍한 현실로 인해 왜곡되고 변형되지 않을 수 없게 된다. 이와 같은 왜곡과 변형이 부르주아 지식계급으로 하여금 문학에 매달리도록 하는 요인이다. 이미 그들은 근대 시민혁명에의 의지를 통해서 근대의 선구자로 일어서려 하지만 일제의 침탈과 함께 계급적 자의식을 새롭게 찾지 않으면 안 된다. 그것이 문학적 담론으로서의 비평이다.

따라서 개화기에서는 저널적 논리가 활발하게 전개되지만 1900년대에 이르면 문학적 개성론이나 풍속론 등 부르주아 계급의 문화적이며 내면적인 의식을 통해서 새로운 활로를 찾는다. 그리고 다시 삼일운동을 거치면서 문화적이며 내적인 의식은 분열을 일으켜 파편적 논쟁을 일삼다가 30년대를 맞는다. 20년대가 파편성으로 인해 논리가 성했다면 30년대는 논쟁이 사라진 대신에 해석적 논리와 고백적 자의식이 분열적으로 나타난다. 이 분열성은 비평가 개인에게서도 나타나는바 파시즘의 위협에 의한 자기분열이다. 30년대에 가십적 작품론이나 작가론을 펼치면서도 시대적 자의식을 내보인 '문예시평'이 많이 나타나는 것도 이와 무관하지 않다. 이 분열은 한편으로는 현실적 위협에 대한 생존의 모색이며, 다른 한편으로는 그 위협에 대한 모랄이다. 다시 말하면 기존의 지식과 논리로는 새로운 위협에 대응할 수 있는 힘이 없었으므로 새로운 논리의 수용, 즉 저널리즘과 영미 주지주의의 수용을 통해 논리를 보강하려고 하며, 또한 자아의 개인적 위기를 민족의 위기로 대처하면서 모랄을 갖지 않을 수 없게 된다.

그러나 30년대 말 파시즘적 위기는 극에 달한다. 이 위기는 민족적 위기이면서 개인적 위기이기도 하다. 그러므로 또다시 모랄론이나 해석적 논리로는 위기를 극복할 수 없게 된다. 창씨개명과 국어 말살의 현실 앞에서 문학의 논리가 성립될 수는 없을 것이기 때문이다. 그리하여 비평가들은 원리론으로 나아간다. 그 원리론은 시민문학론이거나 문학원론으로서 위기에서의 자아를 보호하기 위한 한 방법론이다. 김남천이 수용한 루카치의 시민문학론이나 임화의 문학사 연구, '본격소설론', 이원조의 비평정신 지향, 최재서의 성격 탐구론이 그것이다. 원리론으로 나아가는 길은 현실에서 더 이상 자신을 지킬 수 없는 상황에서 나온, 시민계급으로서의 논리를 지키기 위한 부르주아 지식계급 최후의 자의식이다. 생존에의 위협이 점점 현실적으로 다가오는 상황에서 객관과 주관이 분열되고 현실과 개인의 심리가 분열하며, 지성이 행동으로 나아가지 못하고 논리가 현실에 적용되지 못하는 상황에서 문학 또한 분열되어 간다. 임화가 「세태소설론」 「본격소설론」 등에서 주객관의 통일을 지향한다든가, 김남천이 모랄론에서 풍속소설론, 관찰문학론으로 나아가거나, 최재서나 이원조가 지성을 담보로 논리를 지키려는 노력은 모두 이와 같은 지식계급의 논리의 분열에 대한 자위성에서 비롯한다. 그러나 그들의 노력에도 불구하고 현실은 더욱 그들의 논리나 생활에 분열을 조장하여 생과 논리 사이의 간극을 넓힌다. 이에 그들은 자신의 계급적 논리를 유지하기 위한 최소한의 한계로서 시민문학론적 원론성에 매달린다.

그 동안 부르주아 지식계급은 개화기 이후 꾸준히 시민문학론을 펼쳐 왔다. 그 시민문학론은 현실의 정치 사회적 상황의 전개에 따라 변형되기는 하지만 그 기조는 변함이 없었다. 그 시민문학론을 통해서 그들은 자신의 계급적 자의식을 표출할 수 있었고, 논리와 개성 혹은 현실 사이의 관계를 변증법적으로 유지할 수 있었다. 그러나 30년대 파시즘의 위협이 날로 극에 달해 자아의 개성과 현실 사이의 괴리가 나타나면서 분열이 초래된다. 그 분열은 30년대 말이 되면서 극한적으로 치달아 양자의 통일이 불가능한 지경에 이르러 친일문학론이 나타난다. 그러므로 친일문학론은 시민문학론이 더 이상의 자의식을 표출할 수 없는 한계에서 나타나는 비정상적인 왜곡된 문학론이다. 자의식을 펼 수 없고, 그러므로 입장을 세울 수 없는 현실에서 비평가는 자아의 논리를 가질 수 없다. 따라서 이 지경에서는 30년대적 고백이나 해석적 논리조차도 나타나지 못한다. 왜냐하면 논리는 현실을 분석하고 바라보는 자아의 계급적 세계관을 통해서 발현되는 것이기 때문이다. 그러나 친일문학의 논리는 자아가 상실된 상태에서의 논리이다. 그 논리는 왜곡된 사이비 논리이다. 이 사이비 논리를 바라보는 시각은 윤리적인 관점과 객관적인 관점, 두 가지가 있을 수 있다. 그러나 윤리적인 관점은 무리가 따른다. 해방 후 채만식의 「민족의 죄인」에서 볼 수 있듯 생존에 직면한 인간적 한계에서는 친일문학이 불가피한 것일 수 있기 때문이다. 그러므로 우리는 객관적인 관점에서 바라보아 친일문학을 왜곡되고 변형된 논리 혹은 비문학적인 논리로 인식해야 할 것이다. 여기에서 왜곡되고 변형된 논리라는 뜻은 비평가가 자신의 개성적이며 현실적이며 한국문학적인 논리의 전개를 통해서 친일문학론을 펴지 않았다는 것을 의미한다. 다시 말하면 친일문학은 한국문학적 논리가 아닌 정치적 논리로서 일제의 논리이며 생의 논리이다. 따라서 문학 쪽에서 친일문학을 바라보는 것은 무리가 있다. 더욱이 30년대 말 40년대 초에 이미 비평가들은 논리의 파산과 입장 소유의 불가능성을 밝히고 있지 않는가. 그러므로 한국문학의 논리는 30년대 말 시민문학론적 원론을 지키려는 데서 끝나야 한다. 백철처럼 사실 수리를 통해 사실을 인정하거나 최재서처럼 신념을 통해서 국민문학론을 펴거나 김남천이나 이원조처럼 문학주의자로서의 자의식을 가지려 하거나 이광수나 박영희처럼 현장에서 친일을 설득하거나 임화처럼 일본적 「생산소설론」을 그대로 수용하거나, 그것들은 자아 내면과는 아무 상관없는 생존이라는 현실적이고 육체적인 욕구가 만들어낸 집단적이고 비개성적인 논리일

뿐이다. 특히 이 논리가 해방 후에 다시 30년대의 논리로 돌아
가고 있음을 볼 때 친일문학론은 문학적 논리라고 할 수 없다.
그것은 정치적이며 군사적이다. 그만큼 그들의 논리는 전시의
문학론처럼 조잡하고 어설프기 짝이 없다.[1]

　　新聞 學藝面이나 雜誌 같은 데 실린 論文들은 될 수 있으면 빼
놓지 않고 읽어두는 習慣인데 지금 上半期 評論界의 決算을 하라
는 注文을 받고 생각해 보니 어떤 까닭인지 하나도 머리에 떠오
르는 論題가 없다. 무슨 問題가 새로이 提起되었는지 그리고 어
떤 생각을 中心的으로 評論家들이 討論을 하였는지 그런 것이 도
무지 머리에 떠오르지 않는 것이다. 그 뿐만이 아니라 感銘있게
읽었다는 印象을 남겨주는 어떤 한 사람의 論文의 題目조차 생각
이 나지 않는다. 어려운 時代라는 것을 느꼈다. 論評하고 批評하
기가 얼마나 어려워졌는가를 느끼고 새삼스럽게 周圍를 둘러 보
았다.[2]

위에서 알 수 있는 것처럼 비평가들은 일제의 탄압으로 새롭
게 전개되는 문학적 현실에 적응하지 못하고 논리를 잃고 만다.
그들이 논리를 펼 수 있다면 그것은 오직 조선문학과는 단절된
새로운 논리이다. 그러므로 친일문학은 늘 '새로움'을 통해서
이해된다. 그래서 김남천도 바로 다음 행간에서 '새로운'이라는
수식어를 통해서 친일문학을 이해하려고 했다. 그 새로움은 어

---

1) 임화는 「생산소설론」에서 '조잡한 각서'라는 부제를 달고 있으며, 김남천
은 「원리와 시무의 말」에서 당시의 비평들이 '잡설'에 불과하다고 하고 있으
며, 이원조는 「직업으로서의 문학」에서 곤궁한 문학에 대한 설명에 대해 '논
리적으로는 해결할 수 없는 문제'라고 하고 있다.
2) 김남천, 「원리와 시무의 말―평론계 상반기 소묘―」, 〈조광〉 1940. 8.

떤 논리에서는 문학 내재론으로, 또 다른 쪽에서는 일제적 의식의 추수인 대동아공영권이라는 정치적 논리로 혹은 사실의 수리라는 논리로 나타난다. 또한 그 새로움이란 낯섦에서 온다. 다시 말하면 비평가들 각자에게 피부로 다가온 현실이란 거창한 민족 개념에 대한 낯섦 이전에 삶의 구체적 감각에서 오는 낯섦이며 문학의 기술주의에서 오는 낯섦이다. 그러므로 비평가들은 당연히 그 낯섦 현실을 논리나 신념을 통해 미래의 역사를 예견해 보는 능력을 가질 수 없었다. 더욱이 친일문학에 대한 반성을 해방 후의 출발점으로 삼고 있는 문인들의 태도를 볼 때 식민지 시대 비평가들의 논리가 갖는 자족성과 즉흥성을 엿볼 수 있다. 여기에 친일문학을 괄호로 묶어버릴 수 없는 이유가 있다.[3] 즉, 삶의 태도와 비평의 논리적 태도 사이의 괴리 혹은 갈등을 해결해야 하는 문제가 친일문학론에 내재해 있는 것이다. 해방 후 문인들이 문학적 논리를 현실적 삶과 일치시키는 데서 우리는 그와 같은 점을 이해할 수 있다. 다시 말하면 문학적인 문제와 현실적인 문제 사이의 갈등에서 친일문학을 어떻게 자아비판할 수 있을까의 문제에 해방 후 비평가들은 부딪힌다.

---

3) 그런 점에서 친일문학론은 반드시 연구의 대상이 되어야 한다. 그것은 전시문학이면서 정치문학이기 때문에 그와 같은 범주 내에서 우리 문학사의 한 변형으로 이해할 필요가 있다. 뿐만 아니라 동경적 감각에 대한 부르주아 지식계급의 관련을 연구의 대상으로 삼는다면 흥미있을 줄로 안다. 왜냐하면 부르주아 지식계급은 끊임없이 근대적 논리를 동경에서 가져왔을 뿐만 아니라 동경과의 거리를 통해서 자의식을 형성해 왔기 때문이다. 필자의 견해부터 성급하게 말한다면 동경과의 논리나 거리가 친일문학을 통해서는 없어진 듯이 보이나 실제적으로는 완전히 분리되어 있음을 친일문학론이 보여주고 있다. 비평가들이 한국문학의 논리를 상실했다는 데서 우리는 그와 같이 이해할 수 있을 것이다.

그러므로 해방 후 친일문학에 대한 자기비판은 주로 양심, 즉 모랄의 문제에 집중해 있다.4) 어느 누구도 침을 뱉을 수 없는 현실에서 모랄은 문학적인 출발점으로서의 의의를 갖는다.

자기비판이란 것은 우리가 생각던 것보다 더 깊고 근본적인 문제일 것같습니다. 새로운 조선문학의 정신적 출발점의 하나로서 자기비판의 문제는 제기되어야 한다고 생각합니다. 그런데 자기비판의 근거를 어디 두어야 하겠느냐 할 때 나는 이렇게 생각합니다. 물론 그럴 리도 없고 사실 그렇지도 않았지만 이것은 단순히 예를 들어 말하는 것인데 가령 이번 태평양전쟁에 만일 일본이 지지 않고 승리를 한다, 이렇게 생각해 보는 순간에 우리는 무엇을 생각했고 어떻게 나아가려 생각했느냐고. 나는 이것이 자기비판의 근원이 되어야 한다고 생각합니다. 이때 만일 '내'가 일개의 초부로 평생을 두메에 묻혀 끝맺자는 것이, 한줄기 양심이 있었다면 이 순간에 '내' 마음 속 어느 한 구퉁이에 강잉히 숨어 있는 생명욕이 승리한 일본과 타협하고 싶지는 않았던가? 이것은 '내' 스스로도 느끼기 두려웠던 것이기 때문에 물론 입밖에 내어 말로나 글로나 행동으로 표시되었을 리 만무할 것이고 남이 알 리도 없는 것이나, 그러나 '나'만은 이것을 덮어두고 넘어갈 수 없는 이것이 자기비판의 양심이 아닌가 하고 생각합니다.5)

위와 같은 임화의 자기비판의 출발점은 문학적인 양심 문제에서 비롯한다. 양심이란 문인에게 있어서는 시대 감각의 바로

---

4) 김윤식, 「해방공간의 문학―지식인 작가의 문제점을 중심으로」, 강만길 외, 『해방전후사의 인식 2』(한길사, 1985), p. 451.
5) 문인좌담회, 「문학자의 자기비판」, 〈우리문학〉 1946. 2., p. 44.

미터이다. 양심이 정신의 문제라면 비평은 사상사의 문제이며 논리의 문제일 것이다. 그러나 임화는 친일문학에 대해 논리나 정신의 문제로보다는 양심이나 겸양이라는 감각으로 접근한다. 그러므로 임화에게 있어서 그 양심과 겸양은 당대의 정치적인 단죄론에 대한 반응으로서의 문학자적 언급이다. 이와 같은 시대적 감각을 거치면서 자연스럽게 친일문학 이전과의 논리적 연속성이 나타난다. 즉, 정치 사회적으로 친일파 숙청의 문제가 대두하고 있을 때 양심으로서의 겸양을 드러내 보여줌으로써 친일문학을 괄호 속에 묶어 놓을 수 있는 계기를 마련한 것이 임화를 비롯한 문맹파의 자기비판의 포즈이다.

그런데 문맹파의 양심이 갖는 의의는 부르주아 지식계급의 세계관을 연속적으로 갖는다는 데에 있다. 따라서 "남도 나쁘고 나도 나쁘고 이게 아니라, 남은 다 나보다 착하고 훌륭한 것 같은데 나만이 가장 나쁘다고 감히 긍정할 수 있어야만 비로소 자기를 비판할 수 있기 때문"에 겸양은 친일문학 이전의 30년대 문학적 논리의 회복을 위한 하나의 통로를 제공하는 셈이다. 임화의 양심이나 겸양은 30년대 문학과의 연결 통로로서 의의를 지니고 있다. 그렇기 때문에 그의 양심이나 겸양은 문학적 표현을 얻지 못하고 있다. 즉, 입장보다는 태도를 통해서 과거의 계급적 자의식을 그대로 연속시킬 수 있는 계기를 마련한다. 그러므로 자기비판에 대한 논리가 없고 양심이라는 감각만 있다. 그러나 이 감각은 문학적이라기보다는 현실적이다. 만일 임화의 감각이 문학적이었더라면 보다 구체적이고 솔직하게 친일적 자아를 드러내었을 것이며, 채만식의 「민족의 죄인」에서처럼 문학적 형상화를 통해서 구체화되었을 것이다. 하지만 그렇지 못하다. 그것은 그의 감각이 문학적 감각이라기보다는 현실적 위기 감각이었음을 나타낸다. 따라서 그의 감각은 현실적으로 상황에 적응하는 부르주아 계급적 위기감에서 비롯한다. 그것은 친일파 숙청의 위기감을 극복하기 위한 감각이며 해방 후의 현실에 적응하기 위한 감각이다. 그러므로 그의 자아비판은 부르주아 지식계급의 포즈이다. 그러나 이 포즈를 통해서 부르주아 지식계급의 논리는 친일문학론 이전과 연속시킬 수 있게 된다.

모더니티의 역동성과 한국문학

1. 이분법의 극복과 모더니티의 정의

근대화는 서구화 혹은 발전이라는 개념 앞에서 우리는 너무 자신의 혼을 열어버리거나 닫아버린다. 그것은 저 개화기와 함께 온 근대화가 침략과 연속적으로 이어졌다는 뼈아픈 기억 때문일 것이다. 그래서 우리는 근대화 혹은 근대를 어떻게 규정할 것인가 혹은 어떻게 접근할 것인가를 논의할 때 벌써 경계심부터 앞세운다. 오늘날의 산업사회 혹은 정보사회라는 세계사적 발전 속에서 근대를 당연한 귀결로 수용하여 그 의미를 검증하다가도 정신사적 맥락으로 접어들기만 하면 우리들은 잊고 싶은 과거를 들춰내는 듯한 느낌으로 아파한다. 이러한 상실감은 어디에서 오는 것일까. 혹시 이러한 상실감 속에는 우리들이 숨기고 싶어하는, 우리들의 피 속에 잠재해 있는 유아기적 체험 때문은 아닐까. 개화기와 함께 서구적인 근대정신이나 제도의 유입과 함께 혼을 빼앗긴 채 근대의 유아기를 아프게 보냈기 때문에 근대 혹은 근대성, 근대화 등에 대해 아픈 상처를 건드리는 듯한 느낌을 갖고 있지나 않는 것일까. 그 유아기에 아버지를 잃고 유린당한 어머니를 보면서 우리는 근대적 제도나 기법의 황홀경에 정신을 차릴 수 없었던 것은 아닐까. 이런 상념 때문에 우리의 정신사에서는 근대에 대한 논의 자체에 대해서 주저하고 있기까지 하다.

따라서 우리는 모더니티에 대해서 국경과 공동체를 부숴버리는 비정한 기계와 같다는 의식을 은연중 갖고 있는 것이다. 공장에서 돌아가는 기계의 뒤에 숨어 있는 음험한 계략과 같은 것이 모더니티에 있다고 믿는다. 산업사회에서 자본주의의 발달과 함께 인간의 정신과 공동체를 파괴하고 결국 죽음의 계곡에서 부모를 잃고 홀로 방황하게 하는 돼지가 되게 한다고 우리는 모더니티에 대해 믿고 있는 것은 아닐까. 특히 모더니티는 힘을 동반하면서 우리들에게 언제든지 다양한 형태로 다가오기 때문에 더욱 그러한 인식을 갖게 된 것인지 모른다. 모더니티는 천의 얼굴을 가지고 우리들에게 나타난다. 변형이 심하고 장소와 시간에 따라 쉽게 적응할 수 있는 능력을 갖추고 있기 때문에 모더니티는 쉽게 정의할 수 없을 뿐만 아니라 오늘을 살아가는 우리들의 상처를 건드리는 것 같아서 이미 내면 깊이 상처를 입은 우리들은 쉽게 그 정의에 접근할 수 없을 것이다. 그러나 우리들은 포스트 모더니티를 알기 위해서 모더니티를 부족하나마 건드려 보지 않으면 안 된다. 언제까지나 열등감과 절망감으로 근대를 적대시할 수 없기 때문이다.

이렇게 모더니티에 대해서 우리는 절망적, 부정적인 시각에서 접근해 왔다. 이러한 부정적, 절망적 시각은 모더니티가 합리주의 혹은 과학성, 탈주술화, 개인의 자유, 계몽, 이성, 발전, 자본주의 등 힘을 바탕으로 한 논리성에 있다는 인식에서 비롯한다. 이러한 인식은 모더니티를 서구적인 의미로 채운 이분법적인 사고에서 태어난다. 모더니티에 대해서 우리들은 부정적인 사고와 긍정적인 사고를 동시에 갖고 있다. 긍정적인 사고는 오늘의 우리들을 물질적 풍요 속에서 키워주었다는 데에 있으며, 부정적인 사고는 우리들의 전통 혹은 자생력을 상실하게 했다는 동양적 정신의 피폐로 이어진다는 데에 있다. 서구에서 모더니티는 신화적이며 봉건적인 미몽을 깨우는 발전적인 사관의 모티프로 이해되고 있다. 계몽성을 모더니티의 핵심으로 보려는 자세가 그것이다. 서구의 합리성이나 이성에 바탕을 둔 현실 이해 방식은 모더니티에 바탕한 새로운 세계에의 동경과 산업사회 프로젝트의 논리성을 갖춘 현실주의이다. 그러므로 서구에서 모더니티는 이분법적 사고, 즉 전통과 반전통의 논리를 안고 나타난다. 그들은 자생적 동력을 통해서 이러한 이분법적 전망과 상품의 대량생산 프로젝트에 의해 모더니티를 계획하고 계몽적, 선의적 개념으로 모더니티를 이해했다. 그 동안 우리의 논의에서 모더니티를 산업사회에서의 발전의 모티프로 보려는 시각 또한 이러한 데에서 한치도 벗어나지 않는다. 모더니티를 부정적인 시각으로 보려는 것이나 혹은 긍정적인 것으로 보려는 자세 또한 모두 이분법적 사고에서 벗어나지 못한다. 이분법적 사고는 어쩔 수 없이 전통과 반전통이라는 논리를 갖게 되고, 그로 인해 오늘의 우리를 부정적으로 보거나 긍정적으로 보는 단절론적 역사관이 지배적일 것이기 때문이다. 역사라는 것은 자생적인 동력을 통해서 변형되거나 발전되기도 하지만 외래적인 충격을 통해서도 변형, 발전되는 것이다. 이는 어느 역사에서나 마찬가지이다. 이러한 역사의 길은 그 자체가 복합적인 묶음으로 이루어져 있기 때문이다. 역사는 단선적이지 않다. 이 복합성의 요인으로 내적, 외적 요인은 끊임없이 작용—반작용을 일으키며 역사를 앞으로 이끌어가는 것이다. 그 동안 우리 문학사에서 모더니티가 긍정적으로 작용했느냐 혹은 부정적으로 작용했느냐 하는 물음은 이분법적 사고라는 서구적 인식론에서 비롯하였기 때문에 둘 다 마찬가지의 논리에 빠져 있다고 할 수 있다. 현대는 발전적 역사관으로 의식하면서 부정적으로 인식하는 모순을 낳는다. 모더니티를 긍정과 부정 enf 중의 하나로 보는 시각은 오늘을 살아가는 우리들에게 다가온 (포스트)모더니티에 적절하게 대응할 수 없게 할 수도 있다. 오히려 우리는 이러한 모순을 현대사회의 특징으로 받아들여 포용해야 할 것이다. 그리고 이와 같은 모순의 포용을 통해서 모더니티를 우리 역사의 동적 인자로 인식해야 할 것이다.

그러므로 근대에 대한 이러한 모순된 의식에서 해방되기 위해서 필자는 모더니티를 이성이나 합리주의 등 서구적인 개념으로 정의하려 하지 않으려고 한다. 그 대신 모더니티를 유동성, 경계의 환경에서 그 의미를 모색해 보려고 한다. 왜냐하면 모더니티는 끊임없이 변형되는 과정 속에서 다시 정의되고 의미를 새롭게 하기 때문이다. 우리가 포스트 모더니티를 오늘날 끊임없이 논의하는 것도 사실상 모더니티의 변형성으로 인해 그것을 새롭게 정의하지 않으면 안 되기 때문이다. 모더니티는 장소와 시간에 따라 쉽게 적용할 수 있는 천의 얼굴을 가지고 있는 아메바성 물질이다. 그러므로 그 물질은 적응과 반응의 효소를 지니고 있다. 오늘의 우리에게 아직도 모더니티가 문제되고 그 모더니티의 문제성을 아직도 해결할 수 없는 주제로 인식하는 것도 모두 이러한 모더니티의 유동성, 혹은 경계선에 서 있는 특성 때문이다. 그러므로 모더니티는 불안정하고 유동적인 사회에서 더욱 잘 나타난다. 경계에 서 있고 유동적이므로 세기말적 분위기나 혼란한 사회에서 모더니티는 나타난다. 때로는 질서를 유지하는 모티프로, 혹은 사회를 설명하는 인식틀로, 혹은 새로운 전망의 모티프로 모더니티는 산업사회의 불안정 속

어디에서나 작용한다. 마르크스가 「공산당 선언」에서 다음과 같이 말한 것도 이러한 불안정한 성격의 모더니티를 의미한다. 즉, "끊임없는 생산 혁신, 모든 사회적 조건의 혼란, 끊임없는 불확실성 및 흥분 상태 등은 부르주아 시대를 다른 모든 이전 시대와 구별짓는다—단단한 모든 것은 허공 속으로 녹아서 사라지고, 신성한 모든 것은 모욕당하며, 결국 인간은 생활 조건 및 동료와의 관계를 차디찬 감정으로 대하지 않으면 안 되었다." 이러한 인식은 모더니티를 사회를 변형시키는 동력 혹은 모티프로 본다는 의미이다. 뿐만 아니라 베버 또한 과학이 세계를 주술로부터 해방시키기는 했지만 삶의 가치나 의미는 미해결의 상태에 있다고 했다. 그리고 안토니 기든스는 인도의 무한 질주 수레인 '크리시나의 수레'에 모더니티를 비유했다.(안토니 기든스, 「포스트 모더니티」) 이는 모더니티가 산업사회의 무질서와 혼돈 속에서 형성되기 때문이다. 따라서 모더니티를 세기말적 성격으로 규정하려는 일면은 상당한 의미를 지니고 있다고 할 수 있다.(김성기, 「세기말의 모더니티」) 모더니티는 무질서와 혼돈의 와중에서 자생하는 모티프이다. 모티프이므로 모더니티는 변형적 사회 어디에서나 자생하거나 외적 충격을 통해서 기존의 문화와 섞인다. 그러므로 필자는 모더니티를 변형의 모티프라는 개념으로 정의하려고 한다. 특히 우리의 경우 이러한 변형의 모티프로서의 역할을 충분히 수행한 바 있으며, 지금도 마찬가지로 이러한 변형의 모티프로서의 모더니티가 세계화나 세기말적 환경을 통해서 생성되고 있다고 할 수 있다. 모더니티는 적절한 환경만 갖춰지면 그 환경에서 뿌리를 내리고 성장하여 유동적인 사회에서 질서를 유지하거나 혹은 그에 반발하는 세력을 형성하여 세력을 키운다. 그리하여 모더니티는 기법으로서의 대모더니즘을 만들어낸다. 이러한 모더니티의 환경

적응력은 서구나 우리의 경우나 마찬가지에 해당한다고 할 수 있다. 우리 개화기의 유동적 현실에서 모더니티가 일본이나 서구의 얼굴을 하고 나타나지만 사실상은 일본이나 서구의 문명을 빌려 나타난 하나의 모티프일 뿐이다. 서구나 일본 세력이 갑자기 한꺼번에 유입되면서 다양한 세력이 한 시공간에서 섞이면서 공동체가 파괴된다. 이러한 환경 속에서 모더니티는 새로운 문화 생산력으로 작용하여 기존의 우리 문화에 변형을 일으킨다.

그렇다면 모더니티는 왜 이러한 환경에서 새로운 질서를 모색하려는 모티프로 작용할까. 산업사회 혹은 자본주의 사회에서는 공동체적 운명성이 부정된다. 따라서 공동체에 속하지 못한 개인들은 자아의 내면을 통해서 현실에 적응하고 자아와 현실 사이의 관계 속에서 점멸해 간다. 즉, 개인은 사회와 일 대 일의 관계를 통해서 현실에 적응하기 때문에 삶의 방향성을 갖지 못하고 신과 자연으로부터 소외되어 있다. 그러므로 개인은 자본주의적 의식으로 자아를 채우지 않으면 안 된다. 여기에서 자본주의적 의식은 개체성이다. 삶의 공동체의식이 파괴된 마당에서 개인은 소외된 존재로서 사물화되어 있기 때문이다. 따라서 이러한 환경 속에서는 개인은 끊임없이 산업생산의 발전에 얽매이게 되고 안정감을 찾지 못한 채 언제든지 폭발할 수 있는 가능성을 안고 있다. 그러므로 모더니티는 정신적으로 안정성이 깨져 사회가 크게 요동을 칠 때 나타나는 것이다.

따라서 우리는 우리의 모더니티를 파악하기 위해서 오늘의 시점에 서서, 오늘을 포함하고 있으면서 유동성이 심하게 나타난 시공간을 찾아 그 시공간의 성격과 그 변형 과정을 찾아야 할 것이다. 여기에서 우리가 주의해야 할 것은 모더니티를 모색하고 있는 시공간에서 기점에 너무 얽매이지 않아야 한다는 것이다. 모더니티를 하나의 모티프로 파악하는 관점에서는 기점은 크게 의미를 갖지 않을 수 있기 때문이다. 또한 기점에 얽매일 경우 모더니티는 형해화되어 기술자의 자의식이나 딱딱한 고정적 진술만을 낳을 것이기 때문이다. 모더니티는 혼란 속에서 자생하여 질서를 모색하기도 하지만 혼란을 낳기도 한다. 혼란의 질서화 과정에서 혼란은 가중될 것이기 때문이다.

2. 유동적 환경, 그 열린 구조

앞에서 우리는 모더니티를 정의하여 혼란 속에서 질서를 모색하고 혼란을 낳는 유동성의 경계에서 새로운 질서로 나아가도록 하는 변형성의 모티프라고 잠정적으로 정의했다. 이와 같은 유동적 환경에서 작용하는 모더니티는 정치, 사회, 문화를 열린 구조 속에 포함시킨다. 여기서 열린 구조란 그 사회의 모든 담론을 포용할 수 있는 사회적 환경이 마련되었다는 뜻이다. 이런 환경 속에서는 이분법적 사고란 존재할 수 없으며, 진리에 바탕을 두지 않는 논리나 주장은 곧 비판을 받아 땅에 떨어지고 만다. 모든 권위가 그 의미를 상실하기 때문에 권력에 바탕을 두고 나타난 어떤 헤게모니성 폐쇄성도 인정되지 않는다. 이러한 환경이 마련된 시기로 오늘의 현실에서 기준하여 볼 때 멀게는 조선조 말기에서부터 개화기, 삼일운동, 만주사변, 해방기, 그리고 가까이는 4·19, 5·18을 들 수 있을 것이다. 조선조 사회정치적 부조리를 통해서 나타난 민란의 와중에서, 그리고 서구·일제 등 외세의 영향으로 인한 의식상의 혼란에서, 그리고 삼일운동이나 만주사변, 해방기, 4·19, 5·18 등 사건을 통해서 나타나는 전망의 불투명으로 인해서 모더니티가 형성된다. 이 모더니티는 처음에는 단순한 새로움의 자극으로 나타나지만 점점 자극성을 더해 가서 5·18 이후에는 조선조 말기의 모더니티와는 하늘과 땅 사이의 차이를 보이고 있을 정도이다. 조선조 말기, 혹은 개화기만 하더라도 모더니티는 부르주아 계급의 형성과 함께 반봉건적 의식을 통해서 가치관의 유동성과 시대적 경계를 내포하고 있었지만, 5·18에서는 노동자 계급이 하나의 사회적 계급으로서 계급의식을 자아화하는 계기를 마련하면서 정치, 경제, 사회적으로 유동성을 일으킨다. 그러면서 기존의 모더니티에서 보여주었던 부르주아 이데올로기의 문화 구조에 충격을 주어 모더니티는 보다 더 과격한 양상으로 나타난다. 이 시기에 나타난 문화구조가 보여준 이러한 과격성은 모더니티의 누적적 충격으로 인한 필연적인 양상이다. 모더니티는 새로운 현대라는 시간적 흐름과 함께 끊임없이 자신을 변모시키면서 출렁거리는 파도와 같기 때문이다. 따라서 5·18 이후의 문화 구조는 기존의 민족 문제를 뒤엎을 수 있는 획시기적 양상까지도 내포하고 있다. 이러한 비민족 문제의 양상은 기존에 여러 번 시도된 바도 없지 않으나 사회적 성숙도의 부족으로 모더니티로 발현되지는 못했다. 즉, 기왕의 프로문학에서 볼 수 있는 국제적 이미지 구성은 계몽기적 의식 이상을 넘지 못하고 있다. 이러한 양상을 5·18은 뛰어넘어 민족 문제에서 본질을 찾기보다는 그 너머의, 민족을 넘어선 데에서 모더니티의 방향성을 찾고 있는 것 같다. 그것은 물론 여러 가지의 정황과 세계사적 발전과도 궤적을 같이하는 바 없지 않지만 현대사 속에 편입되어 있는 우리로서는 하나의 모티프로 작용하고 있는 것 또한 사실이라고 인정하지 않을 수 없다. 따라서 모더니티는 끊임없이 새로운 환경에서 새로운 과격성을 안고 경계선에서 유동할 것이다.

다시 말하면 모더니티는 유동성의 환경에서 형성되기 때문에 혼란의 시공간에서 나타나는 모티프이다. 그러므로 모더니티, 즉 유동성의 경계에서 형성되는 모티프를 확인하기 위해서 우리는 혼란이 어떻게 형성되는가를 살필 필요가 있다. 혼란은 하나의 소용돌이이며, 한 시대에서 다른 시대로 가는 경계에서 나타나거나 권력이 새로운 형태로 재구성되거나 사회적 계급이 재편될 때 나타난다. 이러한 시공간에서는 기존의 이데올로기나 권력은 극도로 약화된 대신 다양한 담론과 목소리가 직접적으로 나타난다. 절대적 권력이나 중심 권력도 없고, 지도적인 이념이나 문화 또한 없는 현실에서 중심 담론이나 권력은 다핵화된다. 그리고 그 다핵 속에서도 자체의 작은 권력이나 중심 담론 또한 없으며 지도자도 없다. 모든 것은 수평적이며 직접적이다. 민중이 직접적으로 수평적인 위치에서 담론에 참여하고 기존의 소외를 깨뜨린다.

이러한 혼란한 환경 속에서는 합리성만이 살아남는다. 이성에 의해서 합리적인 대안을 제시하고 비판자로서 현실에 대응하는 힘만이 환경의 저변을 지배한다. 이러한 합리성을 바탕으로 하여 기존의 지배 구조를 가장 논리적으로 비판하고 자신을 드러내지 않으면서 민중과 직접적으로 대화할 수 있는 인물은 그 당시의 새로운 담론의 리더가 된다. 그 리더는 개화기, 삼일운동, 만주사변, 해방전후, 4·19 당시에서는 부르주아 지식계급이었지만, 5·18에서는 노동자 계급이었다. 하지만 그 리더들은 자신을 드러내지 않기 때문에 민중과 수평적인 관계를 형성한다.(테리 이글턴, 「비평의 기능」) 그 수평적인 관계를 통해서 그들은 합리성에 바탕을 두지 않은 모든 담론을 공격하고 절대권력을 지향하는 모든 권력에 대항한다. 그들은 철저히 민주적이며 공개적인 원칙에 따라 논쟁을 벌이고 제한을 두지 않는다. 그러므로 정치와 사회와 문화가 같은 문맥 속에서 혹은 담론 속에서 논의되며 토론과 논쟁을 불러일으킨다. 정치적 담론 속에서 사회적 담론이 나타나고, 문화적 담론 속에서 정치적인 담론이 나타난다. 이러한 양상은 모든 담론이 개방화되고 전체 구성원이 참여적인 데서 나오는 모더니티의 환경 때문이다. 모더니티가 형성되는 환경이 이와 같은 모든 담론이 지배적인 권력을 부정하고 집단적인 양상으로 나타나기 때문에 사회구조 자체를 열린 상태로 만든다. 그리고 이와 같이 열린 구조에서는 다양한 대립적 담론들이 출현하여 새로운 질서를 향해서 전망을 드러내고 상호 비판이 활성화되기 때문에 담론에 참가하는 자들이 민중의 대변자를 자임하면서 합리성에 바탕을 두어 이성적인 판단력을 가진 논리가가 출현한다. 그 논리가는 말할 것도 없이 각 시대적 환경에 따라 편차를 보이리라는 것은 말할 것도 없지만 개화기 이후 4·19까지의 우리 근대사를 보았을 때 부르주아 계급이다. 부르주아 계급은 현실 적응력이 뛰어나 혼란기의 시공간에서 민중과 직접적으로 대화하면서 전망을 모색하고, 이전의 지배 이데올로기나 권력에 비판적인 자세를 취할 수 있는 계급이다. 이는 그가 지적 환경에서 끊임없이 현실을 논리화하고 합리적인 학적 바탕에서 자신을 성장해 왔다는 성장 환경에 의한 것이기는 하지만, 다른 한편으로는 정치적 토론과 문화적 토론 및 사회적 토론을 합성할 수 있는 능력을 지니고 있기 때문이기도 하다. 왜냐하면 합성력은 이 시기의 담론가로서는 필수적인 기능이며 이 기능을 통해서 모든 담론을 논쟁적으로 포용할 수 있어야 하기 때문이다. 그러므로 그는 우선 비평가이며 다양한 담론에 끼어들 수 있는 포용성을 갖춘 창작가이다.

우리의 근대화에서 이 역할을 담당한 부르주아 계급은 논쟁의 열린 구조 속에서 민중과 직접적인 대화를 통해서 기존의 지배 권력을 비판하고 교육하는 임무를 띤다. 개화기에서 서재필, 유길준, 서광범 등 개화파나 박은식, 신채호 등 저널리즘적 경세학파 혹은 이승훈, 안창호 등 교육가 등이 이러한 모더니티의 환경 속에서 근대화의 기치를 들고 나온 부르주아 계급이라고 할 수 있다. 이들은 기존에 그들이 어떤 계급에 속했든 간에 이제 새로 재편되는 사회구성체 속에서 새로운 질서를 형성하려고 하고, 또한 그것을 위해 준비하고 투쟁하려는 논쟁가들이다. 따라서 이 논쟁가들은 개화기에서는 개화의 환경에서 합의를 끊임없이 도출하려고 하지만 또한 끊임없이 그 합의가 깨어지는 것을 경험하면서 정치적 담론 속에서 문화적 담론을 활성화한다. 그들은 수평적인 관계를 통해서 공동체의 담론을 생산하고, 그들의 이름으로가 아닌 민중의 이름으로 그 담론을 만들어낸다. 우리의 개화기에서 이들의 역할이란 조선시대의 이데올로기를 비판하고 새로운 국가 건설에서 민중과의 수평적인 관계를 통해서 담론을 생산했다. 그러나 그들의 담론은 곧 부정되고 혼란한 환경 속에서 거부되고 세력을 상실해 가기 쉬웠다. 그것은 곧 모더니티의 환경이 혼란의 와중 속에서 생산되기도 하지만 혼란을 가중시키기도 하기 때문이다. 그러므로 그들은 담론을 생산할 뿐 지배적이기를 거부한다. 왜냐하면 그들조차도 미래에 대한 전망을 확실하게 갖고 있지 않기 때문이다. 서구적 지식이나 과학이 새로운 국가의 발전에 도움이 된다는 것을 기존 조선시대의 성리학적 이념과 비교하여 새롭다는 느낌을 갖고서 기존의 이데올로기를 비판하고 새로움을 강조하기는 하지만, 그들 자신조차도 그것을 통해 집단의 전망을 드러내지는 못한다. 서재필, 윤치호 등이 '독립협회', '만민공동회', 〈독립신문〉

등을 통해서 민중과 직접적으로 대화하는 장을 마련한다든가 신채호, 박은식, 장지연 등이 〈황성신문〉, 〈대한매일신보〉 등을 통해서 독자들에게 논쟁의 장을 마련한다든가 혹은 이승훈, 안창호 등이 학교를 개설하여 대화의 장을 마련하는 것 등은 모두 이러한 양상의 하나라고 할 수 있다.

이러한 과정 속에서 권력은 새로운 데에서 형성된다. 이 혼란 속에서 권력을 장악하고 확실한 전망을 보여주려는 세력이 새로운 권력을 쟁취하려는 세력으로 나타난다. 그들은 부르주아 계급의 비판자, 논쟁자들과는 달리 지배 권력을 형성하면서 기존의 이데올로기를 변형시켜 발빠르게 혼란의 환경을 발전적으로 끌고간다. 이 과정 속에서 모더니티는 모더니즘이라는 권력을 형성하게 된다. 모더니티가 모더니즘의 권력으로 전이되는 과정이 곧 이러한 양상을 띤다. 모더니즘은 근대 지배 권력의 이념이며, 그 모더니즘을 통해서 문화가 생산되고 문학이 형성된다. 즉, 모더니티의 환경에서 나타나는 다핵화는 새로운 권력의 형성과 함께 이분법적 환경으로 바뀌어 간다. 이때 새로운 권력은 악한 권력일 수도 있고 그렇지 않을 수도 있다. 여기에서 문학은 모더니즘의 지배 권력을 반영하기도 하지만 그 본질의 핵심을 드러내기도 한다. 다시 말하면 문학은 인간의 삶의 본질을 드러내기 위해서 모더니즘의 권력이나 이데올로기를 드러낼 수 있다. 왜냐하면 문학은 그 특성상 모더니티가 생성되는 유동성의 환경을 가장 잘 표현하는 양식이기 때문이다. 다시 말하면 문학은 모더니티의 환경에서 표출되는 인간의 다양한 욕구를 표현해 줄 수 있는 양식이기 때문에 혼란한 환경을 가장 적절히 반영하는 문화적 양식이다. 그러므로 문학은 모더니티의 가장 본질적인 부분을 드러낼 수 있으며 모더니티의 내외면을 그대로 드러낼 수 있는 양식이다. 문학은 논리의 양식도, 그리고 논쟁의 양식도 아니다. 그러나 반어적으로 그렇기 때문에 문학은 작가의 자의식을 넘어서 현실을 드러낼 수 있는 모더니티의 핵심 양식이다. 특히 문학은 사회 권력의 수직성을 부인하고 민중의 수평적 관계를 통해서 드러내는 양식이기 때문에 모더니티를 드러낼 수 있는 양식이며, 직접 대중을 상대로 한 글쓰기이기 때문에 모더니티에 가장 적절한 양식이다. 특히 문학이 독자 대중과 직접적인 의사소통 관계를 통해서 자신의 양식적 존재 방식을 갖는다는 것은 문학의 의의라고 할 수 있다. 따라서 문학은 묘사를 통해서나 이미지를 통해서 혹은 인물을 통해서, 구조를 통해서 모더니티의 환경을 형상화시킨다.

3. 모더니티의 형상화

모더니티의 환경이 세기말적 양상을 띠기도 하지만 사회적으로 불안 심리를 가중시키고 기존의 공동체뿐만 아니라 개인까지도 소외시켜 삶의 전망이 불투명해지면서 인간은 자의식 속에 빠지지 않을 수 없게 된다. 인간이 자의식 속에서 삶의 문제의식을 자아에서 찾을 경우 그는 필연적으로 표현에의 욕구를 분출하고자 하는 방향으로 눈뜨게 된다. 그의 표현 욕구가 심리적이든지 사회적이든지 간에 그는 자의식 속에서 자기표출적 의식을 확대하여 간다. 그리고 그의 자기표출적 의식은 사회적인 논쟁이나 개인적인 감정 등이 혼합되어 있는 다중적 양상으로 나타난다. 따라서 논쟁이 극단적으로 심화되는 시기도 있을 것이며, 예술적 자의식이 강하게 나타나 문학적 표현이 우선할 수도 있다.

　여기에서 반영론이 문제가 될 것이다. 즉, 지적인 양식으로 논쟁 그 자체가 생경하게 그대로 나타나는 경우와 문학적으로 나타나는 경우 등이 어떤 법칙 혹은 논리에 의해서 이루어지는가. 반영은 현대로 내려올수록 위력을 발휘한다. 즉, 반영은 원시적인 경우에서는 거의 나타나지 않는다. 왜냐하면 원시적인 사회에서는 반영이 아니라 표현이 우선하지만 현대에 오면 사회, 정치적 복합성으로 인해 반영이 우선하기 때문이다. 문화라는 것은 권력이 형성되어 있을 시기에는 그 권력에 저항하거나 그 권력의 본질을 드러내는 역할을 하지만, 권력이 분산되어 있을 때에는 권력을 장악하기 위한 사회통합적 요구에 의해 수렴된다.(김동노, 「한말 개화파 지식인의 근대성과 민족주의」) 따라서 이러한 복합적인 사회에서는 문화란 이차적으로 그 사회를 반영하고 그 사회의 본질을 파악하기 위한 시간적 간격을 요구하게 된다. 또한 양식 자체에 따라 반영이냐 표현이냐 하는 것이 선택될 수도 있다. 유동성 자체가 극한 감정을 동반할 경우 시의 선택이 불가피할 것이며, 참여적 논리성이 강할 경우 비평이 강하게 나타날 것이며, 그렇지 않고 이야기의 형태로 나타날 경우 반영에 의한 전체적 줄거리가 나타날 것이다. 일례를 들면 개화기의 경우 신흥 부르주아 지식인이 대거 등장하면서 가능성으로서의 논리가 점증하여 논설이 시대적 양식으로 자리잡는 데 비해 삼일운동 당시에는 감정이 극에 달해 시적 형상화가 우선한다. 그에 비해 시대 전체를 이야기의 형태로 나타내야 하기 때문에 소설적 형상화는 『혈의 누』나 『무정』에서 보듯 한참의 시간적 간격을 두고 나타난다. 여기에서 반영은 사회통합의 시간성과 관련한다. 그 시간성은 앞에서도 말했지만 지적, 문화적 양식에 따라 간격을 두고 나타난다.

　그러면 다음에서 개화기 문학에서 나타나는 양식과의 관련을 보기로 하겠다. 개화기에서는 우선적으로 논설이 나타난다. 논설이 한 시대의 모더니티의 형상화에 적절한 표현 양식이 된 데에는 개화기 부르주아 지식계급의 형성과 깊은 관련이 있다. 개화기 지식계급의 형성은 서구적 논설 양식의 수용과 깊은 관련이 있다. 논설은 서구의 문명인 신문이나 잡지의 수용과 깊은 관련을 맺고 있는 양식으로 논쟁심을 불러일으키는 계급을 필요로 한다. 그 논쟁심은 새로운 지식을 습득한 자만이 이용할 수 있는 도구이다. 신문이나 잡지 및 학교라는 제도의 도입과 함께 이 양식을 필요로 하는 지식인은 당대의 사회, 정치적 유동성 속에서 신문이나 잡지 등에서 논객으로서 의견을 제시해 줄 수 있는 문필가이다. 그러므로 그는 논쟁심을 통해서 지적으로 자의식을 드러낼 수 있는 이 양식에 자아를 실을 수 있게 된다.(졸고, 「개화기 지식계급 논설의 발달과 근대 비평의 기반 형성 고」) 다시 말하면 개화기에서 서구적 양식인 논설의 도입과 함께 등장한 지식계급의 형성과 함께 논설이 나타난다. 특히 논설이란 정치, 사회적인 현상을 논객 자신이 직접적으로 의견을 개진하는 양식으로서 당대 지식이 현실을 논리적으로 대응할 수 있다는 반권력적, 헤게모니적 의식에서 비롯한다. 따라서 모더니티는 이러한 논설의 형태로 우선적으로 나타난다. 이러한 논설들은 꼭 필명이 필요없이 익명으로도 많이 나타난다. 왜냐하면 개인의 권력이 중심 담론이 아니라 집단적이며 다중적이기 때문이다. 개화기에서 논설은 신문이나 잡지의 편집자 혹은 논객들이 익명 혹은 무기명으로 자유롭게 의견을 개진하는 양식이다. 그러므로 이때는 다양한 지식과 논리가 두서없이 나타난다. 거기에서는 합리성 이외에는 통용되지 않는다. 치란과 방책을 말하고 전망을 말하지만 어느 것 하나 중심 논리로는 서 있지 못하다. 오직 합리성에 바탕을 둔 비판과 교육만이 살아남는다. 그러므로 이 당시의 모든 글쓰기는 논설적인 요소를 안고 있으며, 논설의 변형으로 다양한 글쓰기가 이루어진다. 신문이나 잡지의 논설이나 사설은 말할 것도 없고 소설이나 시 등의 양식에까지도 이러한 논설적 요소가 그대로 침투해 있다.

(A)

세상에 불쌍한 인생은 조선의 여편네니 우리가 오늘날 이 불쌍한 여편네들을 위하여 조선 인민에게 말하노라. 여편네가 사나이보다 조금도 낮은 인생이 아닌데 사나이들이 천대하는 것은 다름이 아니라 사나이들이 문명 개화가 못 되어 이치와 인정은 생각지 않고 다만 자기의 팔심만 믿고 압제하려는 것이니 어찌 야만에서 다름이 있으리오. 사람이 야만과 다른 것은 정의와 예법과 으리를 알아 행신하는 것이어늘 조선 사나이가 여편네 대접하는 것을 보거드면 정도 없고 의도 없고 예도 없고 참사람하는 마음도 없이 대접하기를 사나이보다 천한 사람으로 하고 무리하게 압제하는 풍속과 억지와 위엄으로 행하는 일이 많이 있으니 여편네들을 대하여 어찌 불쌍하고 분한 마음이 없으리오.
  ─〈독립신문〉 (1896. 4. 21)

(B)

고로 나는 일찍이 말하되 시가 성하면 나라도 역시 성하며, 시가 쇠하면 나라도 역시 쇠하며, 시가 존재하면 나라도 역시 존재하며, 시가 망하면 나라도 역시 망한다 하노라.
  ─신채호, 「천희당시화」

(C-1)

동서각국 유람할 때

하허국중 들어가면
문명 제도 극비하고
하허국경 지나면은
막막황진 일어나고
하허국민 볼 양이면
문명코자 준비터니
대한국을 구경한즉
비풍처우 요란한데
도처마다 한탄일세
―〈대한매일신보〉: 사회등가사 「한탄세계」

(C-2)

오냐 학비는 염려 말어라. 우리들이 나라의 백성되엿다가 공부도 못하고 야만을 면치 못하면 살아서 쓸데 있느냐. 너는 일청전쟁을 너 혼자 당한 듯이 알고 있나 보다마는 우리나라 사람이 누가 당하지 아니한 일이냐. 제 곳에 아니나고 제 눈에 못 보았다고 태평성세로 아는 사람들은 밥벌레라. 사람 사람이 밥벌레가 되어 세상을 모르고 지내면 몇 해 후에는 우리나라에서 일청전쟁 같은 난리를 또 당할 것이라. 하루 바삐 공부하여 우리나라의 부인 교육은 네가 맡아 문명길을 열어 주어라.

　―이인직, 『혈의 누』

(C-3)

형식은 학생들 앞에서, 학교에 대하여 불만한 일이 있으면 당당하게 말하는 것이 옳소, 정당한 일을 학교가 부정하게 여길 때에는 반항을 하여도 옳소. 이러한 위험한 말도 할 때가 있다. 그러므로 배학감이, 이번 학생의 소동도 형식의 충동이라 함이 아주 근거가 없는 말은 아니다. 또 형식은 삼사년급 학생들에게 은연 중 문학을 장려하였다. 그래서 학생 중에는 혹 소설도 보며 철학에 관한 서적도 보며, 잡지도 보는 자가 생기고, 그중에는 가장 문학적인 체, 사상가인 체, 철인인 체하며 무슨 큰 생각이나 하는지 고개를 숙이고 다니는 학생도 몇 사람이 생기고 또 그러한 학생들은 다른 교사들을 아주 정신생활이라는 것을 알지 못하는 유치한 사람들이라고 비웃기도 한다.

　─이광수, 『무정』

　이상은 개화기 글쓰기 양식에서 논설이 쉽게 다양한 양식으로 전이되는 양상을 볼 수 있는 예이다. (A)는 신문의 논설로서 익명의 필자가 쓴 것이고, (B)는 한 개인이 정치와 사회 및 문학을 동일한 범주에 두고 논설이라는 양식으로 표출한 것인 반면, (C)는 문학적으로 변용된 논설이다. 여기에서 특히 (C)는 다시 서정 양식과 서사 양식으로 구분하여 볼 수 있는데, (C-1)은 서정 양식이면서 비판성을 갖춘 논설성을 중점적으로 내보이고 있고, (C-2), (C-3)은 10여 년의 시간적 간격을 가지고 발표된 작품으로서 논설성을 작품의 내면으로 담고 있다. 그리고 순수 논설 (A), (B)와 시 양식인 (C-1)이 혼란의 현장성을 담고 있어서 개화 초기적 산물이라면, (C-2), (C-3)은 개화기의 유동적 현장성이 많이 걸러진 후에 형상화된 것이다. 따라서 (C-2)와 (C-3)은 표현이나 구조에서 안정된 예술성을 얻는 데 어느 정도 성공하고 있기도 하다.

　일청전쟁의 총소리는 평양 일경이 떠나가는 듯하더니 그 총소리가 그치매 사람의 자취는 끊어지고 산과 들에 비린 티끌뿐이라.

평양성외 모란봉에 떨어지는 저녁볕은 누엿누엿 넘어가는데 저
햇빛을 붙들어매고 싶은 마음에 붙들매지는 못하고 숨이 턱에 단
듯이 갈팡질팡하는 한 부인이 나이 삼십이 되락말락하고 얼골은
분을 따고 넌 듯이 흰 얼굴이나, 인정없이 뜨겁게 내리쬐는 가을
볕에 얼굴이 익어서 선앵의 빛이 되고 걸음걸이는 허둥지둥하는
데 옷은 흘러내려서 젓가슴이 다 드러나고 치마자락은 땅에 질질
끌려서 걸음을 걷는대로 치마가 밟히니 그 부인은 아무리 급히
걸음거리를 하더래도 멀리 가지도 못하고 허둥거리기만 한다.
　　―이인직, 『혈의 누』

　서양 사람의 문명의 내용은 모르면서 서양 옷을 입고, 서양식 집
을 짓고, 서양 풍속을 따름을 흉내가 아니라면 무엇이라 하리요.
　다만 용서할 점은 김장로는 결코 경박하여 도는 일정한 주견이
없어서, 또 다만 허영심으로 서양을 흉내내는 것이 아니라 진정
으로 서양이 우리보다 우승함과 따라서 우리도 불가불 서양을 본
받아야 할 줄을 믿음(깨달음이 아니요)이니 무식하여 그러는 것
을 우리는 책망할 수가 없는 것이다.
　　―이광수의 『무정』

　앞은 이인직의 『혈의 누』의 서두이고 뒤는 이광수의 『무정』에
서 선형의 아버지 김장로에 대한 비판이다. 『혈의 누』 일절은
유동적 현장성을 소설적 묘사로 치환한 것이며, 『무정』은 개화
기 인물과 1910년대 신세대 인물을 구조적으로 변별하여 유동
적 사회의 변이 양상을 보여주고 있다. 따라서 두 소설은 각각
문학적인 양식적 특수성을 통해서 모더니티의 양상을 드러내고
있다. 이인직이나 이광수가 개화기의 논설을 신문이나 잡지에
집필한 논객이라는 것을 감안할 때 이들의 작품이 논설의 문학

적 전이라는 점은 이광수 자신의 언급인 '논설로서의 소설'이라는 말을 들을 필요도 없이 확인할 수 있다. 이들의 소설은 개화기 모더니티의 환경에서 지어진 시대적 반영의 산물이다.

우리는 이들의 작품에서 문학적 모더니티가 역동성을 갖고 나타나기에는 아직 역부족임을 안다. 하지만 이들의 작품에서는 개화기 모더니티의 형상화가 어느 정도 이루어졌다고 해도 무방할 것이다. 그후 김억, 황지우에 의해서 상징주의가 수입되고 김동인에 의해서 순수문학이 제창되면서 모더니티의 권력화가 나타나 모더니즘 문학으로 나아가는 것을 보게 된다.

4. 세계의 확대와 모더니티의 역동성

그러면 다음에서 우리는 모더니티의 성장과 발달에 대해서 살펴보기로 하자. 이 문제는 모더니티를 통해서 전통과 이식을 살펴볼 수 있게 한다. 다시 말하면 서양은 우리에게 무엇인가, 혹은 우리의 문화는 서양의 문명이나 제도를 일방적으로 수용하는 데에 그치고 말았는가. 이러한 문제에 대한 검토 없이 우리는 모더니티의 역동성을 말할 수 없다. 다시 말하면 우리 문화 혹은 문학에서 모더니티는 서구적 충격을 의미하는가에 대한 물음 없이 우리는 모더니티에 대한 논의를 계속할 수 없다. 왜냐하면 모더니티를 서구적인 요소로 보려는 의식이 우리 사회에서 일반화되어 있기 때문이다. 내적 동력과 서구적 충격을 어떻게 볼 것인가의 문제는 오늘날 우리 문학에서 근대를 논의하는 자리에서 아직도 풀리지 않은 문젯거리이다.

그러나 우리는 문학의 근대 문제에 접근할 때 민족주의적인 관점으로만 접근해서는 안 된다. 그 동안 이식문학론에 대한 극복을 추구하면서 민족주의적 정신사에 치우친 나머지 보편으로서의 역사적 흐름을 살피지 못하여 외적 충격을 부정적으로 보는 시각이 보편화되어 있었다. 근대화를 공동체의 확대 혹은 현실 인식으로서의 세계의 확대로 인식하지 않는 한 주체성이라는 명목으로 접근된 근대론은 편협한 논리에 부딪히거나 관념적 논의에 그칠 소지가 많다. 우리의 근대문학의 태동이 영·정조대의 문학에서 발생했다 하더라도 구체적인 작품으로서의 생산이 개화기 전후에 이루어진 것이기 때문에 민족주의적 시각은 구체성을 띠지 못하기 일쑤였다. 그러므로 우리는 기점 논의에서 비롯한 근대론을 극복하기 위해서 보편으로서의 근대에 우리 문학이 어떻게 대응하고 있는가를 우선적으로 논의의 대상으로 삼지 않으면 안 된다.

앞에서 필자는 모더니티가 끊임없이 새로운 충격을 통해서 재현된다는 것을 언급했다. 그리고 그 충격은 점점 과격한 양상으로 나타난다고 했다. 보다 구체적으로 말하면 모더니티는 세계의 확대와 함께 새로운 국면에서 작용한다. 영·정조대의 세계가 판소리나 김홍도의 그림에서 볼 수 있는 판의 크기, 즉 양반 중심의, 중국을 중심으로 한 세계라면, 개화기 세계의 크기는 서구와 일본을 포함한, 그리하여 민족 개념이 이념의 문제로 다가올 수 있는 양상으로 나타난다. 그리고 개화기 이후 꾸준히 이 크기가 넓혀졌다 좁혀졌다 하면서 한번도 민족 단위의 크기가 깨진 적이 없었다. 그러나 오늘날 우르과이라운드 이후 세계는 확대될 대로 확대되어 민족 개념이 깨어지고 있다. 이와 같이 세계의 크기가 점점 확대되어 가는 과정과 함께 모더니티 또한 새로운 국면에서 그 세계의 크기만큼 새로운 양상으로 재현된다. 오늘날 그 모더니티를 포스트 모더니티라고 부르든지 말든지 그와는 상관없이 모더니티는 끊임없이 새로운 국면에서 커진 세계에 적응하여 그 속에서 새로운 논리를 찾으려는 모색을 하고 있는 모티프이다.

이와 관련하여 우리는 다시 임화의 이식문학론을 살펴보지 않으면 안 된다. 임화는 새롭게 커진 세계에 자아가 열려 버려 주체성을 상실한 개화기의 문학적 유산에 대해 설명하기 위해 서구의 근대정신과 근대적 형식이 어떻게 우리 문학에서 나타나는가를 보여준다. 따라서 우리는 임화의 「개설 신문학사」 이후 외세에 대한 부정적 시각을 중심으로 근대문학사에 접근해 왔다. 임화는 개화기 문학이 서구의 근대문학을 이식, 모방하여 우리 문학의 근대성을 형성하였다고 하면서, 그 이식과 모방에 대해 부정적인 시각으로 접근한다. 따라서 그는 이식과 모방을 후진국에서는 당연한 것으로 받아들이면서 개혁의 주체가 외세였다는 것을 비판한다.

그것은 자주적 개혁의 주체가 토착세력에 있지 않고 더 많이 외래세력의 힘을 빌려 구세력과 대체한 까닭이다. 통틀어 고유 문화의 유산이 새 문화 형성 위에 실질적으로 발흥하는 여부라든가 거기에 따라 새 문화가 얼마나 개성적 가치를 취득 창조하는 여부가 모두 자주정신의 건립자인 신세력의 정치적 실력에 의존하기 때문이다.

이 점에서 자기의 실력에 의하여 구세력과 대체하였다느니보다 더 많이 국제 관계의 영향과 거의 타력에 의하여 자주화의 길을 걸은 조선의 신세력이 신문화를 고유 문화의 개조와 그 유산 위에다 건설하느니보다 더 많이 모방과 이식에 의하여 건설했음은 당연한 일이다.

　－임화, 「개설 신문학사」 17회

임화는 이식과 모방이라는 부정적인 시각으로 문학사에 접근했기 때문에 교섭사로서의 문학사적 방법론을 언급하고 있기는 하지만 우리 근대문학의 부정적 시각을 보편화시킨 장본인이다. 그는 30년대 말 시민문학론에 경도되어 시민문학의 보편성을 우리 근대문학에서 찾으려는 과정에서 신문학사에 접근한다. 그러나 그는 당대가 식민지라는 정치적 질곡에 있음에 대한 절망으로 이식과 모방이라는 부정적 시각에서 신문학사에 접근한다. 그는 개화기 문학이 조잡하고 성급하게 이루어진 원인의 대부분을 이러한 이식과 모방의 탓으로 돌린다.(「개설 신문학사」 1회) 시민문학의 보편성에 무게 중심을 두면서 민족 개념을 동시에 수렴하려는 갈등이 임화의 신문학사이다. 따라서 그는 신문학사를 교섭사라고 한다. 하지만 그는 교섭사로서의 구체적인 논의를 이끌어가지 못하고 이식과 모방에 초점을 맞추고 만다. 식민지민으로서의 자의식에서 나왔겠지만 임화의 문제점은 여기에 있다. 모더니티를 이식이나 모방으로 볼 것이 아니라 내적 동력의 모티프로 보았어야 했다. 개화기에서 서구 문학의 정신이나 형식은 우리 문학의 모더니티 환경 속에서 한 요인일 뿐이다. 따라서 개화기에서 서구 문학의 정신이나 형식은 우리 문화 혹은 문학의 역동적 공간으로 수용되는 충격의 하나일 뿐이다.

모더니티란 한 시공간의 문화나 문학을 역동성 있게 이끌어가는 동적이며 융합적인 모티프이다. 그 모티프를 화학적 충격으로 이해하지 않고 물리적인 충격으로 이해하게 되면 모더니티는 모더니즘으로 변형하여 권력의 문제로 나아간다. 임화는 서구적 시민문학의 권력을 너무 의식한 나머지 기존의 자신을 견지하려고 했던 듯하다. 이는 그가 식민지민이었기 때문에 형성된 시대적 한계이다. 당대 신소설이 세대적 갈등을 첨예하게 드러내고 있다든가, 『무정』에서 영채 부-선형 부-형식, 선형, 영채 등 각 세대의 삶의 방식의 차이를 구조적으로 변별하고 있는 것들은 모두 이와 같은 모더니티의 역동성에 의한 신구사상이나 삶의 갈등을 문학적으로 형상화한 것이라고 할 수 있다. 여기에서 모더니티는 유동성 속에서 새로운 방향으로 나아갈 수 있는 가능성으로서 하나의 모티프 역할을 한다. 서구의 문화가 유입되었다 하더라도 어떤 것은 우리 문학으로 수용되기도 했지만 어떤 것은 우리 문학으로 수용되지 못하고 말았다. 그렇다면 우리 문학으로 수용되지 못한 서구의 정신이나 형식에 대해서는 어떻게 설명할 것인가. 이 문제를 해결하기 위해서 우리는 모더니티의 역동성을 거론하지 않을 수 없다. 모더니티는 유동성 속에서 하나의 형식화를 지향한다. 여기에서 형식화는 수용된다기보다 유동성 속에서 자생한다.

이를 알기 위해서 가까운 예에서 찾아보기로 하자. 80년대 황지우의 시에서 볼 수 있는 모더니티 의식은 당대에 유행적으로 소개되고 실험된 미국의 포스트 모더니즘의 세례를 그대로 이식, 모방한 데서 비롯하지 않는다. 적어도 황지우의 시에서 볼 수 있는 모더니티는, 그것이 30년대 이상의 시의 재현이든지 그렇지 않든지 간에 80년 광주항쟁에서 보여준 모더니티의 유동적 공간에서 비롯한다고 할 수 있다. 물론 그가 포스트 모더니즘의 영향을 받았을 수도 있을 것이다. 그러나 그 영향은 우리가 30년대 이상을 갖고 있고, 60년대 김수영을 갖고 있으며, 80년대 박노해가 있으므로 미미한 데에 불과하다는 것을 금방 알 수 있을 것이다. 다시 말하면 황지우의 시는 80년대 공간에서 형성된 모더니티에 의해서 형성된 시이지 포스트 모더니즘과는 사실상 무관하다. 화학적 융합을 통해서 황지우는 당대를 모더니티로 형상화한 것이다. 이러한 모더니티의 공간에서는 포스트

모더니즘과 광주와 80년대 정치와 노동문학과 한국문학사와 민
주화투쟁 등이 동시에 작용한다. 그리고 이 동시에 작용하는 공
간에서 황지우의 시가 형성된 것이다. 그리고 그 시는 새로운
충격으로 우리의 정서에 질서의 가능성을 던져준다.

5. 새로운 모색의 단계

필자는 혼란한 한 시공간의 유동성 속에서 모더니티를 역사
발전의 인자로 인식하려고 했다. 즉, 그 유동성 속에서 새로운
문화 혹은 문학을 이루어가려는 가능성으로서의 모티프로 인식
하여 모더니티를 하나의 문화 생산의 동력으로 보았다. 그리하
여 모더니티가 끊임없이 새로운 가능성의 시공간에서 그 문화
의 동력으로서 작용한다고 하였다. 그리고 이렇게 모더니티를
정의하고 규정함으로써 모더니티를 혼란의 유동성 속에서 형성
되는 심리학적 주제로까지 보려 하였다. 그러다 보니 모더니티
를 획시기적인 새로운 문학 생산의 모티프로 보게 되었다. 그렇
다면 오늘날 20세기 말의 모더니티의 환경에서 우리는 우리 문
학의 가능성을 어떻게 새롭게 설정할 수 있을 것인가를 고민하
지 않으면 안 된다. 모더니티의 새로운 얼굴을 찾는 일이 오늘
날 우리 문학의 방향성을 찾아나서는 비평가, 창작가들의 임무
일 것이다. 그 임무는 오늘의 세기말의 유동적 정황을 정밀하게
분석, 파악하여 그 유동적 경계에서 자아를 새로운 합리 속에서
찾는 데에 있다. 그리하여 21세기의 문학에서 꽃필 수 있는 가
능성을 찾아야 할 것이다. 우리에게 죽음의 그림자처럼 드리워
지고 있는 세기말의 정서에서, 문학의 새로운 방향성이 보일 듯

한 느낌만을 가진 상태에서 모색의 틀들이 여기저기에 널려져 있음을 볼 때 비평가들은 새로운 논리를 찾아나서야 하며, 창작가는 우리 시대의 모더니티를 형상화하여 전망을 찾아나서야 한다. 그리하여 우리들은 우리 시대의 구조적 글쓰기를 서둘러야 한다. 부정과 절망만이 우리를 둘러싸고 있는 어둠 속에서 그 어둠의 진한 암흑 색깔을 검증하고 형상화하여 다음 세기를 준비하여야 한다.

인명 색인

인지

한국근대문학비평의 기능

처음 찍은날 · 1997년 6월 27일
처음 펴낸날 · 1997년 7월 03일
지은이 · 전기철
펴낸이 · 송영현
펴낸곳 · 살림터
찍은이 · 나병문
찍은곳 · 신화인쇄공사
주소 · 121-231 서울시 마포구 망원1동 384-20
전화 · 3141-6553 (대표)
전송 · 3141-6555
등록번호 · 제2-1008호 (1990년 5월 15일)

값 10,000원

ⓒ 전기철, 1997

▶ 잘못된 책은 바꾸어 드립니다.
ISBN 89-85321-44-7 (03800)